Shilo, Koningin

van Harte

Dré Lee

Malherbe Uitgewers Publikasie

Outeur: Dré Lee
Voorbladontwerp: Ria Richards

Geset in Franklin Gothic 11pt

ISBN 978-1-991455-78-9
Eerste Uitgawe 2025

Hoofstuk

1

Die hemelruim is belaai met donker wolke. Bliksemstrale klief deur die hemelruim. Dit hou beloftes in van goeie reën wat verwag kan word. Dit is egter dreigemente van wat mag kom, vir eers reën dit sag. Dit is net meer as 'n drup en val nie knaend nie, maar dit kom in vlagies. Dit is die tipe reën wat motoriste ergerlik maak omrede hulle telkens die windskermveërs moet aktiveer.

Josef Brandt staan op die brug wat oor die Louis Fourie Weg in Mosselbaai strek. Op sy rug hang 'n rugsak wat sy aardse besittings bevat. Nieteenstaande die ligte reën, is hy deurnat. Sy groen oë gly oor die hawestad met die blou see in die agtergrond.

"Dis 'n mooi dorp wat so teen die koppie vanaf die waterfront tot bo-op die kop gebou is," sê hy vir homself. Sy oë dwaal oor die hawe en hy sien in die baai lê verskeie groot skepe, en langs die pier verskeie bote en seiljagte wat voor anker lê.

Brawe mense om met daardie klein vaartuigies op die oop see te gaan vaar. Weet hulle nie die see is vol haaie indien daardie skippies sink nie?

Hy kyk na twee jong mans wat teen die opdraand in sy rigting stap. Elkeen het 'n lang bamboes in die een hand, 'n plastiek emmertjie in die ander, en beide het rugsakke wat oor hul skouers hang.

'n Geskel van toeters trek sy aandag en hy kyk af na die pad wat onderdeur die brug loop.

"Ja, kyk daai pad. Dit is die pad wat jy moet vat. Hy loop al die pad tot in Cape Town," sê die een.

Josef kyk stip na hom terwyl hy die reëndruppels van sy wenkbroue afvee, maar sê niks.

"Ja, en hoe gouer hoe beter. Daar is nie werk in hierdie dorp nie. Ons het ook genoeg *tramps* hier soos dit is, ons *short* nie nog een nie," sê die ander.

"Vriendelike mense in Mosselbaai," sê Josef vir homself. Hy glimlag innemend en lag geamuseerd toe die mans nie verbystap nie, maar voor hom vassteek en wantrouig na hom kyk.

"Ek wens julle ook 'n wonderlike dag toe. Sê my, vir wie gaan julle met daardie ellelange riete wat julle saamdra doodslaan?"

Die mans kyk na die bamboesstokke asof hulle dit vir die eerste keer sien.

"Dis ons *fishing rods* man. As die visse nie wil byt nie, slaan ons hulle met die *rods* dood ... en dis *genuine bamboo*, nie riete nie."

"Wonderlik," sê Josef, "Manne met planne, ek hou daarvan. Sê vir my, waar is die beste bekostigbare verblyf in hierdie dorp?"

Die twee loer na mekaar en daar verskyn 'n meewarige uitdrukking op hul gesigte, so asof hulle te kenne wil gee dat hul aanname korrek is.

"*Try* die *Shelter.* Dis nou te sê as jy die *forty bucks* per aand kan *manage. Otherwise* is jy op jou *own.*"

Ek is in elk geval op my eie, maar ek het darem geld. Nie baie nie, maar ek het. Die kos wat ek genoodsaak was om te koop vanaf Pretoria tot hier waar ek staan, het my gekos, dink Josef.

"Fantasties, kan julle my beduie hoe om daar te kom?"

"Ja *sure,* dis die *Tudor style* plek net daar onder, *just follow your feet.*"

"Dankie manne, vrede vir julle."

Josef skud die rugsak sodat dit gemaklik teen sy rug hang, skud sy kop om van die ergste reën in sy hare ontslae te raak en vee sy gesig met die reeds deurnat sakdoek af. Hy hef aan en stap teen die afdraande af, gelukkig met sy voete onder hom.

Terwyl hy stap skandeer sy oë die dorp en hy wonder waar die begraafplaas kan wees. Hy sien 'n plek onder in die dorp, verby die hawe en na aan die see wat moontlik die begraafplaas kan wees.

"Dedda en Moeks het hierheen verhuis. Hulle het ook hier tot sterwe gekom en is hier begrawe. Ek sal graag hul grafte wil besoek," sê hy vir homself en voel hoe die droefheid hom oorweldig.

Hulle het nie net verhuis nie, hulle het hierheen gevlug om van die smaad van mense wat hulself vriende genoem het af weg te kom.

Dedda het aan 'n hartaanval gesterf. Moeks is nie lank daarna nie oorlede. Ek is seker dit was as gevolg van 'n gebroke hart. Hulle was verskriklik lief vir mekaar en het nooit eens hul stemme vir mekaar verhef nie. Wanneer hulle van opinie verskil het, het hulle langs mekaar op die sitkamerbank gaan sit, mekaar se hand geneem en die saak bespreek totdat hulle tot 'n vergelyk gekom het, flits die herinnering deur sy gedagtes

Josef sug en stap teen die steil afdraande af na die sakesentrum waar hy op die sypaadjie voor 'n bank vassteek. Hy kyk na die bankgebou, swaai die rugsak van sy rug af en haal sy beursie uit.

Die bankkaart wat hy in sy besit het is wel een van die betrokke bank. Hy sien die outomatiese tellermasjien, stap nader en druk die kaart in die gleuf. Dit versoek 'n PIN nommer en hy sleutel die viersyferkode in wat uit sy geboortemaand en jaar saamgestel is.

Daar word verskeie opsies op die skerm aangedui en hy kies om 'n onttrekking te doen. Josef lag saggies en sleutel die bedrag van eenduisend rand in. Tot sy verbasing hoor hy die masjien geluide maak en 'n boodskap verskyn op die skerm dat hy die kaart moet vat.

Hy sug, neem die kaart en draai weg van die masjien af terwyl hy die kaart in sy beursie terugsit.

"Die bietjie geld wat ek in die rekening gehad het, is seker aangewend om bankkoste en sulke goed te delg."

"Jou geld, meneer. Jy het dit nie gevat nie."

Josef kyk na 'n ouerige dame wat in die tou staan om die tellermasjien te gebruik. Hy draai terug na die masjien en sien 'n klomp note uit 'n gleufie steek, neem dit en die wit strokie wat uit 'n gleufie steek. Sy hande bewe effe toe hy die geld tel.

Ek het nog nooit soveel geld op een slag in my hand gehad nie. Die meeste wat ek ooit op een slag in my hand gehou het was driehonderd en vyftig rand wat Dedda vir my gegee het toe ek op skool saam met die rugbyspan op toer gegaan het. Terwyl ek studeer het, was sy maandelikse sakgeld slegs tweehonderd rand, flits die herinnering deur sy gedagtes. "Baie dankie, tannie, ek weet nie waar my gedagtes is nie," sê hy.

Hy kyk verbysterd na die balans wat die strokie aandui, knip sy oë en kyk weer daarna. Hy voel skielik lighoofdig en gryp na 'n paal wat op die sypaadjie geplant is. Hy klou aan die paal soos 'n drenkeling op die oop see aan 'n stuk dryfhout sal klou.

'n Gesprek tussen hom en oom Charles wat net meer as vier jaar gelede plaasgevind het, flits deur sy geheue.

"Ek het jou bankbesonderhede nodig sodat ek die geld vir die werk wat jy en Charl vir my gedoen het kan oorbetaal. Is die rekening nog van krag?"

Hy onthou hy was stomgeslaan, want hy het nie 'n idee gehad waarvan oom Charles praat nie. Eers toe oom Charles met sy oë beduie en vir hom knipoog het hy reageer.

"Ja, oom, maar daar is nie veel geld in daardie rekening nie. Met die los werkies wat ek vir mense gedoen het behoort daar darem 'n klein bedraggie beskikbaar te wees," het hy gesê.

Hy onthou die gesprek asof dit gister plaasgevind het, maar hy kon nie die kloutjie by die oor kry nie en het vraend na oom Charles gekyk.

"Dit maak nie saak nie," het oom Charles gesê, "solank die rekening nie gesluit is nie. Ek gaan agt duisend rand per maand in daardie rekening vir jou inbetaal. Beskou dit as verlore inkomste waarvoor jy vergoed word vir jou onbaatsugtige daad."

"Oom Charles, ek wil nie geld daarvoor hê nie. Ek het vir oom en Charles verduidelik wat die beweegrede was," het hy gesê.

"Nietemin, ek wil weer hê jy moet dit wel kry. Hierdie storie gaan effektief jou toekoms verongeluk. Vir die volle termyn sal jy die bedrag maandeliks ontvang, en dit is nie oop vir bespreking nie. Punt. Ek wil nie weer hieroor praat nie," was oom Charles se laaste woorde gepaardgaande met 'n streng blik in sy oë, en hy het weggestap.

Josef stap die bank binne en sê vir die dame by die deur hy wil graag 'n bankstaat trek. Sy neem hom na 'n afsonderlike masjien en wys vir hom wat om te doen om 'n staat uit te druk.

Die vriendelike dame besef dat hy nie veel van die elektroniese werking van die bank se masjiene verstaan nie en kyk stip na hom.

"Hierdie staat sal net vir die afgelope drie maande wees. As meneer 'n staat vir 'n langer periode benodig kan ons dit aanvra, maar dit sal 'n dag of twee neem."

Hy is baie beïndruk. Die dame is baie vriendelik, en sy praat boonop Afrikaans. Hy glimlag en skud sy kop. "Dankie dame, maar hierdie een sal reg wees."

Hy gaan sit op 'n stoel en kyk na die staat. Dit dui drie deposito's van agt duisend rand vir die afgelope drie maande, plus rente deposito's en aftrekkings vir bankkoste ensovoorts aan. Die balans is presies dieselfde as wat op die klein transaksie kwitansie staan.

"Sjoe, oom Charles, ek het nie gedink oom sal dit werklik doen nie. Baie dankie," sê hy vir homself.

Hy stap by die bank uit en besef hy moet iewers 'n blyplek soek, dalk iets beter as die Shelter waarvan die mans hom vertel het. Sedert die vorige oggend het hy slegs min of meer twee ure in Philemon, wat hom langs die pad opgelaai het, se trok geslaap en hy is nou moeg.

Josef kyk rond om te sien of daar iewers in die omgewing akkommodasie aangebied word. Hy merk 'n tweedehandse winkel in 'n systraatjie op en besluit om daar aan te gaan en kyk watter tipe goedere hulle aanhou.

Hy stap die winkel binne en loer oral rond, dan sien hy 'n man wat op 'n stoel agter die toonbank sit. "Goeiemiddag, meneer. Weet u dalk waar ek bekostigbare verblyf kan huur, of is daar dalk 'n plek hier iewers waar ek 'n karavaan of 'n tent kan huur waarin ek kan woon?"

Die man kyk wantrouig na die steeds deurnat Josef en knik sy kop so 'n paar keer. "Jong, jy weet julle ouens maak my klaar. As jy hierheen gekom het sonder dat jy 'n werksaanbod ontvang het gaan jy sukkel. Hier is nie veel werksgeleenthede beskikbaar nie."

Josef kyk verbaas na die man. Is almal in hierdie dorp dan onvriendelik, vra hy vir homself, sluk en besluit om ook maar half onbeskof te wees. Miskien lewer dit beter resultate, sê hy vir homself en rek sy ses voet twee duim lange lyf penregop en sy groen oë gluur na die man.

"Meneer, ek het u nie vir werk gevra nie. Ek het ook nie vir geld gevra nie, ek het 'n eenvoudige vraag gevra. Indien u *ja* antwoord, sal ek dit waardeer indien u my aanwysings kan gee hoe om daar te kom omrede ek nie vertroud is met die dorp en omgewing nie. Indien u antwoord *nee* is, is dit goed so en sal ek elders gaan aanklop."

Die man lag verskonend, staan van die stoel af op en stap om die toonbank. "Jammer, my boet, maar hier kry ons daagliks met mense van *all walks of life te doen*. Die antwoord is ja, stap net met die hoofstraat af en jy sal by die Punt Karavaanpark arriveer. Of hulle 'n karavaan of 'n tent vir jou beskikbaar het, sal ek nou nie weet nie. Hulle behoort jou egter te kan beduie waar jy kan gaan aanklop."

Hy kyk aandagtig na die jong man wat voor hom staan en besluit hy hou van wat hy sien. Die knaap het weliswaar vir 'n dag of drie nie geskeer nie, maar hy ruik nie na rook of drank nie en sy oë is skoon. Hy glimlag en swaai sy hand oor die inhoud van sy winkel.

"Ek het egter alles hier in my winkel wat jy nodig sal kry. Dit is nou wel tweedehands, maar dit is in goeie toestand. As jy belangstel om dit te koop, help ek jou graag."

Dit klink beter, sê Josef vir homself en glimlag. "Kom ons kyk wat is beskikbaar."

"Ek het 'n goeie tent wat van ordentlike sterk seil gemaak is. Dit het twee vertrekke en is redelik groot. Ek dink jy sal gemaklik daarin kan kampeer. Hier is ook 'n dubbelbed wat opblaas en baie dik is. Die matras en basis is 'n kombinasie, maar kan apart gepomp word. Natuurlik word die pomp ingesluit as jy die bed koop."

Josef besluit die man is nie werklik so onbeskof as wat hy aanvanklik gedink het nie en besluit om die formele aanspreekvorm te laat staan. Mosselbaai staan mos nie verniet as 'n vakansiedorp bekend nie.

"Oom, ek weet regtig niks van kampeer nie. Kan oom my help en alles bymekaarsit en dan net sê hoeveel dit kos?"

"Met graagte, my boet. Kom ek maak 'n voorstel. As ek kan lewer wat jy nodig het en jy dit by my koop, gaan reël jy solank vir 'n staanplek en bel my as dit gereël is. Ek sal alles vir jou aflewer. Ek sal ook my mense stuur om die tent op te slaan en alles vir jou uit te pak en reg te kry."

"Komberse, kussings en so aan, oom?"

"Gaan kry dit by een van die winkels in die hoofstraat en bring dit hierheen. Ek stuur dit dan saam met die trokkie."

"Goed oom, baie dankie. Ek wil alles hê wat ek nodig sal kry, 'n ketel, stofie en 'n yskassie ook indien oom dit beskikbaar het."

"Ek hoor jou."

Die man maak 'n lysie en af en toe gaan kyk hy of 'n spesifieke item nog beskikbaar is. Uiteindelik is hy klaar en noem die bedrag wat alles sal kos.

"Dit is reg, oom. Kan ek met my kaart betaal?"

Solank jy nie vir krediet vra nie is die wêreld reg, sê hy vir homself en glimlag breed. "Natuurlik, my boet."

Die transaksie word gedoen en die man roep twee van sy werkers nader. "Stap julle twee saam met my boet en dra die goed wat hy koop hierheen, dan laai julle alles wat ek vir julle sê op die bakkie en gaan slaan die tent op. Sorteer die hele storie vir hom uit sodat hy nie sukkel nie."

Josef kyk na 'n selfoon wat nog in sy oorspronklike verpakking in die vertoonkas lê. Hoewel hy nie iemand het om te skakel nie, kan hy foto's daarmee neem en besluit om dit aan te koop. Hy pas sy SIM Kaart daarin en gooi sy ou selfoon in 'n vullisblik.

Die man buk, haal die selfoon uit, kyk daarna en gooi dit weer in die drommetjie. "Ja-nee, boet, hy is op. Noag het nog daardie ding gebruik om planke vir die ark te bestel."

Josef kyk na die selfoon wat vir die tweede keer binne 'n minuut in die vullisdrom beland en grinnik, maar hy sê nie die selfoon was vir bykans vier en 'n half jaar nie gebruik nie.

"Ek weet dit is oud, oom. Die battery hou nie langer as 'n uur voordat dit weer gelaai moet word nie. Goed.

Ek het oom betaal en sal vir oom skakel sodra ek die staanplek gereël het. Dankie vir oom se hulp."

"Dit is 'n plesier, my boet, dankie vir die besigheid. Jy moet lekker vakansie hou."

Die twee werkers stap saam met hom en hulle neem die beddegoed wat hy gekoop het na die winkel.

Die reën het opgeklaar, maar die lug is nog betrokke toe Josef stap om te gaan reël vir 'n staanplek. Hy skakel die man en na twee ure staan hy voor sy tent en kyk na alles wat uitgepak is. Hy onthou van sy nuwe selfoon en neem foto's van alle kante af. Hy kyk na die foto's, steek sy duim in die lug en steek die selfoon in sy sak. Tevrede dat alles in en om die tent vir hom in orde lyk, loer hy suspisieus na die heining om die karavaanpark. Gelukkig beskik hy oor die kode om die hekke oop te maak.

Hy kyk na die tent waarvan die flap oop, maar opgerol is. Hy skud sy kop en stap oor die pad na 'n restourant waar hy vir hom 'n pizza en koffie bestel.

Terwyl hy sit en wag vir die voedsel, kyk hy oor die see en merk dolfyne op wat sierlik uit die water spring asof hulle 'n speletjie speel. Daar is baie dolfyne wat verbyswem en die skouspel hou vir 'n rukkie aan. Hy haal sy selfoon uit en neem 'n paar foto's, kyk daarna en sien die dolfyne was 'n bietjie ver.

Hy swaai sy oë na links en sien 'n jong meisie wat op die rotse staan en ook na die dolfyne kyk. 'n Ligte windjie het die taak om die toeriste te vererg by die reën oorgeneem, en waai haar rooibruin hare, wat tot op haar kruis behoort te hang, mits die wind dit toelaat, in alle rigtings. Sy kry haar hare beet en maak dit met 'n rekkie vas.

Josef se oë is op die meisie vasgenael en hy raak bekommerd vir haar part oor die branders wat teen die rotse breek en spat. "Die branders kan haar dalk van die rotse afslaan," sê hy sag en hou haar noukeurig dop. Die wind neem in sterkte toe en haar rokkie wapper om haar bobene. Hy sien dit is 'n strandjakkie wat sy booor haar baaikostuum aanhet en wonder of sy net so mooi van naby is as wat sy op 'n afstand lyk.

Sy begin skielik beweeg en spring van een klip na die ander. Josef kyk asof gehipnotiseer na die sierlikheid waarmee sy die bewegings uitvoer. Dit lyk asof sy oor die klippe fladder soos 'n vlinder tussen blomme. Haar bewegings is vloeiend en vir hom nog aanskouliker as die sierlike vertoning van die dolfyne.

Hy raap sy selfoon op, trek die beeld wat hy sien nader soos wat hy uitgevind het hy kan doen nadat hy die dolfyne afgeneem het, en neem 'n paar foto's van die meisie.

"U pizza, meneer. Geniet u ete."

Hy draai na die kelner wat die pizza en 'n koppie koffie op die tafel voor hom neergesit het en kyk dan na die voedsel.

"Dankie, ek is seker ek sal. Dit lyk baie lekker."

Die kelner sien sy belangstellende blik na die pragtige jong nooi en lag saggies. "Is u hier met vakansie?"

"Op die oomblik ja, maar ek sal kyk of ek 'n werk hier kan kry."

"Daarmee wens ek u alle sterkte toe. Werk is skaars en die salarisse is maar swak hier rond," sê hy en beduie na die pragtige meisie, "maar pasop vir daardie meisie, die mense in die dorp sê sy is 'n dogter van die duiwel."

Josef lag en knik sy kop. "Dankie dat jy my sê, maar ek sal nietemin probeer om werk te kry ... en uit te vind presies wie haar vader is."

11

"Goed so. Skree maar as u iets anders nodig het," sê die kelner en laai eetgerei, wat op die tafeltjie naasaan die een waar Josef sit, op 'n skinkbord.

"Dankie, ek sal so maak"

Hy neem 'n hap van die pizza en kyk weer na die strand. Die meisie is nêrens in sig nie en hy voel teleurgesteld. Nadat hy geëet en die koffie gedrink het, betaal hy die rekening en stap terug na sy tent. Hy het skaars op die bed gaan lê toe hy aan die slaap raak.

Hoofstuk

2

Die geruis van branders wat oor die rotse met klapgeluide breek, die tjirp van voëls in die bome, sowel as die kras skril skree van seemeeue, dring Josef se ore binne. Hy glimlag, raap sy skeersakkie en 'n handdoek op en sit af na die ablusieblok.

Kortliks is alles gedoen en Josef voel soos 'n splinternuwe man. Hy kyk aandagtig na die opblaasbed en klop met sy hand daarop.

"Ek het nog nooit so lekker geslaap nie," sê hy vir homself en begin om die bed op te maak. Hy loer in die tent rond en steek sy duim op. "Alles lyk reg." Hy grawe onder die seil in die hoek van sy slaapvertrek na sy beursie wat hy in 'n plastieksakkie geberg en begrawe het.

"Mag van gewoonte, ek moet dit afleer. Hy loer na die tent se flap en knik sy kop. Ek sal dit liewer toerits, besluit hy en kyk op na die hemele.

Fantasties. Skoon oop lug, die see hier voor my, geen geblaas van fluitjies of die klank van blikbekers nie. Tot die wind wat laasnag so aan my tent gepluk het, het gaan lê, dink hy en stap tot by die wandelpaadjie.

'n Noukeurige blik oor die see lewer niks noemenswaardig op nie en hy besef skielik dat die pizza van die vorige aand nie genoeg was om sy honger te stil sedert hy en Philemon, die trokdrywer saam met wie hy van Pretoria af gereis het, die pap en vleis net na Colesberg geëet het, tot nou toe nie.

Hy stap na die restourant en besef dit is nog te vroeg vir die besigheidsplekke om al oop te wees vir besigheid en stap in die pad op wat na die hoofstraat lei. Daar is verskeie winkels wat allerhande items te koop aanbied en hy vertoef 'n rukkie voor die venster van 'n handelaar waar daar motorfietse staan. Daar staan 'n paar trapfietse ook teen die muur, maar dit is te donker in die winkel om enigiets uit te maak. Hy stap verder en 'n paar straatblokke verder vind hy 'n supermark waarvan die deure reeds oop is, en stap na binne.

Josef kry 'n mandjie beet en kies sorgvuldig kruidenier-sware wat hy nodig het. Aanstons plaas hy die swaargelaaide mandjie op die toonbank. Die kassiere lui die items op en sê vir hom wat hy verskuldig is. Sy oë rek so 'n bietjie, maar aangesien hy die artikels benodig, betaal hy die verlangde bedrag.

Hy bereken die bedrag plus die koste van die vorige aand se ete en besluit terstond dat dit 'n jong fortuintjie is wat hy reeds aan voedsel bestee het. Hy beloer die volgepakte plastieksakke waarin sy aankope gepak is en dink aan die afstand wat hy die vier swaargelaaide plastieksakke na sy tent moet dra. Met 'n sug tel hy die sakke op en durf die terugtog aan.

Die deure van die motorfietswinkel staan oop en hy steek vas. Hy loer na binne en besluit om te gaan kyk. Die motorfietse word beloer en hy bestudeer die prysetikette wat daaraan hang. Daar is 'n ou Honda CB900 Bol D'or en hy onthou sy vader het op 'n stadium van sy lewe net so 'n fiets besit. Die prys is egter te hoog na sy smaak, en toe hy omdraai stamp sy been teen 'n ander fiets.

Hy kyk na die Vuka XL en sien dat dit nog in 'n baie goeie toestand is. Dit is selfs toegerus met 'n mandjie aan die voorkant om goedere in te laai. Josef glimlag en knik sy kop. Dit is net die regte fiets wat ek nodig het, besluit hy.

Hy het reeds die opdraandes in die dorp opgemerk en hoewel hy nie lui is nie, is om oral heen te stap en hom moeg te dra aan goedere wat hy aangekoop het, nie sy idee van oefen nie. Hy sal veel eerder langs die strand gaan draf.

"Meneer, hierdie fiets het nie 'n prys op nie. Wat wil julle hiervoor hê?"

Die man noem 'n prys en Josef se wenkbroue skiet die hoogte in. "Hoekom so min in vergelyking met die ander fietse wat hier staan?"

"My vriend, hierdie fietse is meestal versamelaars items van bekende fabrikate soos Honda, Suzuki, ensovoorts. Jy sal ook 'n paar ou Triumph, BMW en ander versamelaars fietse hier sien," sê hy en beduie na die verskillende motorfietse, dan klap hy op die Vuka se saal.

"Hierdie Vuka is 'n goedkoop fiets wat ingevoer is vanaf die Ooste. Hoewel hulle goedkoop is, is dit 'n verbasend goeie produk en gee nie moeilikheid nie."

Josef kyk weer sorgvuldig na die Vuka, pluk aan die mandjie aan die voorkant en besluit dit is redelik stewig.

"Nou maar goed, ek wil nie met die fiets Egipte toe ry nie, ek benodig net iets om as vervoermiddel in die

15

dorp en nabygeleë plekke te gebruik. Het jy vir my 'n beter prys?"

"Ongelukkig nie, dit is reeds baie goedkoop. Ek kan egter vir jou 'n valhelm saamgee sonder om jou daarvoor te laat betaal. Die goed kos ook al heelwat geld."

"Perfek. Jy sit die fiets op die pad?"

Hy beloer vir Josef en lag sardonies. "Ek sal dit deur die toetsstasie se inspeksie neem, maar jy moet dit self gaan registreer en die lisensiekoste betaal. Alternatiewelik kan ek dit vir jou doen en net die addisionele koste hef."

Josef dink vlugtig, Netnou moet hy sy bestuurderslisensie toon, daardie een waaroor hy nie beskik nie. "Goed, jy doen dit. Gee vir my die volle prys sodat ek kan betaal."

Hulle spreek af dat Josef die fiets om elfuur sal afhaal. Hy tel sy pakkies op en stap verder.

Al sy aankope word netjies in sy *kombuis* uitgepak. Hy kyk bestuderend na die inhoud van sy *kombuis*, en maak 'n lysie in sy gedagtes van wat hy nog benodig.

Josef berei sy eerste ontbyt voor wat uit ontbytgraan met melk en suiker bestaan. Nadat hy twee bakkies vol verorber het, skink hy vir hom koffie.

Hy sleep een van sy kampstoele na buite waar hy dit onder die boom naasaan sy tent staanmaak, gaan haal sy koffie en drink dit in klein teugies terwyl hy oor die see tuur.

'n Man wat so 'n entjie van sy staanplek af in 'n karavaan woon kom na hom toe aangestap en steek sy hand uit. "Môre Buurman, ek is Arrie Nel."

"Hallo Arrie, my naam is Josef."

"Josef, dit is 'n pragtige dag, weet jy waar die beste visvangplek in die omgewing is?"

"Jammer Arrie, ek het nie 'n idee nie. Ek het self gister eers gearriveer en ken die plek glad nie. Ek stel voor jy kyk waar die plaaslike manne probeer vang," sê hy en 'n visstok met die nodige gerei word by sy aankooplysie gevoeg.

Josef stap al met die wandelpaadjie langs en sy oë flits in allerhande rigtings met die hoop om die mooi meisie van die vorige aand weer te sien. Hy sal so na aan haar as moontlik beweeg om beter na haar te kan kyk. Sy is egter nêrens in sig nie en hy stap in die hoofstraat op. Hy vind 'n meubelwinkel, kies sorgvuldig wat hy nog benodig en betaal daarvoor.

"Ek wonder nou, sal julle omgee om die tafel en klerekassie by die karavaanpark af te lewer? Ek het nie vervoer nie en die goed is redelik ongemaklik om te dra."

Die verkoopsdame beduie deur die oop deur. "Dis glad nie 'n probleem nie, natuurlik sal ons dit doen, ons afleweringsvoertuig het pas stilgehou. Ons laai jou goedjies op en jy kan sommer saamry, dan hoef jy nie die hele ent tot by die karavaanpark te stap nie."

Na die aangekoopte items by die tent ingedra is, pak hy alles reg en skuif van die ander goedere sodat die plek netjies lyk. Die een deel van die tent word nou gebruik as kombuis en pakplek terwyl die ander gedeelte sy slaapkamer is. Hy kyk aandagtig na die opset, grinnik tevrede en neem foto's van sy *kasteel* met sy nuwe tweedehandse selfoon. Hy kyk na die foto's en is beïndruk met die beeld wat hy sien.

Josef blaai deur die foto's wat hy reeds geneem het en sien die een van sy stel wiele. Hy knik sy kop tevrede en besluit om die Vuka te gaan haal.

Josef hou by die motorhawe stil en laat die brandstoftenk van die Vuka vol brandstof tap en ry oral in die omgewing rond. Hy hou op die kruin stil en kyk oor die dorp.

"Hmm, hier is nog 'n erf of twee beskikbaar. As ek genoeg geld het sal ek hier 'n huis kom bou," sê hy sag en lag vir homself oor die besluit. Terwyl sy blik oor die dorp dwaal dink hy daaraan dat hy vreeslik baie geld uitgegee het in die laaste twee dae.

Hy besluit om sy uitgawes so laag as moontlik te bekamp. Die geld wat hy beskikbaar het moet hom dalk baie lank aan die lewe hou. Hy dink aan sy finansiële posisie en besluit om die volgende dag tyd te spandeer om werk te soek.

Hy kry die Vuka aan die gang. "Nou moet ek gaan uitvind waar die begraafplaas geleë is." Hy ry na die sakesentrum toe en vra vir die eerste persoon wat hy teëkom.

"Dis baie maklik, my larnie. Ry in hierie pad op tot bo, dan sal jy 'n pad kry wat *short left*. Jy dink is hy, nei, issie hy nie, die volgene ene, djy dink nei dissie hy nie .. is hy. Dissie pad wat na KwaNonqaba loop. Djy vang net daai pad en ry oorie robots tot djy die graveyard op die left sien. Djy kan hommie missie."

Josef lag hartlik en steek sy hand uit na die man en groet hom. "Baie dankie, lekker dag vir jou."

Hy ry soos beduie en werklikwaar, hy mis nie die begraafplaas nie. Hy ry by die hek in en hou stil, haal sy beursie uit sy sak en soek die papiertjie wat die grafnommer op het. Hy stap so 'n rukkie heen en weer en vind die graf.

Trane loop oor sy wange terwyl hy na die dubbelgraf in die onooglike begraafplaas kyk, en val op sy knieë by die voetenent.

"Hallo, vader en moeder. Ek is so spyt dat dit hier moet wees waar ek met julle praat. Ek sou so graag in

18

jul geliefde gesigte wou kyk en die hele affêre aan julle verduidelik het, as wat ek dit hier deur die grond moet doen. Ek moes verduidelik het toe ek julle laas lewend gesien het, maar kon dit nie doen nie. Ek weet u sou protesteer en my probeer dwing om dinge op 'n ander manier te doen. Ek glo beide van u weet nou wat gebeur het, en dat ek onskuldig was. Ek is so jammer oor wat gebeur het, vergewe my asseblief."

Hy bly vir 'n wyle by die graf sit en rou snikke skeur deur sy liggaam. Trane loop teen sy wange af en val op sy hemp se voorpant totdat dit deurnat is. Na 'n ruk hou die snikke op en Josef ervaar 'n gevoel asof 'n grootse vrede van hom besit neem in die stilte van die begraafplaas.

Hy sit op sy hurke en sien iemand wat 'n paar rye van hom af stap, haal sy sakdoek uit sy sak en droog sy steeds traannat gesig af.

"Dit is sy, die meisie van die rotse," kreet hy dit amper uit. Hy hou haar in stomme verbasing dop.

Dit lyk asof sy ... amper sê ek nou sweef, maar sy kan nie sweef nie, want sy is lewendig. Die grasie waarmee sy loop is ongelooflik.

Sy oë volg elke beweging wat sy maak en hy staan vasgenael op die plek asof hy aan die grond vasgespyker is. Hy sien sy stap na 'n bromponie. Sy sit haar valhelm op haar kop en skop die bromponie aan die gang. Eers toe sy met 'n bol rook wat by die voertuigie se uitlaatpyp uitborrel wegtrek, kom hy in beweging.

"Wag, ek wil met jou praat! Stop nou man, kan jy nie hoor ek roep jou nie?!" skree hy agter haar aan. Hy swaai wild met sy arms, maar aangesien sy wegry van hom af en haar rug na sy kant wys, sien sy nie die man wat soos 'n nar op en af spring, skree en arms swaai nie, en sy ry by die hek uit.

Hy kyk in die rigting van die Vuka en besef hy het redelik ver geloop om sy ouers se graf op te spoor. Die Vuka is te ver van hom af weg sodat hy dit betyds sal bereik om haar te kan volg tot waar sy woon.

"Oukei meisiekind, môre is nog 'n dag en dan wil ek sien hoe lyk jou gesiggie."

Hy ry terug na sy tent en gaan stap op die wandelpaadjie. In die hoop dat hy die meisie dalk tog sal raakloop, stap hy drie keer heen en weer. Dit raak sterk skemer en hy besluit om die biefstuk wat hy gekoop het te braai en pap en sous daarmee saam te berei.

Met die oggend geluide van voertuie en raserige mense in sy ore tel hy sy nuwe tweedehandse selfoon op en kyk na die tyd. Hy is verbaas dat dit reeds na agtuur is, spring uit die bed, gryp sy toiletsakkie en 'n handdoek om te gaan stort.

Josef kyk na sy klere en besluit om eers vir hom 'n uitrusting of twee aan te skaf en dan gaan hy die wandelpaadjie bewandel om uit te kyk vir die meisie. Indien hy haar nie teen tien-dertig gewaar nie, sal hy by 'n paar plekke aandoen met die hoop om werk te kry.

Tienuur stap hy, uitgedos in sy nuwe klere, in die paadjie af. Hy voel 'n bietjie skuldig omdat hy soveel geld aan klere spandeer het, maar troos homself met die gedagte dat hy dit nodig het. Daar is nie 'n teken van die meisie nie en hy keer terug na sy tent, kry die Vuka aan die gang en ry by die hek uit.

Teen drieuur die middag is hy hartlik siek om die woorde "Jammer meneer, ons het skaars werk vir ons huidige personeel. Ek hoop jy kom gou reg," te hoor en hy ry terug na sy woonplek.

Ten minste is ek baie tevrede oor die aankoop van die Vuka. Hierdie klein motorfietsie klim die steilste bult uit sonder 'n gesukkel, dink hy, streel oor die fiets se sitplek en gaan trek 'n kortbroek en T-hemp aan. Gewapen met goeie sandale aan sy voete sit hy af na die rotse.

Hy sien haar aan die ander kant van die baai waar sy op trappies sit wat na die strand lei. Sy sit net onder die wandelpaadjie en Josef stap daarheen. Sy sit op die trappie so twee meter onder die plek waar hy staan. Hy kyk na haar rugkant en sien sy is besig om iets in 'n boekie te skryf. Dit lyk vir kom soos die A5 boekies met die dik swart voor en agterblad en wonder wat sy daarin skryf.

Hmm, en sien nie horings wat deur daardie pragtige hare steek nie, en bowendien is ek nie bang vir enige duiwel nie, sê hy vir homself en grinnik.

Hy kug om haar aandag te trek, of een of ander reaksie van haar kant uit te lok. Sy konsentreer egter op waarmee sy besig is en kyk glad nie eens om na waar hy staan nie.

Hy kyk na haar rugkant en sien dat haar dik rooibruin hare tot op naby haar heupe hang en dit blink soos 'n bottel. Haar middeltjie is baie dun en die boudjies wat op die trappie sit lyk heeltemal in verhouding met haar skouermaat en middeltjie.

Hy besef die meisie wat net onder hom sit is baie goed gebou en hy wil graag haar gesig ook sien. Hy oorweeg dit om teen die trappies na haar toe af te klim en met haar te praat, maar besef skielik dat hy geen reg het om haar lastig te val nie. Sy geskiedenis van die afgelope vier jaar verbied dit. Sonder selfs 'n sug of 'n kug draai hy weg en stap vinnig terug na sy tent.

21

Josef sukkel dat die vergetelheid van slaap hom oorval. Hy rol 'n ruk lank rond, staan op en maak vir hom 'n beker tee. Terwyl hy die tee drink is dit asof daar 'n warrelwind in sy brein ontstaan het. Die besef tref hom dat die gebeure van die afgelope vier jaar sy lewe vorentoe bykans onherstelbaar beskadig het. Hy durf nie na 'n vrou kyk in die hoop dat hulle sal bymekaarkom en die res van hul lewens saam sal slyt nie.

Die moontlikheid om werk te kry in die rigting waarin hy gestudeer en kwalifiseer het, gaan ook nie vrugte afwerp nie. Hy grimas en is skielik spyt hy het sy studies suksesvol voltooi.

Ek het my tyd gemors en nie eers my graad gaan my baat nie. Niemand gaan vir my werk gee nie, en ek het ook nie enige kennis of ondervinding van enige ander tipe werk as dit waaroor ek studeer het nie. Dit maak nie saak in watter stad of dorp ek myself in hierdie land bevind nie, oral sal ek dieselfde probleem hê.

My lewe is oor en verby nog voordat dit begin het. Is ek spyt oor my impulsiewe optrede van vier jaar gelede? Nee. Onder dieselfde omstandighede sou ek dit vandag ook gedoen het, kasty hy homself verder

Wat van die geld in my bankrekening? Moet ek nie maar my oë toeknyp en probeer om 'n besigheid te begin nie?

Hy dink aan die vraag wat hy aan homself gestel het en besluit dat daar in hierdie dorp geen ander uitweg vir hom is nie. Sonder kennis en ondervinding kan hy dalk gekwalifiseerde mense in diens neem om hom by te staan.

Só 'n stap gaan egter geld kos, en hy sal iets moet bedink wat 'n onmiddellike inkomste sal verseker. Koffiewinkel? Hope daarvan. Snuisterywinkel? Hope daarvan ook. Tweedehandse motors? Nee, oral staan plate van die goed rond.

Iewers moet daar iets wees wat ek kan doen wat genoeg opbrengs sal lewer om aan die lewe te bly, besluit hy.

Moeg gedink aan wat hy as 'n onoorkomelike probleem beskou, gaan lê hy weer op die bed en uiteindelik oorval die vergetelheid van slaap hom.

Hy word wakker met 'n verblindende hoofpyn, maar staan op en gaan staan onder 'n koue stort, dan trek hy aan en gaan stap in die dorp rond.

Teen middagete se kant stap hy by 'n koffiewinkel in en bestel 'n ligte maaltyd en koffie. Hy hou die kliënte dop en kom agter dat hy hulle tel. Na 'n uur staan hy op, betaal die rekening en stap uit in die straat. Sewe. Sewe kliënte in een volle uur se tyd. Etenstyd nogal, wat veronderstel is om die besigste tyd van die dag te wees. Bitter min van die kliënte het iets bestel om te eet, slegs koffie gedrink en gesels.

Gestel elke kliënt het 'n gemiddeld van dertig rand bestee, gee dit jou twee honderd en tien rand. Betaal die vier mense wat daar werk, die elektrisiteit wat verbruik is en die koste van die produkte wat gebruik is. Wat is die moontlike profyt?

'n Koffiewinkel is nie 'n opsie nie, besluit hy summier.

Hy gaan haal die Vuka waar dit langs die tent staan en ry oral rond. Hy maak 'n draai by die museum en kyk na die tentoonstellings en is veral beïndruk met die skulpversameling. Daar is egter net soveel om na te kyk, en hy verlaat die museum.

Josef stap af na die kaai en kyk oor die skutmuur na die see waar dit wemel van klein vissies. Hy draai weg van die see en kyk na die geboue wat teen die kop op gebou is en sug.

"Ek mors my tyd in hierdie dorp," sê hy hoorbaar en besluit hy sal hier bly tot die einde van die maand wanneer die tydperk wat hy die staanplek gehuur het verval, en dan al die items wat hy gekoop het aan die oom by die tweedehandse winkel aanbied.

Miskien moet ek terugkeer Pretoria toe en by een of ander maatskappy as 'n vakleerling aansluit. Miskien sal ek daarmee regkom en as vakman in een of ander rigting kwalifiseer.

Hoofstuk

3

Op die derde dag nadat hy die besluit geneem het gaan stap hy weer op die wandelpaadjie en gaan sit op die rotse. Hy sien die meisie nou elke dag en sy sit op verskillende plekke en skryf in haar boekie.

Dit lyk vir my die ding is aan haar vasgeplak, dink hy ergerlik, en voel skielik skaam vir sy gedagtes. Sy doen ten minste iets in stede daarvan om heeldag te sit en broei en met negatiewe gedagtes rond te loop. Hy het al agtergekom sy verskyn telkens net na tweeuur op die strand, maar vandag is sy vroeg.

'n Glinstering 'n entjie laer af as waar hy op die klippe sit trek sy aandag en hy klim versigtig teen die rotse af. Skielik lag hy vir homself as hy daaraan dink dat dit op dieselfde plek is waar hy die meisie soos 'n steenbokkie van klip na klip sien spring het terwyl hy gedurig vashouplek soek.

Die glinstering wat hy raakgesien het lyk soos die ringetjie wat vooraan 'n visstok is. Hy vat dit vas, trek daaraan en tot sy verbasing is dit 'n visstok, kompleet met katrol wat hy tussen die rotse uittrek.

Om een of ander rede het iemand die stok laat val en dit nie probeer uithaal nie. Nadat hy teen die rotse uitgeklim het, stap hy met die wandelpaadjie in die rigting van die restourant.

Hy neem op 'n bankie plaas en beskou sy fonds. Dit is duidelik dat die visstok reeds 'n paar dae of selfs weke tussen die rotse gelê het en hy bekyk die katrol. Die katrol is vol lyn, maar die handslinger wil nie draai nie. Hy haal die katrol uitmekaar, krap 'n bietjie roes los en besluit om die roes te verwyder deur gebruik te maak van seesand as skuurmiddel. Toe alles vir hom goed lyk, sit hy die katrol weer aanmekaar en toe hy dit toets, werk alles soos dit veronderstel is om te werk.

Hy neem die visstok en stap na waar hy van die plaaslike mense sien visvang het en kyk mooi tussen die klippe rond op soek na 'n gewiggie, en moontlik 'n hoek om aan die lyn vas te maak. Daar is vislyn op die katrol, maar die gewig en hoek makeer.

Hy kry 'n geroeste wielmoer van een of ander voertuig wat tussen die klippe lê, bind dit stewig aan die vislyn vas en gooi die lyn in die water asof hy 'n veteraan hengelaar is. Die lyn spoel perfek van die katrol af en hy voel trots daarop dat hy bykans al die lyn uitgegooi het, en dat die moer in die rigting getrek het wat hy gekies het. Hy rol die lyn so styf as hy kan en maak die visstok tussen klippe staan.

Hy sit agteroor op 'n klip asof hy wag vir 'n vis om te byt, vou sy hande om sy agterkop en sluit sy oë. Die son skyn behaaglik op hom en hy luister na die geluide van die see en die meeue wat oral rondvlieg en kras.

As ek maar net 'n vishoek ook tussen die rotse kon opspoor kon ek dalk 'n groterige vissie in een van die poele gevang het en dit as aas aan die hoek gesit het. Miskien sou ek 'n kans gehad het om 'n vis te vang, gaan dit deur sy gedagtes.

"Het jy al iets gevang?"

Die welluidende stem kom van skuins aan sy linkerkant. Hy spring orent en draai na die spreker toe. Dit is sy, flits die gedagte deur sy brein. Sy het na my toe gekom, flits die tweede gedagte deur sy brein en hy kyk na haar.

In sy hele lewe het hy nog nie 'n mooier vrou gesien nie. Haar ken is perfek gevorm en haar lippe is vol sonder om te lyk asof dit opgepomp is, haar neus is smal en reguit, haar oë ... haar oë is iets wat hy nog nooit gesien het nie. Dit is groot en rond en die kleur daarvan is iets tussen bruin en geel, maar meer geel as bruin. Die uitdrukking in haar oë vang sy hele wese in 'n greep vas en hy sluk. Skielik spring sy van die rots af en draai haar gesig weg van hom af.

"Ek is jammer ek het jou gepla, meneer," sê sy en begin tussen die klippe deur stap.

Hy staan vir 'n oomblik asof versteen en besef sy het begin wegstap. Twee treë bring hom tot by haar en hy kry haar aan die pols beet.

"Nee, dit is ek wat moet jammer sê. Kom ..."

Sy ruk haar arm los en kyk ergerlik na hom. "Los my onmiddellik, asseblief. Ek het in jou oë gesien jy dink ook soos die plaaslike mense ek is 'n frats van die natuur, of 'n dier. Los my sodat ek kan loop."

Sy draai haar arm in alle rigtings om los te kom, maar hy gaan haar nie so maklik van hom af laat wegstap nie, hy het klaar gesien sy beskik nie oor horings nie.

"Nee. Jy het die uitdrukking op my gesig, of in my oë dan as jy wil, verkeerd beoordeel. Om eerlik te wees, ek

27

was verras dat jy so mooi is. Kom sit hier by my, dan begin ons van voor af. Asseblief?"

"Tsk, my geel oë laat jou ook dink ek is 'n afstammeling van een of ander roofdier," sê sy steeds ergerlik en rem agteruit om die greep van sy hand om haar arm te breek en kyk rond asof sy iemand soek om haar te kom help.

"Nee, jy is verkeerd. Ek weet die kleur van jou oë het niks met roofdiere te doen nie. Jy het 'n oormaat Lipochroom in jou liggaam, dis hoekom jy besonderse oë het. Asseblief, kom ons gesels met mekaar, ek vra mooi."

Sy ontspan so effens en loer wantrouig na hom. "Jy dink nie ook ek is 'n frats van die natuur nie?"

Hy lag sag en skud sy kop, maar sy oë volg nie die rigting van die kopskud nie, dit bly in hare vasgenael. "Definitief nie. As al die fratse van die natuur soos jy gelyk het met sulke pragtige oë, sou ek ook graag een wou wees. Ek moet eerlik wees en vir jou sê, die eerste ding omtrent jou wat my aandag vasgevang het is die manier waarop jy beweeg, so stylvol en grasieus."

"Soos 'n luiperd wat homself voorberei om sy prooi te bespring?"

"Nee, soos 'n springbokkie wat gelukkig met die lewe is en met die ander bokkies speel deur hulle te jaag en sierlike sprongetjies te gee, wat hul naam tot gevolg gehad het."

"Nie soos 'n tierboskat wat sy prooi bekruip nie?"

"Ook nie, eerder soos 'n swaan wat grasieus oor die water gly."

"Jy's snaaks met jou vergelykings."

"En doodeerlik. Ek het regtig nog nooit so 'n mooi vrou soos jy gesien nie, en die kleur van jou oë is pragtig en fassinerend."

"Ja wel, jy het mos gesê dis as gevolg van te veel Lipochroom in my liggaam. Is jy 'n dokter?"

Ek hou nie daarvan om te lieg nie, en ek is nie 'n dokter nie. Ek beskik egter oor 'n bietjie mediese kennis, maar ek wil nie verduidelik nie, dink hy en loer na haar.

"Nee, ek is nie 'n dokter nie, maar ek het al daarvan gelees ... my geheue is goed. Om terug te kom na jou oë, ek sal nooit genoeg daarna kan kyk nie."

Sy het ophou struwel en kyk aandagtig na hom. Hy grinnik en beduie na die klip waarop hy gesit het.

"Goed, dit lyk vir my of die vrede herstel is. Neem jou posisie op die rots in en laat ons weer begin."

Sy lag klokhelder en gaan sit op dieselfde klip waarop sy gesit het, en hy neem sy posisie in op die klip waarop hy gesit het. Hy leun agteroor, kruis sy bene en vou sy hande agter sy kop saam. Sy hart klop soos 'n Formule Een reisiesmotor se enjin teen volle spoed op die pylvak af.

"Het jy al iets gevang?" vra sy in haar melodieuse stem.

"Nee, ek gaan ook nie."

"Jy klink baie seker van jou saak?"

"Ek is definitief doodseker."

"Dit is 'n swak visserman wat oortuig is hy gaan niks vang nie."

"Hmm, daar is 'n rede."

"Rede of geen geloof nie?"

"Rede."

"Wat is die rede?"

Hy pluk-pluk aan die vislyn wat steeds styf is soos by 'n dam.

"Geen hoek of aas aan die lyn nie."

"Het jy dit tussen die klippe verloor?"

Hy trek aan die vislyn sodat sy kan sien dit is styfgespan. "Nee."

"Hoe dan nou?"

"Nooit gehad nie. Ek het die visstok met die katrol hier tussen die klippe gevind. Die katrol was effe vasgeroes en ek het die roes verwyder. Ek wou dit toets toe kry ek 'n geroeste wielmoer wat ek aan die lyn vasgemaak, en dit in die water gegooi het."

Hy beduie met sy hand oor die onmiddellike omgewing. "Ek het gekyk, maar kon nêrens hier rond 'n hoek opspoor nie."

Sy lag saggies en kom sit langs hom. "Jy het my nie gevra nie."

Hy kyk meewarig na haar en grinnik. "Jy was nie hier nie."

Sy sug en beduie na die vislyn. "Nou kom ons doen iets daaromtrent."

"Wat? Gaan ons gou iewers 'n hoek en aas koop? Hou die restourant sulke goed aan?"

"Huh-uh, hulle het beslis oesters en garnale, maar dit gaan duur wees. Vishoeke? Nee, nie maklik nie, maar ek het een hier in my rugsak, en aas kan ek maklik vir jou in die hande kry."

Sy krap in haar rugsak en hy neem die kans waar om haar weer ordentlik te bekyk. Hy besef dat hy heeltemal eerlik met haar was, sy is beslis die mooiste vrou wat hy nog ooit gesien het.

Sy het 'n plastiekbakkie uit haar rugsak gehaal en hou dit na hom toe uit. "Hier is die hoek."

Hy neem die plastiekhouertjie by haar, maak dit oop en haal 'n vreslike affêre daaruit. Daar is weliswaar 'n groterige hoek aan die een punt van 'n staaldraad met 'n tipe veertjie wat vir hom soos dié van 'n wasgoedpennetjie lyk aan die ander punt.

Terwyl hy die kontrepsie bekyk, hou sy hom dop en sien die konsentrasie op sy gesig soos hy probeer uitwerk hoe die ding werk, en sy lag weer rinkelend. "Los die ding uit en bly net hier waar jy is. Ek gaan gou vir jou aas haal."

Sy haal 'n groterige knipmes uit haar sak en klim teen die rotse af. Sy maak die lem oop en steek daarmee teen 'n klip. Hy sien 'n stuk van die klip afbreek en dan klouter sy weer teen die rotse uit tot by hom.

"Hoe sit ek 'n klip aan die hoek?"

Sy kyk vir hom en glimlag. Dit voel vir hom asof die son opkom na 'n vreeslike koue dag.

"Maklik. Jy sny die *klip* stukkend, so ... en dan haal jy die *klip* se kern uit en ryg die hoek daardeur, so ... en dan bind jy dit aan die hoek vas met 'n dun elastiese toutjie."

Sy hou die hele affêre na hom toe uit. "Hou so, ek wil gou die toutjie in my sak soek."

Sy tel die sak van die grond af op, plaas dit op 'n rots en krap in die sak. Hy neem weer sy kans waar om haar te beskou terwyl sy regop staan en besluit sy eerste indrukke was vals, sy is mooier gebou as wat hy gedink het. Te gou na sy smaak sê sy dat hy die hoek moet aangee sodat sy die aas kan vasbind.

"Die hoek is nou voorberei. Nee ... nee, moenie die lyn inkatrol nie, dit is nie nodig nie. Ons woel nou die lyn deur die gleufies in hierdie ding wat soos 'n wasgoedpennetjie se veer lyk ... so ja, nou skiet ons die hele affêre teen die lyn af. Die strome sal die hoek verder die water intrek. Sit en ontspan terwyl jy wag vir 'n walvis om daardie hoek in te sluk."

Hy dink daaraan dat sy dieselfde vergelyking aangaande die veertjie as hy gebruik het, en glimlag terwyl hy na haar gesig kyk.

31

Sy glimlag vir hom terwyl haar oë stip in syne kyk, dan steek hy sy hand na haar uit.

"Josef."

Sy loer na hom, verbaas oor die outydse manier hoe hy homself voorstel het en lag klokhelder. "Shilo."

"Met of sonder 'n "h" aan die einde?"

"Sonder."

Sy kom sit langs hom op die klip en hulle begin gesels.

"Jy het my gesigsuitdrukking of die kyk in my oë met ander mense s'n vergelyk, wat is hul probleem?

"My oë, en die manier waarop ek loop."

"Goed, wat is fout met jou oë?"

"Die kleur, hulle sê dit lyk soos die van 'n roofdier."

"Bog. Dit is 'n uitsonderlike kleur, maar absoluut pragtig. En wat is fout met die manier waarop jy loop?"

"Hulle sê ek loop soos 'n roofdier wat sy prooi bekruip."

"Werklik? Ek dink jy beweeg met 'n natuurlike grasie waaroor min mense beskik."

"Die mense in die dorp dink ek is 'n heks of iets."

"Iets is reg, jy is die pragtigste vrou wat ek ooit die voorreg gehad het om net te kan sien, om myself aan haar voor stel en met jou te gesels is 'n eer. As jy 'n heks was, waar is jou lang gebuigde neus en die vratte op jou ken?"

"Dit is net in kinderstories waar hekse so lyk."

"Hmm, ek wonder darem. Ek is seker ek het al voorstellings van hekse in ander media gesien, en hulle lyk basies maar so."

Sy kyk tydsaam van sy kroontjie tot by sy sandale na hom en knik haar kop, so asof sy tevrede is met wat sy sien. "Jy sal nie vir hulle snaaks lyk nie, tensy jy saam met my is."

"So, jy dink hulle het 'n aksie teen jou en enigiemand anders met wie jy sosiaal verkeer?"

"Ja, jy sal dalk as my prooi beskou … Gryp die stok, gou … jou walvis gaan met dit wegswem."

Hy gryp die stok en die gestoei met 'n vis begin.

"Dit is 'n elf, net hulle gaan so tekere."

Hy loer oor sy skouer na haar terwyl hy aan die stok trek soos hy al gesien het vissermanne doen terwyl hulle die lyn inkatrol.

"Liewe genade, eers hekse en nou elwe? Wat is volgende?"

"'n Honger maag vanaand as jy hom nie uitkry nie. Gee lyn … nog, laat hy homself moeg spook om los te kom. Trek die stok en rol die lyn … stadig … stadig. Ja, hou net so aan."

Na 'n ruk kom die vis oor die klippe te voorskyn en sy klim teen die klippe af en haak haar vingers deur sy kiewe. Versigtig om nie die vis te laat val nie, klim sy teen die rotse uit. Toe sy binne bereik van sy hand kom, vat hy haar hand en trek haar op tot sy langs hom staan. Dit voel asof sy hand brand en hy kom agter dat hy bewe, maar hy besef die opgewondenheid oor die vis wat hy, met haar hulp gevang het, het niks met sy bewerasie te doen nie.

"Nou moet ons die hoek uit sy bek kry en hom skoonmaak. Gee vir my die mes aan, asseblief."

Hy vou die mes se lem oop en gee dit vir haar aan. Sy sny die vis behendig oop, haal die ingewande uit wat sy in die water gooi, dan haal sy die hoek uit sy bek.

Sy hou die vis in die lug en beduie met haar oë daarna. "Dis 'n pragtige elf. Kom, pak op en laat ons hom op die kole kry."

"Waar gaan ons dit doen?"

"By jou plek natuurlik, jy het mos 'n braai en 'n rooster."

"En waar presies is dit?"

"Presies net so 'n entjie van die ablusieblok af in die karavaanpark."

"So, as jy weet waar ek bly beteken dit jy het my dopgehou."

"Hmm, ja, nes jy my dopgehou en loop en soek het. Hierdie ogies van my het nie net 'n snaakse kleur nie, my sig is beter as bykans enigiemand anders s'n. Op die afstand vanwaar jy my beloer het, kon ek bykans elke trek op jou gesig sien."

"Aha, dan het jy belanggestel om my te ontmoet?"

"Natuurlik, ek het dan vandag met jou kom gesels. Nou die dag toe jy so gestaan en kug en hoes het soos 'n ou omie wat aan asma ly, het ek net gewag dat jy met my praat. In die begraafplaas het ek jou ook gesien en gesien dat jy nie net menslik is nie, maar ook 'n ordentlike man is. Net ordentlike en menslike mans sal huil by die graf van 'n geliefde. Dit is waarom ek nuuskierig was en jou wou ontmoet, sulke mans is skaars. Jy moet nog vir my vertel wie daar begrawe is."

"My ouers, maar ek kan nie nou al vir jou iets verder sê nie."

Sy argumenteer nie, sy vra nie uit nie, sy knik net haar kop en glimlag. "Goed. Ek het ook besoek afgelê by my ouers se grafte. Kom ons gaan maak ons vis gaar."

Hy het sy twee kampstoele oopgevou en een daarvan vir haar aangebied waarop sy gaan sit. Hy kry die vuur in die braaier aan't brand terwyl sy hom sit en dophou, en hy hoop nie sy weet meer van vuurmaak as hy nie.

Hy kyk na die vis wat sy in 'n bak gesit het wat hy vir haar aangegee het en trek sy wenkbroue op. "Wat eet ons saam met die vis?"

"Ek weet nie, ek bly nie hier nie. Jy is die gasheer."

Hy giggel geluidloos en loer onder sy wenkbroue deur na haar. "Shilo, moenie so wees nie. Help my 'n bietjie, ek weet mos nie waarvan jy hou nie. Sal jy asseblief in die kassie hier aan die regterkant van die tent kyk of daar iets gepas is om saam met die vis te eet?"

Sy lag en stap die tent binne. Na 'n paar minute kom sy met 'n ui en tamatie te voorskyn. Sy beduie met haar hand deur die tentopening.

"Ek moet sê jou woonplek is netjies uiteengesit. Mag ek mors en die stofie gebruik? Ek wil net gou die ui en tamatie opkerf en 'n bietjie gaarmaak. Ons sit dit dan binne in die vis, braai dit en eet brood met botter saam met die vis ... ek het gesien daar is."

"Ek kan gou iets gaan koop. Skyfies miskien?"

"Nee man. Brood saam met die vis is die beste, glo vir my."

"Goed. Kry die tamatie en ui reg sodat ons die vis kan braai sodra die vuur gereed is."

Hulle braai die vis, en vir hom is dit die smaaklikste ete wat hy ooit geniet het. Shilo maak vir hulle koffie, want sy reken dat sy lekkerder koffie as enigiemand kan maak. Toe Josef die beker uit haar hand neem en in haar oë kyk, is hy seker dat dit die beste koffie sal wees wat hy ooit gedrink het, ongeag die smaak daarvan.

Hulle ruim op en gaan was die eetgerei by die waskamer van die ablusieblok.

Sy kyk na die eetgerei en gee vir hom 'n mes en vurk terug.

"Jy moet die goed ordentlik was, Josef, kyk net hoe lyk hierdie mes."

Hy lag sag en loer uit die kant van sy oë na haar. "Jy moet skoon afdroog, dan is die saak mos reg."

Sy gee haar rinkellaggie en Josef glimlag. Hy sal nooit moeg word om na haar laggie te luister nie.

Na 'n halfuur of so se geskerts staan sy op en rek haar leninge lyf. "Ek moet nou huis toe gaan en gaan slaap."

"Waar woon jy? As dit ver is neem ek jou met my Vuka, anders stap ek saam met jou."

"Nee, bly jy hier. Ek stap sommer gou huis toe. Jy hoef nie bekommerd te wees nie, ek woon nie ver van hier af nie. Ek sal binne drie of vier minute by die huis wees."

Hy besef sy verkies om alleen huis toe te gaan en besluit om nie 'n groot storie daarvan te maak nie. "As jy seker is jy sal veilig wees is dit reg met my as jy alleen stap."

"Ek is seker. Onthou wat ek gesê het, die mense hier rond is bang vir my. Dankie vir die aangename middag, lekker slaap, Josef."

"Ek dink nie die mense is bang vir jou nie, ek dink hulle bewonder en beny jou. Goeienag, Shilo."

Josef gaan stort en klim in die bed. 'n Paar geelbruin oë bly in sy gedagtes, en die laaste wat hy kan onthou voordat die wonder van slaap hom oorweldig is haar mooi mond en die klank van haar lag.

Hoofstuk

4

Josef spandeer die oggende op verskeie plekke langs die seefront om vis te vang. Hy het agtergekom die beste kans om 'n ordentlike grootte vis te vang, is deur die robbe dop te hou wanneer hulle naby die rotse jag en sy lyn daar in te gooi.

Soms is hy gelukkig en vang 'n vis of twee. Eerlank is hy so bruin soos 'n neut gebrand deur die son, en die vrieshokkie van sy yskas is vol vis. Sommige dae het hy met die Vuka gery en verder van die sakesentrum af gaan werk soek, maar sy pogings was tevergeefs.

Die oggende strek telkens soos 'n ewigheid voor hom uit en 'n mens kan net soveel met die bure gesels voordat die woorde krimp tot 'n groet in die oggend en soms in die aande.

Sy dag verhelder in die middae ... net na tweeuur wanneer Shilo haar verskyning maak. In die oggende is sy besig met een of ander ding, maar klokslag 'n paar minute na twee maak sy haar verskyning.

Hy wou al 'n paar keer vra waarmee sy haar besig hou, maar het dit nooit gedoen nie. Sy sal self vir hom vertel indien sy dit nodig ag.

In die middae maak sy haar verskyning, gaan sit iewers op 'n klip, of op die trappies wat na die strand lei en sit eers vir 'n uur of so waar sy besig is met haar swart boekie. Sodra sy dit toeklap en sorgvuldig in haar rugsakkie gebêre het, kom sy na hom toe.

Josef kyk op sy selfoon hoe laat dit is en met 'n grinnik pak hy sy visstok en die kassie met die gerei weg en stap na die wandelpaadjie. Hy kyk oor die see of hy dolfyne of robbe, dalk 'n walvis kan opmerk, want Shilo het gesê dit is tyd vir die walvisse om te kom kuier.

Hy sien haar waar sy op 'n klip naby die getypoel sit en aandagtig na iets in die water tussen die rotse kyk. Hy sug toe hy sien sy het steeds haar boekie in haar hand, en hy neem op 'n bankie plaas.

Sy sal seker nie te lank wees nie, ek sal hier vir haar wag, sê hy vir homself en kyk nuuskierig na een van die bergies wat langs kom sit. Hy loer onder sy wenkbroue deur na die man en is bly die wind waai in die regte rigting.

Hierdie ou is so ses maande agter met sy badsessies, flits die gedagte deur sy brein en hy trek sy wenkbroue op.

"Goeiemiddag, waarmee kan ek jou help?"

Die knaap beduie met sy oë in die rigting na waar Shilo sit. "Ek en my broers hou jou dop," sê die bergie in Engels.

Josef is verstom. Dit is die laaste ding wat hy verwag het, 'n bedekte dreigement, in stede van 'n gesmeek na geld om kos te koop, vloeibare kos natuurlik. Hy draai sy lyf op die bankie en kyk stip in die man se donker oë. "Wat bedoel jy, julle hou my dop. Kan jy verduidelik?"

"Jy moet versigtig wees met Shilo," sê hy steeds in Engels

Josef lag saggies en skud sy kop met 'n meewarige uitdrukking op sy gesig. "Dink jy ook sy is 'n roofdier wat my gaan verslind ... of 'n dogter van 'n duiwel?"

Die knaap lewer bewys hy is een van die amptelike swart tale ook magtig, nie net Engels nie, toe hy sy tong klap en ergerlik na Josef kyk. "Tsk, dit is die larnies in die dorp wat so sê en dink. Shilo is 'n engel, so reg uit die hemel uit."

Josef is stomgeslaan oor die man se woorde.

"Ek stem saam dat sy 'n engel is, maar ek begryp nie heeltemal waaroor of waarom jy my teen haar waarsku nie," sê hy in Engels sodat die bergie mooi kan verstaan.

Die bergie sug en laat sak sy skouer, maar sy oë bly stip in Josef s'n gevestig. "Ek waarsku jou nie teen haar nie, ek waarsku jou om nie met haar te speel en kwaad aan te doen nie," sê hy en sy blik gly in die rigting van die getypoel terwyl hy orent rank.

Hy steek sy wysvinger vermanend na Josef toe uit. "Maak haar seer of kom haar op enige wyse te na, en ek sal jou kry, ek en my broeders," sê hy steeds in Engels en skarrel oor die straat tussen die voertuie deur wat om die Punt ry, wat blykbaar Mosselbaai se nasionale sport is.

Josef is verslae terwyl hy die man agternakyk. Shilo tik teen sy skouer. Hy kyk na haar en sien dat sy baie verbaas lyk. Dit lyk asof sy tóg vriende in die dorp het. Hy sien sy beduie in die rigting waarin die bergie verkas het.

Sy lag sag en streel oor sy wang. "Het Clifford met jou gepraat?"

"As die man wat hier gesit het Clifford is, dan het hy, en ek is oortuig hy het my gedreig."

Sy voer 'n klapbeweging in die lug uit en lag rinkelend.

"Ag jy is laf man, Clifford sal niemand dreig of enigsins kwaad aandoen nie. Ek glo ook nie hy sal selfs een van die menigvuldige vlieë wat hom pla doodklap nie. Ek was baie verbaas toe ek hom langs jou sien sit, dit is teenstrydig met sy aard. Is jy seker hy het met jou gepraat?"

"Hy het ja, in perfekte Engels sonder 'n sweem van 'n aksent." Hy kyk ondersoekend na haar. "Ken jy die man?"

"Ja, ek het mos gesê dit is Clifford. Ek ken al die boemelaars, bedelaars, leeglêers en deugniete in die dorp, moet jou nie aan hom steur nie," sê sy en trek hom aan sy arm orent.

"Kom ons gaan kyk of daar iewers tussen die rotse 'n seekat wegkruip. Onthou net, as ons een opspoor mag jy die dier terg as jy wil, maar jy mag hom nie seermaak nie."

"Ek sal dit beslis nie doen nie, meisiekind. Netnou slaan hy sy arms om my en is groter as wat ons gedink het, en die ding sleep my die diepsee in."

Sy lag en loer onderlangs na hom. "Ja, netnou is hy vriende met een van die haaie en gee jou sommer weg sodat die haai korte mette met jou kan maak."

Toe hulle by die rotse kom steek sy haar hand na hom toe uit. Hy neem haar hand en dink dat sy nogal vertroue in hom het om haar te help tussen die klippe sodat sy nie dalk gly en val nie.

Hy kyk na haar, sien die fyn glimlaggie om haar mond en die tergende uitdrukking in haar oë. Hy besef sy weet wat hy dink en dat die rolle eintlik omgekeerd is, sy wil hóm help dat hy nie val nie.

"Jy moet hierdie opregte nagemaakte Crocs van jou net gebruik as ons gaan stap. Dit is baie gemaklike skoene om dan te dra, tensy dit reën. Daardie skoene se sole is so glad soos seep as dit nat is en jy kan maklik op die rotse en die sypaadjies gly en val. Ek sal verkies dat jy eerder jou sandale dra, dit is veiliger."

"Ek hoor jou, maar as die sandale nat word, gaan dit vinnig begin ..."

Hy het na haar gekyk en nie op die rotse gekonsentreer nie toe sy voet gly en hy hard probeer om sy ewewig te behou. Skielik besef hy dat hy nie gaan val nie, sy het hom stewig om die lyf beet.

Die atmosfeer is asof met elektrisiteit gelaai en hy voel half duiselig terwyl hy in die wonderlike oë hier vlak voor syne vaskyk. Sy lyf begin bewe en toe hy sy arms om haar sit, voel hy hoe haar liggaam ontspan en sy styf teen hom aandruk.

Sy sluit haar oë en sy lippe neem besit van hare. Hulle soen mekaar met oorgawe, en na 'n rukkie draai sy haar kop weg en druk dit teen sy bors.

Hy kyk nie in haar oë nie, hy kies 'n kolletjie op haar bloesie terwyl sy gesig en ore voel of dit aan die brand is. "Ek is jammer Shilo, ek moes dit nie gedoen het nie."

Sy lag skalks en loer meewarig na hom. "Hoekom nie? Jy wou dit al weke lank doen en nou het jy."

Onsekerheid neem van haar besit en sy gaan sit op een van die klippe. "Het jy dit nie geniet nie? Het ek dit verkeerd gedoen, of het jy besluit dat ek dit nie werd is nie?" vra sy met 'n snik in haar stem.

Hy sak op sy knieë in die waterpoeletjie voor haar en neem haar hande in syne. Sy staar stip na die water en kyk nie na sy gesig nie.

"Nee ... ja .. nee. Shilo, aan die een kant is ek baie bly dit het gebeur. Dit was regtig baie aangenaam en jy is reg, ek wou dit al 'n geruime tyd doen. Dit was selfs aangenamer as wat ek dit in my drome voorgestel het. Aan die ander kant het ek dit probeer vermy en dit reggekry tot nou toe. Jy sien, ek wou nie 'n las wees of druk op jou plaas nie, en wel omrede jy my nie ken nie. Jy ken my soos ek die afgelope tyd saam met jou rondgestap en gesels het. Daar is egter dinge waarvan jy nie weet nie, en as jy daarvan weet, sal jy nie daarvan hou nie."

Sy sit regop en haar oë skandeer sy gesig. "Josef, ek gee nie 'n snars om vir wat jy in die verlede gedoen het nie. Daardie dinge moet jy vir jouself uitsorteer. Weet jy wat beteken my naam?"

"Ja. Daar is 'n paar betekenisse wat aan die naam Shilo gekoppel word. Weet jy?"

"Natuurlik weet ek, dit is tog my naam. Jy is reg, daar is vele betekenisse aan Shilo gekoppel. Die drie belangrikste is: kreatief, gelukkig en aktief. Die tweede betekenis, gelukkig, is een van die dinge in hierdie lewe wat my pla. Daar het al verskeie dinge met my gebeur en elke keer het ek dit wat aan my behoort het, en waarmee ek gelukkig was, verloor. Ek voel asof jy aan my behoort, of altans dat ons aan mekaar behoort. Ek is op die oomblik gelukkig, maar gaan ek dit weer verloor?"

Hy kyk in haar oë wat oor sy gesig speel en dan kyk sy stip na hom.

"Tyd sal leer. Om terug te kom na jou naam, daar is ook 'n ander betekenis aan die naam Shiloh, die een wat met 'n "h" aan die einde gespel word. Dit beteken *gawe van God*, of die *vreedsame*."

"Werklik?"

"Ja, jy kan dit maar opkyk."

"Daar is agt verskillende dinge aan my naam gekoppel, en ek dink ek voldoen aan almal, maar ek sou graag intelligensie ook daaraan gekoppel wou hê omrede ek dink ek is nogal intelligent. Soms fouteer ek egter in my veronderstellings en aannames. Is ek hierdie keer weer verkeerd?"

Hy wil nie daai vraag beantwoord nie, nie nou nie, want hy moet eers vrede in sy eie gemoed vind. Hy besluit om die vraag te pypkan.

"En wat vertel daardie intellek jou omtrent my?"

Sy kyk stip na hom en streel oor sy wang. "Dat jy eerlik, opreg en 'n vriend duisend is wat ek altyd kan vertrou, maar, en jy het dit self erken, daar is iets in jou verlede wat jou geweldig pla. As jy vir my wil vertel sal ek na jou luister en jou help as ek kan. Ek weet egter jy gaan dit nie vandag doen nie."

"Hmm, jou intelligensie is hoog op my lys hoor. Nou kom, mooiste vrou in die wêreld, gee my nog een van daardie fantastiese soentjies, dan sukkel ons weer oor die klippe en gaan drink koffie."

"Waar?"

Hy lag saggies en wonder of die uitdrukking in haar oë wantroue is, en hy beduie na die restourant.

"Wel, dit is duidelik dat jy nou bang is vir my en nie maklik by my tent gaan kom nie. Jy het my ook nog nie na jou tuiste geneem nie, ek weet nie eens waar jy woon nie. Só, die restourant is die aangewese plek."

Sy plaas haar arms om sy nek, lag koketterig en kyk stip in sy oë. "Josef ... ek is nie bang vir jou nie, ek is bang vir myself."

"Vertrou jy jouself nie in my teenwoordigheid nie?"

Sy giggel, kyk skamerig na hom en skud haar kop. "Nee, nie meer nie. Waar daar ander mense is wat ons kan sien is dit oukei, maar nie waar ons twee

43

stoksielalleen is nie. Jy onthou die tierboskat? Laat ek eerlik wees en sê ek is bang vir die gevoelens wat ek ervaar. Jy is die eerste man saam met wie ek enige noemenswaardige tyd spandeer, en dit doen ek omdat ek wil. Soms as jy net toevallig aan my raak dan ... toemaar jy hoef nie te weet nie."

"Hmm, ja en ek verstaan wat jy bedoel. Kom ons gaan sit by die restourant waar daar ander mense is en gesels oor die pad vorentoe."

Sy steek haar wysvinger reëlreg na hom toe uit en lag saggies. "Jy het iets vergeet."

"Wat?"

"Dit," sê sy en soen hom weer dat hy nie weet of hy sit of staan nie. Hy voel asof hy op 'n wolk sweef en dat die wolk by die sekonde momentum optel, dan klap sy hom op sy boud.

"Kom, maak oop jou oë en hou hulle oop. Ek gaan jou nie weer vang nie, jy is te swaar. As ek môre nie kan gaan werk nie omdat ek stywe rugspiere het, is dit jou skuld en gaan tant Truitjie jou kom afslag."

Hy loer na haar en besef dat die afgelope paar minute se gesprek en die soene haar gespanne gemaak het, al probeer sy voorgee dat alles in orde is. Hy sal iets moet doen om haar te laat ontspan.

"Het hierdie tant Truitjie van jou ook so 'n mes soos joune?"

"Nee man, myne is 'n speelding. Tant Truitjie het die ware Jakob. Dit is baie groter as myne en vlymskerp. Met een kaphou, kap sy 'n boerpampoen middeldeur."

Sy het gewys hoe tant Truitjie die mes swaai en hy lag geamuseerd.

"Daai aksie wat sy uitvoer lyk woes. Ten minste gaan ek nie ly nie, sy kon 'n stomp mes gehad het

44

waarmee sy sou moes saag en saag totdat ek uiteindelik weens bloedverlies of pyn die emmer skop." Sy lag en trek hom aan die hand. "Kom slimjan, of is dit dalk dom Josef? Vandag gaan dit jou meer kos as wat jy gedink het, my soene is kosbaar."

"Hmm, en lekker en word heel professioneel uitgevoer vir 'n meisie wat onskuld gepleit het."

"Ek ís onskuldig ... wel, behalwe vir daardie twee soene van vandag."

"Nou waar het jy dan geleer om dit so goed te doen?"

Sy rek haar oë en skud haar kop meewarig heen en weer. "Daardie kassie waaroor die dominees jare gelede so te velde getrek het, die satansding wat die gemeentelede 'n televisiestel genoem het. Jy weet wat dit is, nè?"

Sy kyk stip na hom en toe hy sy kop knik, gaan sy voort. "Nou ja, ek hét 'n televisiestel en het goed geloer oor hoe om dit te doen. Jy sien, ek het geweet my Josef sal een of ander tyd hier opdaag en wel, ek wou voorbereid wees."

Hy het aandagtig na haar geluister en sy blik oor haar laat dwaal, maar voordat sy gedagtes die wit perd opsaal, knik hy sy kop. "Goed, ek sal jou glo. ... hierdie keer."

"Jy kan my altyd glo, Josef. Ek sal nooit vir jou 'n leuen vertel nie."

Die laaste vier jaar het vir my soos 'n ewigheid gevoel. Ek het gedink dit sal nooit verbygaan nie, sê hy vir homself en kyk stip na haar. "Nooit is 'n lang tyd, my liewe Shilo."

Shilo het nie 'n saak met sy mening nie en lewer bewys sy het nié gelieg nie, sy ken werklik vir Clifford.

"Tsk, dit sal nooit te lank wees nie. Kom nou man, ek is honger."

Hulle het die restourant bereik en sy kyk eers rond en wend haar dan na hom. "Waar wil jy sit?"

"Daar op die kant waar ons 'n onbelemmerde uitsig oor die see het," sê hy en 'n pragtige glimlag plooi om haar mooi mond toe sy omdraai en in die aangewese rigting stap.

'n Kelner plaas die spyskaart voor hulle neer en sy kyk na Josef. "Hoeveel was daardie soentjies werd?"

"Baie meer as enige van hierdie disse. Bestel jou gunsteling."

"Dit gaan te veel wees. Ek sal nooit soveel kos kan eet nie."

"Kan ons dit deel?"

"Jip. Bring asseblief vir ons 'n Vier Seisoene Pizza met ekstra parmesaankaas en twee koffies."

Hulle sit tenoor mekaar met hul arms oor die tafel gestrek en hul vingers ineengestrengel. Sy loer na die mense om hulle en sê niks terwyl haar oë telkens na die see dwaal.

Sy pluk haar hand los en dit vlieg uit in die rigting van die see. "Joe!" roep sy uit.

Sy hart krimp vlugtig en hy kyk verskrik na haar. "Josef," sê hy

Sy kyk vinnig na hom en toe sy sien hy is effe bleek, frons sy en beduie met haar oë in die rigting wat sy wys. "Nee man, ek praat nie met jou nie. Daar is Joe, die een waarvan daar 'n stukkie van sy vin af is, en kyk net, daar is sy Shilo ook," sê sy en klap haar hande opgewonde teenmekaar.

Twee robbe duik en speel baldadig in die water en hulle kyk 'n paar minute na die twee diere totdat hulle buite sig verdwyn.

"Joe en Shilo?"

"Ja. Dit is hul name."

"Is dit nie dalk ander robbe nie? Miskien Arthur en Ally?"

"Nee, ek dink 'n haai het 'n stukkie van Joe se armpie, of vin afgebyt. Ek het hom vir lank nie gesien nie en ek is bly hy leef nog."

Sy loer onder haar wenkbroue deur na hom en lag skalks. "Ek het hulle dié name gegee, en daarom sal dit so bly."

"Enige spesifieke rede?"

Sy kyk na hom en hy sien sy lyk half verleë. "Ja, daar is 'n rede, maar ek sal jou op 'n ander stadium daarvan vertel." Ek het mos nie geweet dit moet Josef in stede van Joe wees nie, dink sy.

"Goed, dan is dit Joe en Shilo. Voor ons iets verder sê of doen moet ons eers uitsluitsel oor 'n baie belangrike saak kry. Is jy my vaste meisie, en kan ek jou vashou en drukkies gee met so 'n soentjie nou en dan?"

Sy wikkel haar wenkbroue en flikker haar oë, die ewige Delila. "Met my toestemming natuurlik."

Hy lag, leun oor die tafel en soen haar op die wang, dan neem hy haar hand en vleg sy vingers tussen hare. "Ek gaan nie vergeet van Joe en Shilo nie hoor, hulle moet baie spesiaal vir jou wees."

"Hulle is. Eendag sal jy verstaan. Hier is ons kos, ek kan nie wag om weer hierdie restourant se pizza te eet nie. Dit is die beste in die dorp."

Hulle geniet die gereg en nadat hulle rustig die koffie gedrink het, betaal Josef die kelner en hulle staan op om te vertrek.

'n Baie aantreklike brunet kom van vooraf aangestap en toe sy langs Shilo is wat voor Josef stap, is daar 'n trappie wat sy nie verwag het nie. Sy struikel

47

en sou vol op haar gesig geval het as Josef haar nie gevang het nie. Hy help haar orent, en toe hy seker is haar ewewig is herstel, los hy haar.

'n Man kyk dankbaar na Josef, dan plooi 'n glimlag om sy mond en hy giggel geluidloos. "Kyk nou net hierdie Johannesburger. Sy is nog nie eens 'n uur in haar nuwe tuisdorp nie en maak klaar skandes. My liefste vroutjie, kon jy nie maar tot môre gewag het voordat jy in 'n ander man se arms val nie? Is jy reg, my skat?"

"Ja, danksy hierdie gawe man is ek," sê sy en haar man draai na Josef toe.

"Baie dankie dat jy haar gevang het, my vriend, sy kom lelik seergekry het. Kom sit by ons dan kry ek vir jou en jou vroutjie iets om te drink om dankie sê vir jou vriendelike gebaar."

"Wel, ek ... uhm ... "

Die vrou kyk na hom en fabriseer 'n streng trek op haar gesig en pluk haar wenkbrou op.

"Geen wel en maar nie, kom sit asseblief by ons. Julle is die eerste mense in Mosselbaai wat ons ontmoet buiten Ricus, die eiendomsagent, en ek is vreeslik bly jy het gekeer dat ek val, ek is maar kleinserig."

Sy stap tot by Shilo, neem haar aan die hand en hulle stap na dieselfde tafel vanwaar Josef en Shilo pas opgestaan het. Hulle neem plaas en skuif hulself gemaklik, dan kyk die man beurtelings na Josef en Shilo.

"Ek is Hannes Snyman en hierdie is my pragtige vroutjie Anette."

"Hallo julle, ek is Josef en hierdie pragtige rooikop se naam is Shilo."

"Sy is pragtig en ek sien sy dra nie ringe nie, jy moet roer en haar gering kry boeta, voordat sy wegvlieg," sê Hannes en Anette beduie na Shilo.

"Sy is nie net mooi nie ... en ek hou jou dop, my man. Ek het gesien hoe bewonder jy haar lyfie, en as jy klaar gekyk het, kyk 'n bietjie na haar pragtige gesig ook. Sy het die mooiste oë, is dit gekleurde kontaklense?"

Anette kyk stip na Shilo wat bloos en saggies giggel.

"Nee Anette, dit is nie, ek is met hierdie oë gebore," sê sy en onthou wat Josef gesê het. Sy klap hom teen die skouer en gluur met daai einste geel oë van haar na hom. "My hare is nie rooi nie."

Hy fabriseer 'n pyntrek op sy gesig en masseer kastig sy skouer. "Ek weet, my poplap, maar as die son net mooi op die regte hoek daarop val is dit 'n baie mooi rooi."

Hannes en Anette lag vir hulle en hy druk sy vrou styf teen hom aan. "Ons het pas vanaf Johannesburg arriveer en was nog nie eers by ons nuwe huis nie. Woon julle hier in die dorp?"

"Ons doen ja, maar soos jy opmerk het is ek en Shilo nie getroud nie. Hopelik sal sy uit die goedheid van haar hart tog ja sê die dag as ek genoeg moed kan bymekaarskraap om haar te vra."

Hannes swaai sy wysvinger tussen die twee. "Julle maak die perfekte paartjie, en as my vrou my sal toelaat wil ek jou gelukwens met die pragtige vrou waarmee jy rondloop. Sy is uitsonderlik mooi."

Anette bewys sy ken ook vir Clifford en gebruik dieselfde Xhosa of Zulu woord toe sy haar tong klap, vir Shilo knipoog en na Hannes gluur. "Ja, en ek sou selfs vir jou die nuwe drukkersbesigheid as betaling gegee het as ek sulke oë soos sy kon kry. Ek het getwyfel en geloer of dit kontaklense is, maar kan nie die randjie van die lense sien nie."

Shilo lag rinkelend en skud haar kop. "Daar is nie randjies nie, Anette. Ek lieg nie, ek is werklik met hierdie kleur oë gebore."

"Dit is fantastiese oë wat jy het, en met jou gelaatstrekke en sexy lyfie sal jy die modebase mal maak oor jou. Daardie ouens sal toustaan om jou te kry om modelwerk vir hulle te doen."

Shilo is nie gewoond aan komplimente nie, eerder neerhalende op- en aanmerkings, en sy bloos weer bloedrooi.

"Nee wat, Anette, ek sal maar vir Josef koskook ... eendag wanneer hy so ver gekom het om vir my te vra om sy vrou te word."

"Ek is ernstig, Shilo. Ek het vir 'n tyd lank by 'n modetydskrif gewerk. Jy is 'n perfekte model."

Shilo is egter halsstarrig, sy glo nie wat Anette sê nie. "Soos ek gesê het, ek sal eerder vir Josef koskook, hy moet net eers met my trou."

Hoewel hy daarmee begin het, laat die gegrap oor die trouery Josef ongemaklik voel en hy besluit om die onderwerp van die gesprek te verander en hy kyk na Hannes.

"Anette het gesê julle besit 'n drukkersbesigheid?"

Hannes sug swaar, maar dan grinnik hy.

"Ja, jong. Ek weet nie hoe dit sal gaan nie, maar ons het die plek gekoop en sal nou maar die beste moet doen wat ons kan. Enige hulp sal waardeer word, hoor."

Josef se brein skakel oor in vyfde rat. Hier is 'n geleentheid, miskien kan ek bemarking doen en geld verdien, maar hierdie is nie die plek om daaroor te gesels nie. Ek sal uitvind waar hul besigheid geleë is en dan gaan kuier.

"Ek sal my ore oophou en jou laat weet as ek van 'n moontlike kliënte te hore kom."

Hulle drink saam met Hannes en Anette koffie, dan staan Josef op en vra dat hulle verskoon word. Hulle groet vriendelik en hy neem vir Shilo aan die hand en stap na buite. "Sien jy nou wat gebeur as jy met normale mense omgaan? Kyk net hoe Hannes en Anette reageer het op jou skoonheid en jou pragtige oë. Geen verwysing na tierboskatte, luiperds, weerwolwe of enige ander dier nie. Vergeet die plaaslike mense se idiotiese stories waarvan jy gehoor het."

"Dit kom al baie jare, Josef, 'n Mens vergeet nie sommer so gou nie."

Hy gaan staan, draai haar lyf na hom toe en sit sy hande op haar skouers terwyl hy stip na haar kyk. "Shilo, ek is mal oor jou, nie net jou uiterlike nie, maar ook die vrou daarbinne. Jy is die interessantste en slimste vroumens waarmee ek nog te doen gekry het."

Sy kyk nie in sy oë nie, 'n gekraakte teël op die sypaadjie is interessanter. "Jy dink maar net so. Daar is baie mooi, interessante en slim vrouens in hierdie land, maar dankie, Josef. Ek is bly jy voel so oor my, enne, ek weet dit is jou eerlike opinie."

Hy kyk nog vir 'n paar sekondes ondersoekend na haar gesig en sien die glimlag wat om haar mooi mond plooi. "Kom ons gaan stap 'n entjie."

"Goed, maar net tot by die poskantoor en terug, dan mag jy my 'n soentjie gee en 'n rustige nagrus toewens. Môreoggend moet ek weer vroeg aan die gang kom."

Hulle stap 'n entjie en hy gaan staan by 'n hibiskus, breek een van die geel blomme af en druk dit in haar hare. "'n Mooi blom vir 'n mooier vrou," sê hy en beduie sy moet net so bly staan. Hy trek sy selfoon uit sy sak en neem 'n foto van haar. Hy kyk na die resultaat en sien die blom is bykans dieselfde kleur as haar oë. Sy hou

51

haar hand uit en hy gee die selfoon vir haar. Sy kyk na die foto en trek 'n skewe mond.

"Pragtig," sê hy en sy lag saggies.

"Dankie Josef, nie oor die foto nie, maar ek is seker die meeste mans sou verby die boom loop sonder om eers die blomme raak te sien. Die blom is egter mooier, ek dink jy kort 'n bril."

Hy lag sag en skiet haar neuspunt sag met sy vinger. "Nee, my sig is uitstekend, dankie. Ek het die mooiste vrou in die land binne sekondes sedert sy haar verskyning gemaak het, raakgesien."

Sy lag en trek hom nader aan haar, dan sit sy haar arm om sy lyf en hulle stap verder. Na 'n rukkie is die voorafbepaalde staproete afgelê en hulle bereik die ingang na die karavaanpark. Hy kyk lank na haar gesig in die lig van 'n straatlamp, dan neem hy haar in sy arms en soen haar op haar begeerlike lippe.

"Mag ek vanaand saamstap tot by jou huis?"

Sy kyk in sy gesig op en skud haar kop. "Nag Josef, rustige nag." Sy blaas vir hom 'n soentjie, draai om en stap vinnig in die straat af.

Hy kyk haar agterna totdat sy om die draai van die straat is en stap na die restourant. Hy wil eers vir die kelners vra of een van hulle weet waar sy woon, maar besluit dit sal oneties van hom wees. Shilo sal vir hom sê wanneer die tyd reg is. Hy koop 'n blikkie Coke en stap na sy tent.

Hoofstuk

5

Die tentseile staan bol. Ankertoue kraak. Telkens val daar 'n droë tak uit die boom op die tent se dak, dit het die knie voor die suidooster gebuig en die handdoek ingegooi. Iewers klap die seile soos kanonskote, die ankerpenne was nie diep genoeg in die los grond ingekap nie.

"Ek is jammer ou Demis Roussos, jy kan jou vriend die wind maar koester en liedjies oor hom sing as jy wil. Ek deel ongelukkig nie jou mening nie," sê Josef vir homself en trek die komberse tot teen sy ken.

Hy luister na mense wat vir mekaar skree om die tente se toue stywer te trek en die penne vaster te kap. Ek hoop nie hierdie wind waai vir Shilo van haar bromponie af nie. Hy spring uit die bed en loer by sy tent uit om seker te maak dat sy tentpenne en ankers nog stewig is. Alles blyk in orde te wees en hy stap teen die loeiende wind na die ablusieblok waar hy vinnig stort en skeer.

Hy berei ontbyt voor en sit dit rustig en nuttig. Hy loer weer by die tent uit en besluit die wind waai nog net so erg en skielik weet hy nie wat om met homself aan te vang nie. Die wind is te erg om te gaan stap en om te gaan probeer visvang is nie 'n opsie nie. Hy lê en dink aan iets wat hy dalk nog nodig het wat hy kan gaan koop, maar kan aan niks dink nie.

Shilo, dink aan haar, dit sal jou gedagtes lank besig hou. In sy gedagtes keer hy terug na die eerste oomblik wat hy haar gesien het. Soms kom daar 'n droewige uitdrukking op sy gesig en dan een van jammerte. Die dag van gister op die rotse toe hy amper geval het, kom in sy gedagtes op en hy glimlag soos 'n verliefde skoolseun toe hy aan die gebeure van dié dag dink.

Joe en Shilo, die robbe vul sy gedagtes. Wat sou die storie omtrent die diere wees? Ek sal haar tog uitvra daaroor, besluit hy.

Hy weet net hy kan nie bekostig om hierdie vrou deur sy vingers te laat glip nie. Miskien moet hy haar tog maar vertel wat hom so pla. Moontlik sal sy verstaan en sal dit nie 'n verskil maak aan haar gevoel vir hom nie.

Josef dink weer aan die moontlikheid om iewers werk te kry of 'n besigheid te begin. Hy weet goed om daaraan te dink gaan hom niks in die sak bring nie, maar drome is goedkoop, dit kom teen 'n paar sente per dosyn.

Hy onthou die simpatieke, en soms nie so simpatieke verskonings wat die mense aan hom verkoop het omdat hulle nie kan help met 'n werk nie. Die moontlikheid om 'n betalende besigheid te begin verwerp hy sommer gou.

Hy sug. Wat gaan ek vandag met myself aanvang? Shilo gaan eers weer teen twee- of drieuur beskikbaar wees en ek het geen idee waarmee ek myself gaan besig hou tot dan nie.

Hy luister na die wind wat so onplesierig waai en wat moontlik gaan verhinder dat hy haar die middag sal sien. Hy hou nie van die gedagte dat hy deur die dag moet gaan sonder haar aan sy sy nie. "Daar is nêrens waarheen ons kan gaan in hierdie wind nie. Sy sal nie by my in die tent kom kuier nie, en tot op hede wou sy my nie na haar woonplek neem nie," sê hy sugtend en besef skielik watter groot rol Shilo in sy lewe ingeneem het.

Hierdie selfbejammering gaan, net soos my drome, my niks in die sak bring nie, besluit hy en rank orent. Hy trek 'n langbroek en windjekker aan, klim op die Vuka en kry koers in die hoofstraat op. By die biblioteek parkeer hy die Vuka en stap dan binne. Hy is verras oor die voorraad boeke wat beskikbaar is en kies sorgvuldig 'n boek om te lees.

By die tafeltjie langs hom sit twee ouerige mans en gesels byna op 'n fluistertoon. Hulle praat egter hard genoeg sodat hy elke woord kan hoor wat hulle sê.

"Ek sê vir jou, Stanley, ons het 'n hulpprediker nodig. Dit moet verkieslik 'n jong mannetjie wees by wie die jong mense aanklank sal vind."

"Ek weet, ou Harry, maar die gemeente sukkel maar met die geldjies. Ons kan nie vir pastoor Jan en nóg 'n predikant betaal nie. Jy weet die mense in die dorp is maar arm."

"Ek weet geld is maar altyd 'n probleem, ou Stanley, en 'n mens kan nie verwag dat iemand moet werk sonder om besoldig te word nie. Vat nou vir die mooi meisie by die Skuiling. Sonder haar sal pastoor Jan sukkel met die voedingskema en om vir die hawelose mense te sorg. Pastoor Jan het juis nou die dag vir my gesê hy wens hy kon haar minstens twee maal soveel betaal as wat sy tans verdien. Sy bring 'n redelike inkomste in deur die skenkings en voedsel vir die Skuiling wat sy organiseer."

Josef loer uit die kant van sy oë na die twee ou omies en spits sy ore. Die gesprek wat hulle voer is vir hom baie interessant.

"Ja, wat 'n mooie kind, en sy is altyd vriendelik. Sy is bepaald 'n aanwins vir pastoor Jan en sy skema. Sy is 'n engel, of liewer so na aan 'n engel as wat 'n aardse wese kan kom. Dit is tragies dat sy soveel hoon van die ouer geslag moet verduur. Die dinge waarvoor sy geblameer word, het tog niks met haar te doen nie. Sy was maar 'n kind toe haar pa nog geleef en die mense so sleg behandel het. Die jong mense is mal oor haar, hoewel die stories wat oor haar versprei word hulle tog versigtig vir haar maak. Die jong meisies wil almal graag soos sy lyk ... gesofistikeerd, is die woord wat hulle gebruik. Sy is 'n ikoon vir die jonger geslag."

Hmm, ek is seker hulle praat van Shilo, dink Josef.

"Ja, as sy net nie so teruggetrokke was nie en met ander mense ook meng sal dit baie interessant wees om te sien of sy almal dieselfde behandel. Pastoor Jan het al vir my gesê sy sal 'n wonderlike leier vir die jong mense wees. Sy is 'n voorslag by die Skuiling en almal wat daar werk en oorbly het die grootste respek en agting vir haar. Hulle noem haar dan ook die Koningin van Harte. Ek wil amper sê die mense met wie sy te doen kry het iets soos heldeverering vir haar. Pastoor Jan het blykbaar al vir haar gevra of sy nie by die gemeente betrokke wil raak nie, maar sy stel nie belang nie."

"Ek ken al die boemelaars, bedelaars, leeglêers en deugniete in die dorp," hoor Josef haar sê, en hy skuif effe nader aan Stanley en Harry.

"Dit is as gevolg van die ouer geslag, sê ek jou. Kan jy jou indink wat sy met die jong mense kon bereik. As

56

sy tog net nie daardie meulsteen om haar nek gehad het nie. As sy nog 'n pastoor ook was, het ons geen probleem gehad nie. Sy sou die jonges gelei het na dit wat waarde in die lewe het. Nou soek hulle na iets en weet nie waarna hulle soek nie. Hulle dink om te drink, lieg, steel en verdowingsmiddels te gebruik is die antwoord op al hul probleme."

"Ja, my broer, wat sal ons doen? Ek sal weer met pastoor Jan gesels, miskien kan hy iemand kry. Kom ons stap maar verder, ek wil gou by die winkel 'n draai maak voordat ons huis toe gaan. Onthou om jou boeke te laat uitteken."

"Goed, kom ons gaan durf die wind aan."

Hulle staan op en nadat die boeke uitgeteken is stap hulle na buite. Josef sit en dink aan alles wat hy gehoor het. Sonder twyfel is die meisie van wie hulle gepraat het, sy eie Shilo. Dit kan nie iemand anders wees nie.

Hy dink vir 'n oomblik aan sy oortuiging en lag saggies. Koningin van Harte, sê hy vir homself en dink aan Clifford se waarskuwing en Stanley en Harry se woorde.

Hmm, ek begryp nou Clifford se waarskuwing. Shilo is definitief die ongekroonde Koningin van Harte in sover dit die gepeupel ... en myself aanbetref.

Hy gaan haar egter nie uitvra nie, hy glo sy sal hom alles vertel sodra sy gereed is om dit te doen. Hy weet nou sy is by die Skuiling betrokke, en soos hy verstaan, kontak sy mense en vra vir skenkings en donasies. Hy wonder of dit haar enigste funksie daar is. Hy het die plek al opgemerk, maar besluit om daar weg te bly totdat hy die oortuiging in sy gemoed kry om meer uit te vind.

Josef lees lusteloos deur die boek wat hy uitgekies het, maar kom gou agter dat hy nie konsentreer op die inhoud daarvan nie en plaas dit terug op die rak. Hy stap in die straat af en gaan by elke winkel in en kyk daar rond. Omrede hy niks wil koop nie, vind hy die stap tog vervelig en stap terug na waar die Vuka staan.

Die wind waai steeds onplesierig en hy wonder of hy vir Shilo te siene gaan kry. Hy is oortuig sy sal nie na sy tent kom nie, en stap oor die straat en gaan sit by die restourant.

Daar is geen teken van Shilo nie en nadat hy 'n toebroodjie en koffie geniet het, stap hy terug. Hy kyk hoopvol na die tent, maar daar is geen teken van Shilo, of selfs 'n boodskap wat sy gelaat het nie.

Sy gedagtes vlieg na die geskiedenis van die afgelope vier jaar. Hy sug. Sal ek ooit weer 'n normale lewe kan lei?

Ek weet nie, besluit hy en trek sy selfoon nader. Hy sien dit is nou maar eers vyf-dertig en die aand en nag lê voor. Hy weet hy sal nie slaap as hy nie vir Shilo sien nie en besluit om tog op die wandelroete te gaan stap, miskien loop hy haar raak.

Die wind het effe bedaar, maar die see se oppervlak is besaai met klein brandertjies. Hy onthou sy vader het sulke brandertjies beskryf as *been in die bek*. Hy het gesê dit lyk soos 'n hond wat nader hardloop met 'n been in sy bek. Omrede die wind effens gaan lê het besluit Josef om met die strate tussen die hoofpad en die see op en af te stap. Miskien is hy gelukkig en sien Shilo se bromponie iewers raak. Sy verlange na haar is so erg dat hy sowaar aan die voordeur sal gaan klop as hy tog net kan uitvind waar sy woon.

Sy moet hier iewers woon, want sy stap altyd in hierdie rigting. Hy loer in elke erf of haar Vespa nie iewers staan nie.

Shilo staan in die sitkamer van die huis waarin sy woon voor die venster en kyk oor die see. Skielik trek iets haar aandag.

"Tant Mattie, kom gou en bring tante se bril saam."

"Hygend kind, is daar 'n visserskuit op die see wat in die moeilikheid is? Die mense weet mos hulle kan nie uitgaan op die see as die wind so waai nie."

"Nee tante, dit is iets veel belangriker waarna ek wil hê tante moet kom kyk, maak gou!"

"Nou wat is dit, my kind?"

"Sien tante die jongman in die straat hier voor die huis?"

Tant Mattie verskuif haar oë van die see-oppervlak af waar sy 'n skuit gesoek het, na die straat voor haar huis.

"Ek sien hom, my kind. Die wind waai so erg en hy stap hier in die strate rond vir kwaadgeld. Moet ek hom gaan verjaag?"

Shilo lag rinkelend en streel oor tant Mattie se arm. Sy kyk steeds deur die venster en met 'n glimlag om haar mooi mond, draai sy na tant Mattie toe.

"Nee tante, dit is nie wat ek wil hê nie. Ek wil vir hom hê, my liewe tante. Dit is die man met wie ek eendag gaan trou."

Tant Mattie ruk haar asem in en kyk bykans veroordelend na Shilo. "Is jy nou van jou trollie af Shilo'tjie? Jy het nooit enige belangstelling in 'n jongetjie getoon nie, en ook nog nooit 'n man aan my kom voorstel nie. Nou sê jy sommer so uit die bloute uit jy gaan met 'n wildvreemde man trou?"

Shilo slaan haar arms om haar tante en druk haar styf teen haar vas. "Hy is nie 'n wildvreemde man nie, tant Mattie. Ek ken hom al geruime tyd en hy het my gister eers vir die eerste keer gesoen," sê sy en bloos bloedrooi toe tant Mattie geskok na haar kyk.

"Maar jou ordinêre jong vrou, hoekom het jy my nie van hom vertel nie? Gaan roep hom in sodat ek die leviete vir hom voorlees."

"Nee, tant Mattie. Los hom sodat hy tyd kan kry om te dink. Ek wil hom nie in 'n ding indwing nie, hy het self een of ander probleem wat hy vir homself moet uitsorteer."

Tant Mattie kyk vraend na haar pragtige broerskind. "Maar kind, jy kan nie vir my vertel jy gaan met die jongetjie trou en my nie aan hom voorstel nie. Hoe nou gedaan?"

Hmm, hierdie oujongnooi tante van my is bang ek loop dieselfde paadjie as sy. Dalk is sy reg, as ek nie met Josef trou nie, sal ek nooit trou nie. Sy loer onder haar wenkbroue deur na haar tante.

"Ek het gesê eendag, tante, nie sommer môre of Saterdag nie. Daar gaan nog baie water in die see moet loop."

Tant Mattie loer wantrouig na haar, sug swaar en gaan sit op die bank. Sy klop met haar hand op die sitplek langs haar. "Kom sit hier langs my en vertel my alles."

Shilo vertel haar tante hoe sy en Josef mekaar ontmoet het en dat hulle elke middag in mekaar se geselskap deurgebring het.

Tant Mattie klap geesdriftig haar hande teenmekaar en lag hartlik toe Shilo haar vertel van *ekspedisie seekat soek,* en van daardie eerste soen.

"Jy speel met my. Hy val hom amper kaduks en toe soen hy jou?"

"Ja, tante, en ek het dit baie geniet," sê sy met 'n bloedrooi gesig.

"En jy sê hy stem met my saam dat jy die mooiste paar oë het wat hy nog gesien het?"

"Netso, tante."

"Dan hou ek klaar van hom en hy sal welkom wees om hier in die sitkamer by jou te kom kuier."

"Ek was bang om hom hierheen te bring, ek weet mos hoe kritiserend en beskermend tante kan wees."

Tant Mattie giggel soos 'n skoolmeisie wat vir die eerste keer deur 'n seun uitgevra word na 'n dans. "Jou geluk is al wat vir my tel, my kind. Ek het jou maar net al die jare gewaarsku om nie enige man te vertrou nie, en hulle definitief nie in jou kamer toe te laat nie," sê sy en toe Shilo haar asem sterk intrek, weet sy die kind maak reg vir 'n geveg.

Sy swaai haar hande paaiend en kyk met 'n sagte blik in haar oë na Shilo. "Ja, ja, moenie baklei nie, ek is bewus daarvan jy weet hoe om jouself te gedra. Ek weet ook jy het alles wat jy nodig het in daardie vertrek wat jy jou *suite* noem. Ek is maar net bekommerd en versigtig. Jy kan soms heeltemal handuit ruk," sê sy en loer beskuldigend na Shilo.

Sy kyk meewarig na haar tante en skud haar kop. "Nie met mans nie, tante, dit het en sal nooit gebeur nie."

"Ek weet en ek glo jou, my kind. Ek wens net jy wil meer tyd hier in die huis saam met my spandeer. Soms sien ek jou vir dae lank net as jy by die hek uitry op daardie gevaartetjie van jou."

Sy loer na haar tante en wonder of sy heeltemal begryp wat sy gesê het, want Mattie het nie gevra nie.

"Josef. Dit is sy naam, tant Mattie, net ingeval tante gewonder het."

"Jy luister ook na niks wat ek sê nie. Ek wil hê dat jy meer tyd saam met my deurbring en jy sê sy naam is Josef. Eet jy darem saam met jou tante vanaand?"

Shilo loer na haar tante en 'n klein, amper skelm glimlaggie plooi om haar mooi mond. "Natuurlik. Tante het mos gesê daar is gevulde pannekoek op die spyskaart en ek kan een of twee met suiker ook kry."

Tant Mattie rol haar oë ten hemele. "Ek het gesê ons eet skaap... Goed dan, ek sal dit in die yskas bêre vir môre."

Sy sit haar arms om haar tante en druk haar styf teen haar vas. "Dankie, tant Mattie, jy is die beste. Onthou, sy naam is Josef."

"Die rob waarvan jy my vertel het, Joe, se naam is mos 'n verkorting van Josef. Is dit nie?"

"Ja, tante."

"Presies ... en wat is sy maatjie se naam?"

"Shilo."

"Presies," sê sy weer en Shilo gee haar klokhelder laggie. "My hartjie, jy moenie ..."

Shilo ken haar tante, en sy wil pannekoek hê, vanaand nog. "Tant Mattie, ek was klaar verlief voordat ek geweet het wat sy naam is."

"Maar hoe dan so?"

Sy giggel sag en trek haar skouers op. "Toe ek hom sien, het ek geweet hy is die man vir my."

Tant Mattie kyk ondersoekend na haar en steek haar wysvinger na haar uit. "Soms dink ek die mense wat jou so beskinder het iets beet, maar dit is net soms."

Shilo lag weer en neem haar tante aan die hand. "Kom tante, die pannekoek roep."

Hoofstuk

6

'n Doodse stilte heers. Geen wind. Geen reën. Geen rasende vragmotors of die geluid van voertuie wat die vroegoggend Mosselbaai se nasionale sport beoefen nie. Net gedagtes, of eintlik net een ... Shilo! Josef is steeds vies omdat hy haar nie die vorige dag gesien het nie en neem hom voor dat dit nie weer sal gebeur nie. Hy staan op en dink aan die bron van sy gramskap.

"Wag net dat ek jou in die hande kry," sê hy sag.

Hy buk om sy sandale van die grond af op te tel en sien 'n koevert op die grond lê, tel dit op en maak dit oop. Daar is 'n briefie in en hy kyk daarna.

Jammer oor gister, ek was besig. Sien jou vanmiddag tweeuur. Lief vir jou. Shilo.

Selfs haar handskrif is sierlik, besluit hy en druk 'n soentjie op die briefie. Sy hartklop versnel en hy glimlag van oor tot oor. Toe hy 'n paar minute later onder die stort staan sing hy lustig 'n liedjie wat handel oor die liefde en die lewe. 'n Ou omie wat staan en skeer kug so 'n paar keer en Josef hou op sing.

"En dan word jy oud, die liefde het werk geword en die lewe druk," sê die oubaas.

Hy giggel geluidloos en rek sy oë. "Dalk is oom reg, maar dit is baie ver van nou af."

Die oubaas gee 'n snork en konsentreer om nie sy bolip met die skeermes stukkend te sny nie.

Josef is opgewonde. Demis Roussos het sy pel gevat en gewaai. Die son skyn helder in 'n wolklose hemel. Sy geliefde het op papier gesê sy is lief vir hom ... hy sal daardie briefie bewaar as 'n getuienis stuk, en sy het gesê sy sal hom tweeuur sien. Dit is bykans 'n uur vroeër as gewoonlik, en hy is baie gelukkig daarmee.

Hy vat sy visstok en viskas, en sit af na die water. Na 'n ruk hoor hy sy katrol sing, hy gryp die visstok en katrol die vis in. 'n Bielie van 'n vis is stewig aan die hoek vas en hy kyk daarna.

"Ek kan jou nie net sommer oopsny nie, jy is nogal oulik. Wag, ek het 'n tangetjie gekoop sodat ek die hoek uit jou bek kan haal sonder dat jy my byt . Ek gaan eers 'n foto van jou neem en dan gaan ek jou weer in die water sit. Jy moet net oppas Shilo se Joe vang jou nie, hoor."

Hy neem die foto, haal die hoek uit die vis se bek en is nogal verbaas dat hy dit so maklik regkry, dan tel hy die vis op en gaan sit dit terug in die water, maar hou dit naby die rugvin vas.

Hy swaai sy vinger vermanend uit na die vis wat begin spartel. Hy los die vis en skree agter hom aan: "Onthou, jy moet oppas vir Shilo en Joe."

Toe hy omdraai staan 'n man vir hom en kyk. Hy sien dadelik dat dit een van die hawelose mense van die dorp is.

"Staan nader, my broer, ek het nou wel die vis vrygelaat en kan hom dus nie vir jou gee nie, maar ek kan vir jou vis en skyfies hier bo by die winkel gaan koop as jy honger is."

Josef grawe in sy sak en haal 'n vyftigrandnoot uit sy sak en hou dit na die man toe uit.

Hy wil-wil dit vat, en steek sy hand in sy broeksak. "Wat was dit omtrent Shilo?"

"O, dit is 'n rob. Sy swem hier saam met Joe rond. Ek het maar net die vis gewaarsku om op die uitkyk te wees vir hulle sodat hy nie kos vir hulle word nie."

"Shilo is nie 'n rob of enige ander dier nie. Sy is 'n engel ..."

"Ek weet, sy is 'n engel ... "

"... so reg uit die hemel. Sy is ook die Koningin van Harte, Sy gee elke dag vir my en my broers en susters kos. Moet nie van haar slegpraat nie, of ..."

"... jy en jou broers gaan my kry, ek weet. Kyk, ek is jammer as ek aanstoot gegee het, of eerder, dat jy aanstoot geneem het. Wat is jou naam?"

"Michael," sê hy.

"Nou ja, Michael, jy hoef jou glad nie oor Shilo te bekommer sovêr dit my aanbetref nie. Ek sal nooit vir Shilo enige kwaad berokken nie, ek en Shilo gaan met mekaar trou."

Michael kyk met niksseggende oë na hom. "Ek sal haar vra," sê hy, haal sy hand uit sy sak en hou dit na Josef toe uit met die palm na bo.

Josef sit die noot in Michael se hand. Sy vingers vou om die noot en met 'n kopknik draai hy om en stap weg.

Josef kyk na hom terwyl hy wegstap en lag sag. "Hmm, dit lyk vir my, my aanstaande vrou is die veiligste vrou in die dorp, Sy beskik oor 'n menige lyfwagte wat die strate deurkruis."

Hy besluit om netjies aan te trek en vir Shilo 'n geskenk te gaan koop sodra sy by hom aankom. Hy stap terug na sy tent, trek netjies aan en gaan sit op die bankie waar hy gesit het toe hy die katrol reggemaak het, en kyk oor die see.

Vingers vou om sy oë en hy skrik effe, sy gedagtes was ver weg, meer as vier jaar terug in die geskiedenis en die volgende klompie jare in die toekoms.

"Raai wie, en as jy reg raai, gee ek jou vyf sent vir jou gedagtes."

"Wat jy waar kry? Dit is ook te goedkoop. Bied my tienmiljoen sent aan en ek deel my gedagtes met jou."

"Is dit soveel werd?"

"Baie meer, maar omdat ek weet jy het nie baie geld nie sal dit aanvaarbaar wees."

"Kan ek jou met iets anders betaal?"

" O ja. Net een ordentlike kus. Reg hier op my wang," sê hy en druk met sy vinger op die plek.

Sy leun oor na hom toe en die soentjie voel vir hom soos 'n vlinder wat teen sy wang af vlieg. Hy draai na haar, kyk in haar oë en toe sy haar oë sluit, neem sy lippe besit van hare.

"Sjoe, dit is nou genoeg," sê sy en suig die vars Mosselbaai se seelug teen 'n tempo van dertig liter per sekonde tussen haar tande deur. "'n Mens moet darem asemhaal ook."

Hy lag sag en kyk stip na haar. "Is dit werklik nodig? Om asem te haal terwyl jy die mooiste wese in die wêreld in jou arms het klink vir my na tydmors, dan nie?"

Sy lag rinkelend en loer koketterig na hom. "Dit sal help as jy haar op 'n later stadium weer wil soen."

Hy haal 'n paar maal diep asem en blaas dit ploffend uit. "So ja, dit was genoeg, kom hier."

Sy soen hom liggies en draai dan haar kop weg. "Sê vir my jy is regtig lief vir my en wens my geluk met my verjaarsdag, dan kan jy my weer soen."

Hy doen soos beveel en kyk dan in haar gesig.

"Werklik? Ek het net so 'n halfuur of wat gelede besluit om vir jou 'n geskenk te koop, en kyk dan nou net. Verjaarsdae is geskenkdae, kom ons gaan koop iets wat jy graag wil hê."

Sy kyk ondersoekend na hom en glimlag alte fraai.

"Werklik? Kan ek kies?"

"Ek dink so ja, en as ek nie tevrede met jou keuse is nie sal ek dit vir jou sê. Kom, die winkels wag."

Hulle stap in die hoofstraat op en sy stap by 'n winkel in. Hy kyk rond na iets om vir haar te koop en die volgende oomblik stamp sy aan hom.

"Kom Josef, betaal vir Shilo se geskenk."

Hy kyk verbaas na die items wat sy voor haar op die toonbank neergesit het. Ses A5 boekies, 'n stel potlode, 'n stel inkleurpotlode en 'n stel merkpenne van verskillende kleure. Hy kyk ongelowig na haar en trek sy wenkbroue op.

"Jy is nie ernstig nie."

"Ek is. Dit is wat ek nodig het, en dit is wat ek wil hê. Ek sou dit môre gekoop het sodra ek my salaris gekry het."

"Goed, jy kan dit kry, maar dit is te goedkoop. Ons sal na iets anders ook moet kyk."

"Nee, jy gaan nie geld mors nie."

Om vir jou 'n geskenk te koop sal nooit geldmors wees nie, sê hy vir homself en kyk na haar. "Ek sal nie."

Hy betaal vir die items en hulle stap verder met die straat op. Op die een hoek is die koffiewinkel waar hy voorheen gesit en die klante tel het. Hy stuur haar deur die deur en hulle gaan sit by 'n tafeltjie.

"Is jy honger, my gogga?"

"Ek het reeds vanmiddag iets geëet, maar sal 'n melkskommel waardeer."

Hy sê vir die eienares dat dit Shilo se verjaarsdag is en dat hulle twee melkskommels wil hê met ekstra roomys. Die dametjie glimlag breed en wens vir Shilo geluk. 'n Paar minute later word die melkskommels voor hulle neergesit asook twee bordjies koek.

"Dit is 'n geskenk aan jou pragtige vriendin. Geniet dit."

"Dankie, maar ek sal betaal daarvoor."

"Nie vandag nie. Hou jou geld vir môre se besoek."

Shilo glimlag. "Baie dankie, dit is dierbaar van jou." Sy knipoog vir Shilo en stap weg om 'n ander klant te bedien.

Josef grinnik en beduie met sy oë na die vrou. "Sien? Nog 'n mens wat dink jy is pragtig en wat nie agter die toonbank gaan wegkruip het die oomblik toe sy jou sien nie."

"Ag man, sy kom van elders af en ken nie die ou garde nie, eet jou koek."

Hulle geniet die koek en melkskommels. staan op en bedank die dametjie vir haar vrygewigheid en stap verder.

"Waar is jou selfoon?"

Sy kyk na hom, lag saggies en skud haar kop. "Iewers in 'n winkel. Ek sal miskien een goeie dag wanneer ek een benodig vir my een koop."

"Jy het nie een nodig nie?"

"Nee, daar is niemand wat ek wil bel nie. Vir jou sien ek mos elke dag."

"Nie gister nie," mor hy en stap by 'n selfoonwinkel in.

"Hallo meneer, ek soek 'n selfoon met 'n SIM kaart vir haar. Kan jy help?"

Die man beduie na sy tentoonstelling in 'n glaskas. "Hierdie is wat ek in voorraad het, meneer. Indien u na 'n spesifieke model soek, kan ek dit vir u bestel."

Josef haal sy selfoon uit sy sak en die man kyk daarna. "Hierdie is 'n Samsung, meneer, maar ons het nie die spesifieke model nie. Die wat ek het is die nuutste weergawes."

Josef loer na die Indiër en knik sy kop. "Ek glo jou, jy lyk na 'n eerlike skelm. Poplap, kies vir jou 'n foon en dan kan Faizil vir ons WhatsApp op beide ons selfone laai. Dis goedkoper om boodskappe te stuur as om te bel."

Sy lag rinkelend, trek haar oë kwaai en gluur na hom. "Al besit ek nie een nie, weet ek darem hoe die goed werk." sê sy en beduie na die eienaar van die winkel, "en sy naam is nie Faizil nie, dit is Dillip. Waar kom jy aan Faizil?

"O, Faizil lyk baie soos hy, en dis 'n ou wat saam met my ... uhm, gewerk het."

"Werklik? Wat het jy gedoen?"

"Uhm, navorsing ... oor die geskiedenis."

"Hmm, so jy weet darem wie Piet Retief was?"

"Natuurlik. Ek weet ook wie Jan van Riebeeck, en ook Bartolomeu Diaz en Vasco Da Gama was. Kies nou vir jou 'n selfoon."

"Wag eers. Weet jy wie Charl Cilliers was?"

Hy sug en kyk in haar pragtige oë. "Natuurlik weet ek. Hy het ook bekend gestaan as Sarel en was die nie amptelike pastoor tydens die Groot Trek. Kies nou vir jou 'n selfoon, Shilo."

Sy lag en wys na 'n goudkleurige Samsung.

"Hmm, 'n goue selfoon vir die koningin. Dillip, kry daai een vir haar aan die gang, asseblief."

"Dit is 'n goeie keuse, mevrou. Het u dalk 'n bewys van adres sodat ek die SIM-kaart kan registreer?"

Josef byt op sy tande oor die simpel bewys van adres wat hulle soek, maar Shilo plaas 'n dokument op die toonbank.

"Sal hierdie goed genoeg wees? En dit is juffrou op hierdie stadium, maar ek werk aan die mevrou-titel," sê sy en loer na Josef.

Hy sien egter nie die vraende blik in haar oë nie, hy kyk na die dokument en sien dat dit 'n briefhoof van 'n kerk is waarop haar adres verskyn. Hy het net genoeg tyd om te sien die dokument het betrekking op Shilo Cilliers voordat Dillip dit optel.

Hy kyk aandagtig na haar. Ek wonder of daar 'n verbintenis met Charl Cilliers, die trekleier was. Ek gaan nie vra nie, nie nou nie, maar ek sal nog.

Dillip bevestig die dokument is aanvaarbaar en na 'n rukkie het hy vir Shilo beduie hoe die selfoon werk, en het Josef se nommer op die selfoon geregistreer.

"U sal oor 'n uur of twee 'n boodskap kry wat bevestig dat die selfoon by Rica geregistreer is en die nommer van u selfoon sal ook per SMS deurgegee word. Skakel dan die meneer se nommer en hy kan u nommer op sy selfoon registreer."

Josef betaal die verskuldigde bedrag en hulle stap na buite.

"Wat moet ek met die selfoon maak?"

"Gebruik dit as 'n horlosie, of 'n kamera as jy wil. Druk asseblief net die groen knoppie as dit lui, dit sal ek wees wat graag met jou wil praat. Sorg asseblief ook dat die battery deurentyd gelaai is. Ek het gister amper gesterf van bekommernis oor jou."

Sy loer na hom en giggel sag. "En toe gaan soek jy my?"

"Ja, maar ek kon jou nie kry nie ... hoe het jy geweet ek het jou gaan soek?"

Sy kyk af na die sypaadjie en stel haarself aan as die amptelike skoonmaker voor Dillip se winkel, tel 'n flentertjie papier op en gooi dit in die asdrom. Dit is genoeg tyd om die skuldige blik op haar gesig te verander. Sy lag sag en streel oor sy wang.

"Ek het maar net gedink jy sou. Kom ons stap terug, ek wil jou gaan wys waar jy my amper opgespoor het. Jy gaan dan huis toe en vanaand as die donker kom, kom kuier jy by my sodat ek jou aan tant Mattie kan voorstel."

"Werklik? Kan ek regtig vanaand vir jou by jou huis kom kuier?"

Sy voer daai klapbeweging in die lug waarmee sy so goed is in sy rigting uit.

"Natuurlik, ek het jou mos genooi."

Hy kyk stip na haar en as sy ore nie in die pad was nie, sou sy glimlag rondom sy kop gestrek het.

"Wonderlik, ek is regtig bly."

Sy neem sy hand en vleg haar vingers deur syne. 'n Ent in die pad af is daar 'n kroeg en 'n jongerige man rank orent van die stoel af waarop hy gesit het en stap voor hulle in.

Hy kyk na die twee kêrels wat die tafeltjie met hom gedeel het, knipoog vir hulle en kyk na Shilo.

"Hallo, Tierboskat. Vandag is dit jou gelukkige dag. Ek gaan jou vereer met 'n soen wat jou na jou asem sal laat snak."

Sy wuif haar hand asof sy 'n lastige vlieg verjaag.

"Gee pad voor my, Johnnie. Die reuk van jou asem is genoeg om enige mens na sy asem te laat snak."

Hy kyk na Josef en lag snedig, maar konsentreer weer sy aandag op Shilo. "O nee, hierdie ou is nie een van jou normale waghonde nie, en ek is seker hy dra nie 'n mes by hom nie. Jy gaan nie vandag weer wegkom met jou slim en snedige opmerkings nie. Kom hier."

Hy steek sy hand na haar uit met die bedoeling om haar aan die arm te gryp en nader aan hom te trek. Josef druk haar agter hom in terwyl hy voor haar inskuif.

"Luister vriend, Shilo het gesê jy moet padgee. Doen dit, gaan sit op jou stoel en los ons uit ... soos in nou!"

Johnnie leun met so bolyf vooroor, pluk sy wenkbroue op en lag minagtend. "Of wat? Wat gaan jy doen? My voeter?"

Josef het hom klaar opgesom en lag sag. "Ek wil nie graag moeilikheid hê nie. Doen soos sy gevra het, asseblief."

"Asseblief nogal? Siestog. Tierboskat, waar kom jy aan hierdie sissie?"

Josef het baie geduld, hy het dit al in sy verhouding met Shilo bewys, maar boelies jaag vinnig sy bloeddruk op en hy gluur na Johnnie.

"Ek het gesê ek wil nie moeilikheid hê nie en jou vriendelik versoek om ons uit te los. As jy egter daarop aandring om moeilikheid te soek, het ek nie 'n keuse nie en sal genoodsaak wees om die versoek te beklemtoon, gewelddadig as jy dan wil. Só, om 'n besoek aan 'n dokter of die hospitaal te vermy moet jy liewer padgee soos versoek."

"Josef, ignoreer hom, dit is ... "

"Shilo, jy het gesê hy moet padgee, en dit is wat ek wil hê hy moet doen."

Johnny lig sy arms en bal sy vuiste.

"Rêrig?" Hy kyk sy twee vriende en wink met sy kop. Hulle rank orent en neem posisie in, een aan Johnny se linkerkant, die ander aan sy regterkant.

"En nou sissie? Wat gaan jy nou doen?"

"Hallo, Joe."

Dit voel vir Josef asof iemand hom met 'n hamer teen die kop geslaan het. Hy kyk nie eens in die rigting vanwaar die stem kom nie. Daardie diep basstem met die effense rokers krakie sal hy op 'n volgepakte Santos Strand herken.

Shilo giggel saggies, Josef sug en besluit om tog maar vinnig in die rigting van die spreker te kyk. Hy sien die groot man wat in 'n leeruitrusting geklee is en glimlag.

"Hallo, Tiger," sê hy en beduie na Johnny en Kie. "Is hierdie drie narre vriende van jou?"

Die *narre* kyk verbaas na hom en soos een swaai hul blik na Tiger wat swaar sug. "My kleinboet en sy pelle. Johnnie, vat jou tjommies en verdwyn."

"Maar Tiger, ek wil hierdie ou ..."

"Ek het gesê verdwyn. Die drie van julle plus nog ses van dieselfde kaliber as julle, is nie mansgenoeg om hierdie *sissie* aan te vat nie. Hy is in drie verskillende Oosterse gevegstyle opgelei. Skoert, voordat julle seerkry."

"Is dit die Joe wat ...?"

"Ek het gesê skoert en ek gaan dit nie weer sê nie." Hy vat aan 'n litteken onder sy regteroog, vryf daaroor en wend hom na Josef. "Kan ek vir jou en die dame 'n drankie koop?"

"Nee dankie, Tiger, ons het so pas 'n melkskommel gehad."

Shilo het van die oomblik wat hy vir Tiger gegroet het met groot oë na hom gekyk. "Josef, ken jy regtig hierdie man?"

Dit egter nie Josef wat haar vraag beantwoord nie, want Tiger lag saggies en kyk stip na haar. "Ja. Shilo nè? Jou lyfwagte kan nou maar aftree en konsentreer op al wat asblik is. Met Joe aan jou sy het jy hulle nie meer nodig nie ... uhm, ek sal jou vraag namens hom antwoord. Ja, Shilo, ek en Joe was, uhm ... kollegas. Ons het saam gewerk."

Die hartelose Koningin van Harte trek haar pragtige mond grimmig en gluur na Josef. "Maar jy het gesê behalwe vir die navorsing in die geskiedenis het jy nog nooit gewerk, en het geen ondervinding nie. Hierdie ou ... Tiger, lyk nie vir my na 'n papier mens nie."

Tiger sien hoe bleek Josef se gesig is en besef Shilo weet nie veel van sy verlede af nie. Hy besluit om skade kontrole toe te pas en begin deur sag te lag, maar te veel sigarette in die verlede doen 'n bietjie skade aan sy laggie.

"Uhm ... Shilo, ons was uitsmyters vir 'n tydjie by 'n klub in Pretoria. Josef het nie van die omgewing gehou nie en omdat hy studeer het, het hy opgehou daarmee."

Josef knyp sy oë styf toe en in sy binneste krimp hy ineen oor die leuen wat Tiger aan sy geliefde Shilo vertel. "Tiger, dankie dat jy ingemeng het, ek skuld jou. Totsiens."

"Ek skuld jou, Josef, en ek is bly my boetie is nog heel. Ek weet hoe vinnig jy kan reageer as jy eers jou stert in 'n krul trek. Totsiens Josef, Shilo."

Hulle het net 'n paar tree verder gestap toe Tiger na Josef roep. Hulle gaan staan en draai terug na hom. Josef trek sy wenkbroue op soos in 'n vraag.

"Josef, jy het eens op 'n tyd gesê as ek hulp nodig het, moet ek net vra. Staan dit nog?"

"Natuurlik, Tiger. As ek kan, help ek graag."

"Ek gaan oor drie weke van vandag af hospitaal toe vir 'n hartomlyningsoperasie. Dink aan my, asseblief."

"Ek maak so, Tiger ... en ek weet dit gaan suksesvol wees. Jy het dus drie weke om daardie sigarette weg te gooi. Doen dit sommer nou, want na daardie operasie gaan jy vreeslik seer hê as jy moet hoes."

Tiger glimlag en wys met sy duim na bo, kyk rond en gooi die brandende sigaret in 'n drom.

Na 'n paar treë hoor hy weer hoe roep Tiger agter hom aan. "Ja Tiger? Is daar nog iets?"

Tiger hou die bierglas in sy hand omhoog. "Ek wil net sê daar is net skoon Coke met ys in hierdie glas. Jy sal nooit iets anders in my hand kry behalwe dit, water of koffie nie."

Josef steek sy duim in die lug. Hulle wuif vir mekaar en Josef en Shilo stap verder.

Terwyl hulle stap kwetter Shilo soos 'n klomp vinke in 'n rietbos met al haar vrae.

"Shilo, vergeet asseblief van die paar minute wat ons vir Johnnie en Tiger raakgeloop het, dit is nie belangrik nie."

Sy loer na hom, en omrede hy haar oë vermy glo sy nie sy storie nie. Tiger is belangrik. Hy is deel van sy verlede, en sy wil weet wat die skakel is.

"Sê dan net vir my wat hy bedoel het toe hy gesê het hy skuld jou en is bly sy boetie is nog heel. Ek het ook gesien hoe vee hy oor daardie merk op sy wang toe hy sy broer verwilder het. Wat beteken dit, Josef?"

Hy gaan staan voor haar, kyk in haar oë en sug swaar. "Ek kan vir jou lieg en 'n storie opmaak, maar ek wil dit nie doen nie. Tiger en twee van sy vriende het my aangeval om een of ander rede. Ek het terugbaklei en die een ou bewusteloos geslaan. Hy het in 'n koma verval en was dae lank bewusteloos in die hospitaal. Gelukkig het hy wakker geword sonder enige ernstige skade. Die tweede ou se arm het ek gebreek, en net na dit gebeur het, het Tiger my van agter af met die vuis teen die kop geslaan. Tiger het seerder gekry as die ander ouens, want ek het hom met die vuis in sy gesig geslaan. Hy het met sy rug teen 'n sementblok geval en rugwerwels seergemaak."

Hy hou op vertel, maar sien in haar oë wat oor sy gesig dartel, sy wil die verhaal enduit hoor.

"Tiger het van sy werwels beseer en die dokters het eers gedink hy sal verlam wees, maar na verskeie operasies het hy herstel. Ek is bly die operasies was suksesvol. Inherent is Tiger 'n goeie mens."

Sy knik haar kop en soen hom sag op die wang. "Dit was mos nie jou skuld nie. As hulle jou nie aangeval het nie, sou dit mos nie gebeur het nie."

Hy dink aan daardie verskriklike dag van geweld. Dit het uitgebrei tot hewige gevegte tussen die mense wat hom bevriend het, en die ondersteuners van Tiger se groep. Daar is 'n steekpyn in sy bors, maar hy glimlag moedig.

"Ja. Tiger was onder 'n misverstand en dit het gelei tot die aanval op my. Ek het by hom in die hospitaal gaan kuier en die misverstand opgeklaar. Na daardie besoek het ons vriende geword."

"Ek verstaan nou hoekom hy vir Johnnie gesê het hy en sy twee vriende is nie opgewasse teen jou nie. Goed, ek het gevra, jy het geantwoord en ek is tevrede."

Sy lag sag en trek aan sy hand. "Kom ons gaan huis toe. Ek moet my nog gaan mooimaak vir 'n baie spesiale man wat vanaand kom kuier. Tant Mattie kan nie wag om hom te ontmoet nie."

Hulle stap weer 'n paar treë. Shilo gaan staan en kyk spekulerend na hom. "Is daar 'n spesifieke rede waarom Tiger gevra het jy moet aan hom dink wanneer hy die hartoperasie ondergaan?"

"As 'n mens alleen is en ook so voel, het jy seker die behoefte dat iemand wat jy ken aan jou dink, veral in die situasie van 'n groot operasie. Vriende doen dit vir mekaar."

"Hmm. Oukei, ek sal dit koop. Wat was sy storie omtrent die Coke?"

"Jy het dit al gevra toe jy soos 'n spreeu in 'n vyeboom gekwetter het. Tiger was blykbaar vreeslik lief daarvoor om brandewyn en Coke te drink en het al vir homself baie moeilikheid op die hals gehaal as gevolg daarvan. Ek het hom aangeraai om die tyd wat hy beskikbaar gehad het te gebruik om die gewoonte af te sweer. Dit lyk asof dit gehelp het."

"En tog is hy blykbaar die eienaar van daardie kroeg."

"Dit kan wees. Dit beteken egter nie hy moet sy profyt uitdrink nie."

Sy kyk opsommend na hom en klap hom speels teen skouer. "Soms sê jy die snaaksste goed. Ek wens jy wil my alles omtrent jou vertel."

"Ek sal nog, eendag," sê hy sag.

"En wat van die Oosterse gevegstyle waarin jy gekwalifiseerd is?"

Onthou sy alles wat gesê word, vra hy vir homself en swaai sy hand sywaarts asof dit nie belangrik is nie. "Dit was baie lank gelede en ons het baie goeie instrukteurs gehad. Hierdie storie is nou klaar bespreek. Punt."

Sy loer uit die kant van haar oë na hom en wil vra wie die *ons* is, maar besluit om dit te los. Sy gaan staan stil en beduie na 'n huis en lag sag. "Goed, hier is ons by die huis. Gaan klop aan, ek gaan hier buite sig staan, want ek wil hoor wat tant Mattie vir jou gaan sê."

Hy klop aan die deur en na 'n paar sekondes word dit oopgemaak.

"Hallo Rob, ag ek meen Josef. Shilo is nog nie by die huis nie, maar kom gerus in dan skink ek vir ons tee.

Terwyl ons die tee geniet wil ek sommer die mag en mag nie's oor my broerskind vir jou uitspel."

Hy lag saggies. kyk na die netjiese dame, en dink dat sy beeldskoon moes gewees het in haar jong dae, want selfs nou is sy baie aantreklik met 'n vietse lyfie.

"Hallo, tant Mattie. Die tee sal baie welkom wees."

"Gmf, klaar geskinder nè. Moenie stry nie, want hoe anders sou jy weet wat my naam is?"

Shilo bars uit van die lag oor haar sagmoedige tante wat voorgee asof sy een of ander verskrikking is. "Tant Mattie, hy gaan nie nou inkom nie. Die sedeles sal maar 'n rukkie moet wag," sê sy, knipoog vir Mattie en trek aan Josef se skouer sodat hy na haar toe moet draai. "Kom ek soen jou totsiens, dan gaan skeer jy die paar stoppels af wat jy vanoggend gemis het."

Sy soen hom ordentlik. Tant Mattie se oë word eers groot en toe vlug sy die huis binne terwyl sy met haar hande voor haar gesig waai.

Josef stap met 'n lied in sy hart na sy tent toe en kan nie wag dat dit tyd is om te gaan kuier nie. Hy gaan sit op die stoel in sy tent en Tiger neem plek op in sy gedagtes. Hy kniel langs sy bed en dra vir Tiger aan die sorg van die Hemelse Vader op.

Hoofstuk

7

Klaar gestort en noukeurig geskeer sodat daar nêrens 'n klossie óf 'n weerbarstige haar op sy wange is nie, haal Josef van sy nuwe klere uit die hangkas en kyk noukeurig daarna. Hy sien verskeie voue in die hemp en broek, kry dit beet en stap na die waskamers. Nadat hy by 'n paar deure ingeloer het, vind hy 'n vertrek waar 'n vrou staan en stryk.

"Jammer om te pla. Is hier dalk 'n strykyster wat ek kan gebruik?"

Die vrou kyk na hom en sien die broek en hemp in sy hand. "Wat wil meneer stryk?"

"Net hierdie hemp en langbroek. Ek het dit nou die dag gekoop, maar dit het oral voue in, en ek het 'n belangrike afspraak vanaand. Ek sal graag netjies wil lyk."

Sy lag en wikkel haar wimpers, sy het hom al baie in die mooie Shilo se teenwoordigheid gesien, miskien wil hy die groot vraag gaan vra. Sy hou haar hand uit. "Ek dink jy moet dit liewer vir my gee om vir jou reg te kry, meneer. Ek kan sommer sien jy gaan daardie swart langbroek blink stryk. Sulke broeke word gepars en nie net gestryk nie. Gee, ek doen dit gou vir u."

"Baie dankie. Werk u hier?"

"Ek was en stryk maar die vakansiegangers se klere vir 'n inkomste, meneer."

Josef dink daaraan dat hy meer klere sal moet gaan aankoop. Tant Mattie lyk streng, hy sal nie gedurig dieselfde klere kan aantrek nie.

"Wonderlik, jy het so pas 'n nuwe kliënt verwerf. Ek bly in die groen tent daar oorkant onder die boom. Ek sal bly wees as jy my klere in orde kan hou en vir my sê hoeveel ek jou moet betaal vir die diens."

"Ek weet waar u bly. U is mos die jongman wat saam met Shilo rondloop, is u nie?"

"Ek is."

"Dan gaan ek meneer nie 'n sent vra nie. Shilo is so goed vir ons, sy verdien 'n bietjie ondersteuning, en as dit moet wees om haar jongetjie se klere netjies te hou, dan is dit so."

Hier is 'n geleentheid om te vis, besluit hy en kyk stip na die vrou. "Wat doen Shilo vir u?"

"O meneer, jy moet nie nog vra nie. Sy deel kos uit, verpleeg mense wat siek is of seergekry het. Sy praat die mense moed in en gee raad waar sy kan. Sy preek selfs vir die jong meisies as sy sien hulle is op die afdraande pad. Selfs kinders kloek om haar en sy vertel vir hulle die wonderlikste stories. Shilo is 'n engel in mensegedaante, meneer. Almal wat haar ken noem haar die Koningin van Harte. Sy is werklik 'n baie mooi mens, 'n engel reg uit die hemel uit."

Josef kyk na die vrou en 'n gedagte tref hom. Hy het al die vergelyking gehoor. Michael, die boemelaar, onthou hy, maar hy is doodseker daar was iemand anders wat iets soortgelyks gesê het.

Hy staan en dink, dan knik hy sy kop. Die twee ouerige omies wat in die biblioteek gesels het. Een van hulle het gesê. *"Sy is 'n engel of liewer so na aan 'n engel as wat 'n aardse wese kan kom."* Hy kyk na die vrou en sy beloer hom aandagtig en knik haar kop.

"Kyk goed na haar, meneer, sy sal jou gelukkig maak. Behalwe vir die feit dat sy so mooi is, is sy 'n wonderlike mensie. Los jou klere by my dan stryk en pars ek dit vir jou. As ek klaar is bring ek dit sommer na jou tent. My naam is Gertruida."

"Dankie, Gertruida," sê hy en stap terug na sy tent, Die gesprek van flussies en ook die gesprek tussen die twee omies in die biblioteek maal deur sy gedagtes. Hy onthou van die aand wat voorlê, 'n aand wat hy nie alleen gaan spandeer en moet wag tot die volgende middag om die vrou van sy hart, drome en sinne te sien nie. Hy besluit om die gedagtes op ys te sit en later weer daaraan te dink, miskien kom die inligting nog goed te pas.

Die son skyn nog helder toe hy die straat afstap na tant Mattie se huis. Hy het besluit hy gaan nie wag *tot die donker kom,* soos sy gesê het nie.

'n Erf lengte van sy bestemming af steek hy vas en maak seker sy hemp is netjies in sy broek gesteek, en dat daar nie te veel stof aan sy skoene kleef nie.

Dertig sekondes later klop aan die deur. Shilo maak die deur oop en dit voel vir hom asof 'n stoom elektrisiteit deur hom gaan. Sy het 'n lang rok aan wat sag vloeiend om haar lyf tot op haar voete hang. Dit is het verskeie blaarvormige patrone in bruin, geel, maroen en 'n ligte oranje op. Die verskillende kleure pas perfek by haar songebruinde vel, rooibruin hare en die geelbruin oë.

Hy sluk een of twee maal en kyk in haar gesig. Vir die eerste keer merk hy dat sy grimering aangewend het en sy lyk mooier as ooit.

"Shilo ... jy...jy lyk ..."

"Goed genoeg om te soen?"

'n Antwoord sal woorde mors wees. Sy arm gly om haar lyf en hy trek haar nader. Sy lippe vind hare en tyd gaan staan stil.

"Hygend kind, wat sal die mense sê?"

Shilo kyk verward om haar asof sy vir 'n oomblik nie weet waar sy is nie. Sy skud haar kop liggies en giggel terwyl sy vir tant Mattie aan die arm nadertrek.

"Watter mense, tante? Is daar ander mense as net ek en Josef op hierdie aarde? Wel, duidelik is tante ook hier, maar kyk by die deur uit en tante sal net die diepblou see sien. Daar is niemand wat vir ons kyk nie."

"Ja, net ek, jou oujongnooi tante. Kom tog nou in die huis in en maak die deur toe."

Shilo lag hartlik, trek Josef aan die hand na binne en maak die deur toe. "Sit solank op die bank terwyl ek vir ons koffie gaan skink."

Hy gaan sit en kyk in die sitkamer rond. Daar is verskeie geraamde foto's wat teen die een muur hang. Hy staan op en gaan kyk daarna. Die gelaatstrekke van die vrou is treffend na aan die van Shilo, maar die vrou het groenblou oë. Toe hy na die foto kyk van die man, wat hy aanneem haar pa was, voel hy effens senuweeagtig. Die man het bykans dieselfde kleur oë as Shilo, maar hy is seker daar is 'n harde uitdrukking op sy gesig en in sy oë.

"Shilo se pa. Gelukkig het sy haar moeder se gelaatstrekke en geaardheid geërf. Haar pa was 'n

82

harde man en dit is slegs my oorlede suster en Shilo wat die uitdrukking op sy gesig en in sy oë kon verteder. My broer was 'n moeilike en onverdraagsame man."

Josef het effe geskrik toe tant Mattie so skielik agter hom begin praat. Hy draai om en kyk stip in haar bruin oë. "Hoekom sê tannie so?"

"Sy woord was wet. Oral in hierdie dorp het hy mense met minagting behandel en verskreeu. As iemand van hom verskil, het hy die arme mens deur geweld te gebruik gedwing om saam met hom te stem, of te doen wat hy wou hê. Nie een van die mense wat vir hom op die boot gewerk het, het die reg gehad om siek te word as hulle nie sy toestemming gehad het nie."

Josef kyk verstom na haar. "Werklik, tante?"

"Ja, hy het die mense met sambokhoue uit hulle beddens geslaan sodat hulle die boot kan beman. Hy het selfs die dominee en sy een ouderling met sambokhoue van hierdie huis af weggedryf omdat hulle die vermetelheid gehad het om met hom te kom praat oor die manier wat hy mense behandel."

"Sjoe, waaraan het Shilo se ouers gesterf as ek mag vra, tannie Mattie?"

"Dit was op 'n winderige dag, en die see was baie onstuimig. Hulle het in 'n storm ingevaar en volgens die bemanning het 'n groot golf oor die boot gebreek. Beide Shilo se vader en moeder is oorboord gespoel en het verdrink. Nie een van die twee was goeie swemmers nie en blykbaar het hulle ook nie reddingsbaadjies aangehad nie. Dit was vir my snaaks, maar ek was nie daar om te sien of dit wel die geval was of nie. Persoonlik dink ek hulle was oorboord gegooi deur die bemanning van hul vissersboot."

Rillings gly teen Josef se rugstring af. Hy kan homself nouliks iets erger voorstel as om, om te kom deur verdrinking, en hy kyk met groot oë na tant Mattie. "En wat skinder julle twee so stilletjies? Kom sit en kry vir julle koffie. Ons ander gaste sal aanstons arriveer."

"Dankie, my kind, ek het maar net vertel wat met jou ouers gebeur het. Tragiese geval, regtig tragies. My suster wou nie na my luister toe ek haar daardie dag gesmeek het om nie saam met haar man uit te gaan op die see nie. Die wind het stormsterk gewaai en die see was verskriklik onstuimig, maar hy het die bemanning beveel om anker te lig en uit te gaan. Haar moeder het gereeld saam met hom uitgegaan. As sy tog net daardie dag by die huis gebly het," snik tant Mattie en snuit haar neus heel vroulik.

"Tant Mattie, dit help nie ons lewe in die verlede nie. Josef, buiten my ouers het nog een van die bemanning ook verdrink. Hul lyke is uit die see gehaal en ons het hulle begrawe," sê Shilo en plaas 'n skinkbord met koffie en koekies op die koffietafel.

Sy lag skalks en beduie na haar tante. "Ek was pas vyftien toe dit gebeur het en sedertdien het my liewe tante vir my gesorg."

Die tranerigheid van onthou is verby en tant Mattie giggel sag. "Tot sy mondig geword en gedink het sy is nou groot. Josef, op haar een en twintigste verjaarsdag het sy besluit om uit die huis te trek," sê sy, maar hy sien die lagduiweltjies in haar oë.

Hy kyk kamma geskok na haar, "En toe, tant Mattie? Waarheen het sy getrek?"

Sy lag prettig en rek haar oë. "Nie ver nie, want hierdie is eintlik haar huis, maar sy wil dit nie hê nie. Daar is 'n groot buitegebou hier agter die huis waar ek voorheen gewoon het, dit is nou toe haar ouers nog gelewe het. Sy het dit skoongemaak en uitgeverf. Ek moes haar help om haar meubels soontoe te dra en sy het allerhande kassies en ander goed by my gebedel om in haar *suite* te gaan sit. Sy het tot 'n sitkamerstel daarin."

Hy kyk kamma geskok na Shilo en lag dan prettig. "Maar as die kospotte roep sit sy bankvas by tante se kombuistafel?"

Tant Mattie hou van die uitdrukking op Josef se gesig, die manier waarop hy na haar luister en die veroordelende blik in Shilo se rigting.

"Moenie glo nie, sy het haar eie stofie, yskas, potte en panne en berei af en toe haar eie voedsel voor. Sy eet slegs hier by my as ek sekere disse voorberei het."

"Soos pannekoek, of vetkoek wat gevul is met tante se lekker maalvleisgereg of ... nee liewer, met kaneelsuiker of stroop."

"Hmm, daai een kan ek verstaan, pannekoek is ook een van my gunstelingdisse."

Dit is nou tant Mattie se beurt om veroordelend na Shilo te loer. "Sien jy nou. As jy hom gister genooi het ...
"

"... het hy al die pannekoeke opgeëet en ek moes sit en kyk." praat sy haar tante dood. As hy weet ons het hom deur die venster dopgehou, sal hy dalk vies wees vir my. Ek moet vir tant Mattie waarsku om niks daarvan te sê nie.

Tant Mattie kyk vraend na Josef. "Nou waar kom jy oorspronklik vandaan, my kind?"

Hy vertel haar dat hy in Pretoria grootgeword het en dat sy ouers na Mosselbaai verhuis het en toe oorlede is. Hy hou die verduideliking so vaag as moontlik en net toe hy benoud raak dat sy meer vrae sal stel, is daar 'n klop aan die deur.

Shilo spring op vanwaar sy langs tant Mattie gesit het, maar stap nie om die deur oop te maak nie, sy gaan sit langs Josef en gooi haar arms om sy nek.

"Jammer, tant Mattie, maar ek moet hom eers weer 'n soentjie gee. Dit is sweerlik pastoor Jan en sy vrou en ek sal hom nie voor hulle kan soen nie."

Haar tante staan op. "Ek kom!" Sy beduie woes dat hulle gou moet maak.

Josef word aan die kuiergaste bekendgestel en kort voor lank is almal in 'n lekker gesprek betrokke. Tant Mattie sê sy gaan die laaste afronding van die disse wat sy voorberei het afhandel en opskep. Shilo en die pastoor se vrou vergesel haar na die kombuis.

Omdat Josef bang is die pastoor gaan hom begin uitvra, stuur hy die gesprek na visvang en allerhande onderwerpe. Die pastoor probeer van sy kant om die gesprek in die rigting van die kerk en Josef se geloof te stuur. Pastoor Jan is 'n goeie manipuleerder van gesprekke en dit neem nie lank voordat hul gesprek oor gelowe gaan nie.

Shilo roep hulle om te kom aansit vir ete en pastoor Jan kyk ondersoekend na Josef. "Jou kennis rakende die Skrifte en die verskillende gelowe verbaas my. Vir so 'n jong kêrel is jy nogal ingelig."

Josef lag geamuseerd en kyk stip na die leraar. "Pastoor, ek het grootgeword in die Gereformeerde Kerk, maar het redelik gereeld die Pinksterkerke besoek. Van albei het ek baie geleer. "

Die res van die aand word daar lekker gekuier en elkeen maak 'n punt daarvan om dit aangenaam vir Shilo te maak. Na ete word daar koek en tee in die sitkamer bedien en nie lank daarna nie maak die pastoor verskoning en hy en sy vrou vertrek. Shilo loer na die muurhorlosie en Josef se oë volg haar blik. Sy trek skewemond en glimlag dan alte fraai. "Ek moet môreoggend vroeg aan die gang kom en moet gaan inkruip," sê sy en haar arms gly om sy nek. "Kom Josef, ek stap so 'n entjie saam met jou en ons kan onder 'n lamppaal staan en vry soos tant Mattie dit noem."

"Hygend kind, jy sal my nog 'n oorval gee. Josef, kyk mooi na haar, ek is baie lief vir haar."

Hy sit sy arm om tant Mattie se skouers. Hy gee haar 'n stewige drukkie en fluister kastig in haar oor, maar heel hoorbaar, terwyl hy na Shilo loer. "Ek ook, tant Mattie. U hoef nooit oor haar bekommerd te wees as sy saam met my is nie. Nag tante, rustige nag.

"Goeienag Josef, ek is bly jy is nie 'n rob nie."

Hulle vingers is weer ineengevleg en albei voel dat dit so hoort terwyl hulle in die pad afstap. Te gou na Josef se smaak bereik hulle die straathoek en Shilo gaan staan stil.

"Wat is tant Mattie se probleem met 'n rob? Toe sy die deur oopgemaak het, het sy my aangespreek as Rob, en nou het sy weer gesê sy is bly ek is nie 'n rob nie."

Sy lag saggies en kyk op na sy gesig. "Ek weet, maar omdat ek gesê het ek sal nooit vir jou jok nie gaan ek jou liewer 'n antwoord skuldig bly, jy sal wel mettertyd uitvind. Goeienag Josef, soen my nou sodat ek lekker kan gaan slaap."

Hy voldoen met graagte aan haar bevel en stap terug na die karavaanpark en sy tent met 'n warm gevoel om sy hart. Toe hy egter die stilte van sy tent bereik pak skuldgevoelens hom beet en hy voel dat hy sy geliefde Shilo bedrieg omdat hy nie sy lewensverhaal vir haar vertel het nie.

Hoe sal sy reageer as ek die dag sover kom om dit wel te doen? Sal sy verstaan? vra hy vir homself. Dit is my verlede wat my na hierdie pragtige dorpie toe gelei het. As dit nie daarvoor was nie, sou ek haar nooit ontmoet het nie.

Hy dink aan haar woorde op tant Mattie se vertelling van die tragiese wyse waarop haar ouers hul einde ontmoet het. Sy het gesê dit help nie om in die verlede te lewe nie, onthou hy en sug. Ek hoop sy handhaaf haar sienswyse.

Josef rol in die bed rond met skuldgevoelens oor die sinnelose bestaan wat hy voer. Die moontlikheid om met Shilo te trou het al 'n paar keer deur sy gedagtes gegaan, maar hoe kan hy?

Hy dink daaraan dat dit nie so moeilik is om huise te verf, of klein aanbouings aan mense se huise te doen nie. Ek hoef dit nie eens self te doen nie. Daar loop oral mense met verfbesmeerde oorpakke en skoene aan hul voete wat duidelik toon dat hulle in die boubedryf werk. Ek kan met hulle gesels en hulle kan my leer hoe om te kwoteer, of hulle kwoteer en ek laai net die prys effe sodat ek 'n sny van die koek kan kry.

Josef is baie ingenome met die idee en net toe hy werklik opgewonde wil raak oor die idee, dink hy daaraan dat dit hom aansienlik baie geld gaan kos om die nodige toerusting en gebruiksartikels aan te koop. Om mee te begin het hy 'n bakkie of klein bussie nodig om die gereedskap, en moontlik die werkers, ook te vervoer.

"Dit kan ek bekostig, die kliënte sal op die ou end uiteindelik daarvoor betaal, ek moet net reg kwoteer." Hy dink vir 'n minuut of twee verder en sug swaar.

"Ek beskik nie 'n geldige rybewys nie, en ek wil nie graag onnodig geld vir die munisipaliteit gee om uit die hof te bly nie, ek vat reeds 'n kans met die Vuka." Hy sluit die vergadering met homself af deur te sê: "Dit is 'n goeie idee, maar nie uitvoerbaar op hierdie stadium nie."

Hoofstuk

8

Hy ry in die hoofstraat af en hou by die stopteken stil. Net oorkant die pad staan Hannes en Anette met 'n man en gesels. Hy hou langs hulle stil en kyk na die egpaar wat hom vriendelik groet.

"Ek wil nie inbreuk maak nie, so gaan gerus met jul gesprek voort. Ek is maar net verveeld en toe ek julle raaksien het ek besluit om te verneem hoe dit met julle gaan. Is julle al ingeburger?"

Die man met wie hulle gesels kyk op sy horlosie en beduie in die hoofstraat op. "Ek gaan in elk geval nou verkas, my vriend, so hulle is beskikbaar vir jou. Gits, ek is klaar laat vir 'n vergadering."

Die man groet en vertrek.

Anette haak haar arm deur Josef s'n, lag skalks en knipoog vir Hannes. "My held moet 'n bietjie meer gereeld verveeld raak. Dalk sien ons hom dan meer."

Hannes glimlag innemend en steek sy hand uit na Josef wat dit vat en hulle skud hande.

"Ja, dit is goed om jou te sien, Josef. Ek hoor by die man wat nou net hier was jy en Shilo was amper in 'n

90

geveg betrokke. Ek neem aan dit was jy wat saam met haar was?"

Josef lag en knik sy kop. "Ek hoop so, want as dit iemand anders was sal ek sterf van jaloesie. Nee, ek grap sommer oor die jaloesie gedeelte. Dit was ook nie eintlik 'n geveg nie, dit was maar net 'n outjie wat 'n bietjie rammetjie uitnek wou wees. Gelukkig was sy broer teenwoordig en hy het die kêrel laat terugklim in sy kassie."

Hannes kyk wantrouig na Josef en pomp liggies vir Anette met sy elmboog. "Ek wonder darem of jy gegrap het oor die jaloesie gedeelte. As my meisie soos sy gelyk het en sy stap saam met 'n ander man in die dorp rond, sou ek beslis jaloers wees. Jy sê dit is verveeldheid wat jou hier laat stilhou het?"

"Ja jong. 'n Mens kan net so lank op jou louere rus en Shilo is eers hier teen drieuur se kant beskikbaar om my geselskap te hou."

Hannes beduie na die gebou waar hulle werksaam is. "Kom ons stap binne en vra mooi vir Anette om vir haar held en haar arme oorwerkte man koffie te skink."

Hulle stap die gebou binne en gaan sit in Hannes se kantoor. Anette bring vir hulle koffie en beskuitjies, dan gaan sit sy op 'n stoel.

"Nou vertel vir my wat jy doen vir 'n lewe wanneer jy nie held speel en vroumense vang sodat hulle nie seerkry nie."

Josef kyk effe verleë na haar en bloos bloedrooi. "Ag Anette, ek is nie 'n held nie, ver daarvandaan. Ek is net bly ek was op daardie oomblik daar om te help. Jy kon lelik seergekry het as jy van daardie trappie afgeval en die vloer, of daardie tafel wat naaste aan ons was, getref het."

Anette glimlag vir die beskeie man en kyk stip na hom. Ek kan nie glo 'n man van sy ouderdom kan so bloos oor 'n klein kompliment nie, sê sy vir haarself en hou haar hand uit in sy rigting. "Goed, vertel vir ons hoekom jy verveeld is. Jy het mos gesê jy en Shilo woon hier in Mosselbaai. Het jy nie werk om jou besig te hou nie?"

Hy kyk beurtelings na die egpaar en besluit hy hou baie van hulle en is seker hulle sal goeie vriende wees. Hy vryf oor sy hare en sit vorentoe op sy stoel. "Laat my toe om net eers 'n ding vir julle uit te klaar. Ek woon in 'n tent hier onder in die karavaanpark en Shilo woon net so skuins van hier af by haar tante. Nee, ek het nie werk nie en was al oral in die dorp om te hoor of iemand my dienste kan gebruik. Niemand het egter 'n pos van enige aard beskikbaar nie."

"Waarvoor is jy gekwalifiseerd?"

Dit is 'n moeilike vraag, en een wat ek nie durf beantwoord nie, sê hy vir homself, maar hy gaan nie vir hulle lieg nie. "Met my kwalifikasie kan jy nie veel doen nie en ek het ook nie ondervinding in enige veld nie. Dit maak dit nog moeiliker om werk te kry."

Anette knik haar kop en loer deur die venster. "Die motorfietsie waarmee jy hier arriveer het, is dit joune?"

"Ja Anette, dit is. Dit is goedkoop om mee rond te ry, maar ek was al oral hier rond en het alles gesien wat daar te siene is. As jy eenkeer 'n plek gesien het weet jy hoe dit daar lyk. Vandag ry ek maar net rond en mors brandstof."

Hannes grinnik en klap met sy hand op sy lessenaarblad. "Ek is bly jy het, en ook omrede jy hier stilgehou het. Ek en Anette het gister besluit om so 'n tipe fiets te koop en iemand in diens te neem om die drukwerk in en om die dorp af te lewer. As dit te veel is om op die fiets te laai sal Anette dit met haar motor neem."

Hannes beduie na die agterkant van die gebou. "Hier agter in die stoor lê 'n kas wat vir my dieselfde lyk as dié wat ek al agterop motorfietse gesien het wat ons aan jou motorfiets kan pas. Sal jy belangstel om so iets te doen?"

Die afwagting op sy antwoord is kennelik op hul gesigte te sien.

As hulle tog maar net weet Hannes se woorde is soos 'n simfonieorkes in Josef se ore. Hy spring opgewonde van die stoel af op en glimlag breed.

"Natuurlik sal ek. Dit sal my ten minste 'n plek gee om heen te gaan in die oggende met 'n spesifieke doel, in stede daarvan om my heeldag te sit en verknies tot wanneer Shilo beskikbaar is. Julle hoef nie 'n motorfiets te koop nie, ek sal myne vir die doel gebruik."

Hannes kyk glimlaggend na die opgewonde Josef. "Daar gaan nie baie geld vir jou in hierdie ding wees nie, maar ek sal iets bymekaarsit sodat dit die brandstof en onderhoud op jou fiets insluit."

Anette is skerp en sy besef Josef wil graag soveel tyd as moontlik saam net Shilo spandeer, en sy vermoed Shilo beklee iewers 'n oggendpos. "Die drukwerk wat ons doen word die volgende dag afgelewer en dit is redelik vinnig om te doen. Jy sal dus net tot so om en by een of dalk tweeuur in die dag besig wees, hoor."

Dit kan nie beter nie, dink Josef en sy oë blink toe hy na Anette kyk. "Dit is perfek, Anette. Dit sal my net genoeg tyd gee om seker te maak ek lyk netjies vir my daaglikse afspraak met Shilo. Sy werk ook tot om en by een of tweeuur."

Hannes het hom stip dopgehou en het die louter vreugde in sy oë gesien. "Goed Josef, ek het ook altyd dubbel seker gemaak ek lyk op my beste toe ek nog na Anette gevry het, maar toe trou sy met my en voer my allerhande lekker kossies," sê hy en swaai sy hand oor homself. "Ek en Anette sal gesels oor 'n salaris vir jou en jou skakel. As dit vir jou aanvaarbaar is, sien ons jou môreoggend halfagt."

"Perfek. Kom ons doen dit so. Dankie vir die koffie en julle tyd," sê Josef en stap na die deur waar hy vassteek en na die egpaar kyk. "Ek wil julle by voorbaat bedank, en Hannes, ek wag vir jou oproep."

Hy stap na buite en dit voel of hy op 'n wolk sweef. Hy kry die Vuka aan die gang en met 'n lied in sy hart ry hy daar weg.

Hy het skaars by sy tent ingestap toe sy selfoon lui en hy dink daaraan dat Hannes hom nie veel tyd gegee het om by die huis te kom nie.

"Hallo, Hannes."

"Jammer om jou teleur te stel, dit is maar net die arme verwese meisietjie aan wie jy jou ewigdurende liefde verklaar het. Ek weet ook nie juis wat ek met hierdie selfoon moet doen as jy my nie bel nie."

"Shilo, jou pragtige ding, dit is wonderlik om jou stem te hoor. Ek het gedink dit is Hannes wat gelui het, maar ek is so bly dit is jy. Ek verlang en is dood verveeld. Moet tog net nie sê jy gaan weer die hele dag besig wees nie."

"Ek gaan vir die res van die dag besig wees ..."

Sy moed sak in sy skoene, want hy wil haar graag sien en brand om vir haar te vertel hy het werk gekry. Hy wil dit nie oor die telefoon vir haar sê nie, en besluit om vir eers niks te sê nie, Hannes moet dit in elk geval nog bevestig en hy besluit om te wag totdat hy verseker weet.

Dit sal beter wees om dit in persoon vir haar te sê, ek wil graag sien of sy nog mooier kan glimlag as wat sy gedoen het tot nou toe.

"Ag nee man," sê hy vir haar en sug swaar.

Sy bly vir 'n paar oomblikke stil, vir effek natuurlik en lag dan rinkelend. "... om saam met my liefste Josef in die strate rond te stap, of langs die see te gaan wandel. Ek is klaar met wat ek moes doen vir die dag, en tant Truitjie het my weggejaag. Sy sê ek moet my *boyfriend* se hand gaan vashou en padgee onder haar voete."

Josef skaterlag, dit word nou vinnig een van my beste dae in Mosselbaai, flits die deur sy gedagtes. "Briljant. Ek wens ek was daar, ek sou wraggies vir tant Truitjie op die wang gesoen het."

"Watter plooi gaan jy raak soen? Jy moet darem weet, tant Truitjie is al agt en sestig en vol plooie."

"Dan sou ek seker maar so 'n paar plooie op een slag getref het. Hoe laat kom jy?"

"Ek gaan nou ry. Sien jou oor 'n halfuur, ek wil eers ander klere gaan aantrek."

"Dit gaan die langste halfuur van my lewe wees. Draai daardie Vespa se oor sodat hy vinnig kan ry ... of nee, vat dit rustig. Ek wil nie hê jy moet val en seerkry nie."

"Sien jou nou."

"Ek wag vir jou by die restourant."

Hy lui af en dink daaraan dat die vervelige dag werklik ontaard het in een van die beste dae die afgelope tyd. Sy selfoon maak 'n geluid en hy kyk daarna.

Money in, lees hy die boodskap. Hy het nog nooit só 'n boodskap ontvang nie, en dink daaraan dat hy maar slegs 'n paar dae gelede sy selfoonnommer aan sy bankrekening gekoppel het.

Hy sien dit is 'n rente deposito en is verbaas oor die bedrag wat gemeld is, maar besluit hy sal definitief nie die bank kontak om te hoor of hulle nie dalk 'n fout gemaak het nie.

Hy glimlag breed. "Beter en beter, die bank sal 'n boodskap stuur indien die inbetaling 'n fout was. Indien dit nie gebeur nie, sal ek die fondse vir diverse kostes aanwend."

Kort daarna lui sy selfoon en hierdie keer kyk hy na die skerm. Dit reflekteer 'n nommer en hy besef dat die nie Shilo is wat weer skakel nie.

Hy antwoord die selfoon en Hannes se stem kom deur die luidspreker. Hy noem die bedrag wat hy en Anette bereken het en meld dat dit die gebruik van die motorfiets sowel as brandstof insluit. Omdat Josef weet wat die ander besighede gemeld het rakende die salarisse, is Hannes se aanbod ver bo dit wat hy moontlik kon verwag het.

"My broer, skiet jy jouself nie in die voet met hierdie aanbod nie? Die mense wat in hierdie dorp werk se salarisse is maar swak, jong."

"Nee Josef. Net die tyd wat ek en Annette eerder aan die bestuur en werking van die besigheid kan bestee in stede daarvan om aflewerings te doen, maak dit die moeite werd. Is die aanbod vir jou aanvaarbaar?"

"Dit is beslis. Baie dankie, Hannes, sê ook vir Anette sy is die beste deur aan my te gedink het. Geniet die res van die dag, ek sien julle môreoggend."

Josef se hart klop soos 'n Zulu drom tydens die hoogtepunt van 'n dans.

"My eerste pos, en dit voel asof ek die belangrikste pos in die dorp aangebied is. Nou moet die tyd loop, ek

kan nie wag om die heuglike nuus met Shilo te deel nie,"
sê hy en storm op sy klerekas af.

Josef storm op Shilo af toe sy binne sig kom, gryp haar
om haar lyf en swaai haar in die rondte. Toe haar voete
aan die teerblad raak, maak hy seker sy staan stewig,
trek haar binne die sirkel van sy arms en soen haar teer.
"Ek is so bly om jou te sien, ek kan nie wag om jou
te vertel wat vandag gebeur het nie."

Sy vryf oor haar mond, skud haar hand asof sy iets
wat daaraan kleef afskud, en kyk meewarig na hom.
"Kom ek sê jou wat. Kyk in my gesig en sê: *Hallo Shilo,
jou wonderlike vroumens, ek is baie lief vir jou,* en groet
my ordentlik. Jy het my so rondgeswaai, vanmiddag se
ete is nou meer deurmekaar as toe dit net roereiers met
boeliebief was."

Josef grinnik, kniel op sy een knie, neem haar hand
en plant 'n soentjie op die rugkant. "Gegroet is u, o
Koningin van Harte ... definitief myne ook. Ek is jammer
ek het jou kos opgefoeter, uhm, maar daai groet was op
jou hand soos dit 'n koninklike betaam. Kom hier, vrou
van my hart, laat ek dit oordoen, ordentlik hierdie slag."

Hy kelk haar gesig tussen sy hande en soen haar
sag. "Hallo pragtig, het jy my gemis vandag?"

Sy vee nie weer die soentjie af nie, sy lek oor haar
lippe met haar oë vasgenael in syne. "So 'n klein bietjie.
As jy geld het, kan jy vir my 'n Coke by die restourant
gaan koop. As jy te arm is, kan ons in 'n asblik vir 'n leë
Coke botteltjie soek, dit uitspoel en volmaak met water.
Indien opsie nommer twee die beste is wat jy kan doen,
kan ons op die bankie langs die restourant gaan sit en
kyk hoe drink ander mense Coke."

Hy lag en streel oor haar wang. "Snaaks nè? Kom
ons gaan sit by die restourant, jy praat nou met die

laaste van die finansiële reuse. Ek het vandag 'n werk gekry."

Sy kyk met groot oë na hom, spring 'n paar keer op en af op die bal van haar voete, kelk dan sý gesig met háár hande en soen hom baie sag op sy mond.

"Geluk Josef, ek weet hoe gefrustreerd jy was omrede niemand jou kon help nie. Kom ons gaan sit op 'n bankie en dan vertel jy my alles daarvan."

Hy lei haar na die restourant, en nadat hulle gemaklik sit, vertel haar van sy ontmoeting met Hannes en Anette wat uitgeloop het op die werksaanbod. Hy vertel haar ook dat hy baie bly is dat hy iets gekry het om te doen en nog blyer is oor die feit dat hulle mekaar steeds elke dag kan sien en tyd saam met mekaar kan spandeer.

"Nou kom hier, jou ordinêre man, sodat ek jou op die wang kan kus en weer gelukwens met die werk wat jy losgeslaan het," en sy soen hom wraggies op die wang.

Ja stoepid, jy moes nou jou kop gedraai het, dan het haar lippies joune getref in stede van jou wang, maar korrigeer die fout onmiddellik.

"Ag jy weet, dit is nou nie werklik nodig dat jy 'n MA in Teologie nodig het om aflewerings met 'n motorfiets te doen nie."

"En jy beskik oor een?"

Dit voel asof sy brein vries en hy kyk half verward na haar, maar herwin blitsig sy teenwoordigheid van gees. "'n Motorfiets? Ja, jy weet tog ek het die Vuka."

Sy kyk stip na hom en rek haar pragtige geel oë groot. "Moet jou nie onnosel hou nie, Josef, dit pas nie by jou nie. 'n MA-graad in Teologie. Het jy so een?"

"My liefie, dit was 'n voorbeeld wat ek gebruik het. Ek kon netsowel gesê het 'n Baccalaureusgraad in boomklim."

Sy koop nie daai storie nie en gluur na hom. "Maar jy het nie."

Hy vreet homself in sy gedagtes uit oor sy glips en besef weer Shilo is skerp. Hy sal versigtig moet wees wat hy in haar teenwoordigheid sê.

Hy beduie na die see en swaai sy hand in die rigting wat hy kyk. "Kyk, daar is Joe. Ek wonder of Shilo ook in die omgewing is."

"Langs jou en sy is dors. Seewater is te sleg om te drink, bestel nou daardie Coke, asseblief."

Hy buig vooroor oor die tafeltjie en lag sag. "U Hoogheid, ek skenk onmiddellik aandag aan u versoek. Ek gaan nie wag vir die kelner om hierheen te kom nie, dit kan lank vat," sê hy en stap na die kelners toe wat staan en ginnegaap.

Terwyl hy na die kelners toe stap kyk sy hom peinsend agterna. Haar naam met 'n "h" agteraan is ook profeties aan die Messias gekoppel. Dit is min of meer wat hy gesê het. Hoe sou hy dit weet? Dit is nie iets wat enigiemand sommer net sal weet nie. Het hy sy mond verbygepraat toe hy van die graad in Teologie gepraat het, of was dit werklik maar net 'n voorbeeld wat hy gebruik het?

Nee, as hy oor so 'n graad beskik het is daar tog seker baie werk vir hom beskikbaar, en hy is so opgewonde om aflewerings vir die drukkersbesigheid te doen.

"Vyf sent vir jou gedagtes."

"Wat jy waar kry? Bied my tienmiljoen sente aan en ek deel my gedagtes met jou," troef sy hom en lag rinkelend.

"Hmm. Jy leer vinnig, nè? Ek wil my verbeel ek het dit op een of ander stadium vir jou gesê, so jy steel my woorde." Hy steek sy hande na haar uit en kriewel sy vingers asof hy haar gaan kielie.

"Bewys dit ... Nee Josef, moet my nie kielie nie ... asseblief hou op. Kyk hoe kyk die mense vir ons."

"Hulle kyk vir ons omdat jy so mooi is, jou liewe ding. Het ek al vir jou gesê hoe mooi jy is met hierdie pragtige geel rokkie wat jy aanhet?"

"Nee, jy was te opgewonde oor jou nuutgevonde skatte, waarvoor jy nog moet werk. Baie dankie, Josef, ek is bly jy hou van my rokkie. Ek het dit vanoggend gekoop en spesiaal aangetrek sodat ek vir jou mooi kan lyk."

"Ek voel gevlei dat jy vir my mooi aantrek. Jy lyk altyd pragtig."

"Met my alewige baaikostuum met 'n strandjakkie bo-oor?"

"Dan lyk jy ... "

"Begeerlik?"

"Meisiekind, jy plaas woorde in my mond, maar ja, baie begeerlik."

"Dit sal moet wag, my engel," sê sy en wikkel haar ringvinger terwyl sy tergend na hom kyk, "en daar moet twee aan hierdie vingertjie wees."

"So wat jy vir my sê is dat ons vanmiddag nog verloof kan raak en vanaand trou. Is pastoor Jan beskikbaar?"

"Ag, gaan vang 'n haan .. of nee, los die hoenders uit en gaan spring in die see. Dis net so koud soos 'n koue stort. Jy sal in elk geval tog nie met my trou voordat jy jou spoke verjaag het nie," sê sy en kyk aandagtig na hom.

Hy trek sy wenkbroue vraend op en sy lag saggies.

100

"Jy moet sien wat gaan by die kerkhof daar naby ons huis aan," sê sy en lag sag. Hy dink vinnig, maar kan nie dink wat in 'n kerkhof kan gebeur wat snaaks is nie. "Wat gebeur daar?" Sy leun vooroor asof sy hom 'n geheim wil vertel. "Ek het nou die aand met my elmboë so rustig op die muur gedruk met my ken in my hande, en staan toe en kyk na die grafstene. Toe ek mooi kyk sien ek hoe die spoke dan in, en dan uit die grafte spring. Ek klap toe op my hande en vra hard *Wat gaan hier aan?* Jy moes sien hoe daardie spoke skrik, hulle hardloop skoon in die verkeerde grafte in."

Hy doen se bes om nie uit te bars van die lag nie, fabriseer 'n baie sedige uitdrukking op sy gesig en loer na haar. "Shilo, jy het gesê jy sal nooit vir my jok nie en nou vertel jy vir my hierdie sprokie."

Sy gil amper soos sy lag en wys met haar vinger in sy rigting. "Jy is só snaaks. Jy het my tog nie geglo nie, het jy? Jy moes die uitdrukking op jou gesig gesien het, dit was so snaaks."

"Goed, ek stem saam dit was 'n goeie grappie en ek het dit van die begin af geweet. Wat vir my treffend was, was die manier waarop jy die storie aan my opgedis het. Annette het nou die middag gesê jy sal 'n fantastiese model wees en nou het ek uitgevind dat jy nog 'n goeie aktrise ook sou uitmaak. Hoekom het jy nie een van die rigtings gevolg nie?"

"Want ek stel nie daarin belang nie. Ek wil net vir my Josef hê wanneer die tyd ryp is."

"En wanneer dink jy gaan dit wees?"

"Ek het reeds vir jou gesê, maar sal dit weer doen. Sodra my Josef met sy verlede vrede gemaak het en my ernstig vra om sy vrou te word."

101

"En wat as jou Josef jou 'n rat voor die oë draai en sommer net sê alles is nou weer reg in sy gemoed en hy vra jou om met hom te trou?"

"Dan sal hy blatant vir my jok en ek sal dit weet. Ek ken hom al beter as wat hy besef, en hy is 'n swak leuenaar."

"Sal jy weet as hy 'n saak so effens omseil omdat hy nie daaroor wil praat nie, of hy gee vir jou 'n verduideliking omtrent iets sonder om al die feite op die tafel te lê? Sal jy dit ook weet?"

"Soos wat hy net so 'n paar minute gelede gedoen het met die graad storie? Ja, ek sal weet, nes ek weet die afgewaterde verslag oor jou en Tiger is nie die volle verhaal nie. Ek weet ook jy weet meer van die Teologie af as wat jy voorgee. Ek gaan egter nie krap nie, Josef. Fiksie laat die wêreld spin, maar feite laat die wiele draai en die ratte knars. Die feite sal mettertyd aan die lig kom ... en dan sal ek die waarheid ken."

Hy kyk intens na haar gesig en wens hy kon haar die waarheid vertel, maar hy kan nié. "Wonderlik. Sê net vir my wat jy uitgevind het, hoor."

Sy kyk hom ondersoekend aan, strek haar hande oor die tafel en neem beide syne in hare. "Nee, om uit te vind moet ek krap en ek het gesê ek sal nie krap nie. My Josef sal my eendag alles self moet vertel. Sal jy?"

Hy kyk na haar vraende gesig en sluk. "Ek sal."

Sy giggel. "Dit is goed genoeg vir my. Kom, betaal die rekening, ek wil hand om die lyf met jou in die strate gaan stap om al die ander jong dametjies jaloers te hou."

"Te hou?"

"Ja, hulle is klaar so jaloers op die tierboskat wat die aantreklikste ou in die dorp opgeraap het. Al wat ek wil doen is om dit in te vryf," sê sy en lag saggies.

Sy staan op en kyk met 'n onnutsige uitdrukking in haar oë na hom. "Hulle moet versigtig wees met wat hulle kwytraak en veral waar hulle dit doen. Ek het spioene oral in die dorp en my informante se oë en ore is skerp, ek word heeltyd op datum gehou."

Hy grinnik en streel oor haar arm. "Hmm, behalwe vir jou spioene het jy nog beskermers ook. Ek het nou die oggend met een van hulle te doen gekry."

"Hoe lyk hy?"

"Lank, skraal, langerige hare en 'n baard met so twee tande aan die linkerkant van sy mond wat weg is. Hy dra 'n bruin jas."

"Michael. As jy ooit om een of ander rede in moeilikheid verkeer en Michael is naby, moet jy hom net roep, hy sal jou help."

"Het hy jou vertel van ons gesprek?"

Sy maak of sy dink en lag prettig. "Nee. Hy het nie. Hy het wel gesê behalwe vir die feit dat jy van jou trollie af is om so 'n mooi en groot vis in die water terug te sit, jy na 'n ordentlike man lyk."

"Dit was gaaf van hom, ek hoop jy vertrou sy opinie. Nou kom, Delila, laat ons gaan stap sodat jy die ander meisies groen van jaloesie kan maak ... of hou."

Hulle stap in die strate rond en elke nou en dan giggel sy. Hy kyk na haar, maar dan hou sy haar baie sedig.

"Wat amuseer jou so, my skattebol?"

"Ek het nou die dag vir jou gesê om jou oë oop te maak en oop te hou. Kyk na die mense in die plekke waar ons verbystap, hulle rek hul nekke behoorlik om beter te kan sien."

Terwyl hulle stap kyk hy rond sonder om dit opsigtelik te maak en sien wat sy bedoel. Die jong meisies loer werklik na hulle. "Hulle kyk nie na my nie.

Hulle kyk na jou, jou pragtige lyf, hare en oë. Ek wed jou elke liewe een van hulle sal hul voortande gee om soos jy te lyk."

"Ek dink jy is net gedeeltelik reg. Hulle sal wat wil gee om ek te wees sodat jy arm om die lyf met hulle in die straat kan stap. Jy is 'n baie aantreklike man, my Josef."

Hy lag saggies en kyk kastig suspisieus na haar. "Hmm, lyk ek darem so 'n bietjie beter as Joe?"

"Nooit, niemand is mooier, aantrekliker, slimmer of sterker as daardie Joe van my nie."

Josef kyk kamma seergemaak na haar en vryf oor sy bors asof hy die pyn in sy hart wil wegmasseer. "Jy beter vinnig vir my meer inligting omtrent hom gee. Ek soek sy adres waar hy in die nag beskikbaar is sodat ek die stof uit sy boude kan gaan skop."

"Jaloers?"

Hy grinnik en kyk na haar. "Nee geensins, maar waar dit jou aanbetref, baie besitlik."

Sy lag en vryf oor sy hare. "Moet nie bekommerd wees nie, my eie Joe, ek sal nooit in iemand anders belangstel nie. As jy nie tog maar eendag met my trou nie, sal ek 'n oujongnooi soos tant Mattie word."

Dit is reeds laat in die aand toe Josef vir Shilo op die voorstoep nagsoen. "Lekker slaap, my engel."

"Jy ook, my eie Joe."

Hoofstuk

9

Josef wag die son in. Hy het reeds sy oggend ritueel afgehandel, sorgvuldig aangetrek nadat hy seker gemaak het daar is geen teken van 'n onnodige vou in sy klere nie, en sy skoene blink soos 'n weermag troepie s'n wat weet die korporaal wat inspeksie kom doen is omgekrap.

Twintig minute voor die bestemde tyd hou hy voor die besigheidsperseel stil en stap na die ander werkers wat reeds voor die gebou op die randsteen sit en wag.

Hy stel hom aan elkeen voor en memoriseer die name en die gesig wat daarby pas, want hy hou daarvan om mense op hul korrekte name aan te spreek.

Hannes en Anette daag 'n paar minute later op, en nadat Hannes die deur oopgesluit het stap hulle sy nuwe werksplek binne.

"Sit gerus. Josef. Anette gaan net gou vir ons koffie skink en dan sal ons die papierwerk wat jou aanstelling bekragtig finaliseer. Die werktuigkundige sal aanstons die Vuka kom haal om die goederekassie te pas en sal dit terugbesorg sodra hy klaar is."

Anette beduie die prosedure wat gevolg sal word met die aflewerings om kontrole te hou van dit wat inkom en uitgaan. Dit is heel eenvoudig en hy knik sy kop tevrede.

Die Vuka word afgelewer en Josef is heel tevrede met die ekstra kas wat kan sluit, en hy begin met sy taak.

Op pad terug kantoor toe na sy laaste aflewering vir die dag voel hy hoe sy selfoon in sy broeksak vibreer. Sy eerste gedagte is dat Shilo 'n probleem het. Hy hou onmiddellik langs die sypaadjie stil en haal die selfoon uit sy sak.

Die skermpie dui aan dat dit wel sy is en hy beantwoord die oproep. Voordat hy enigiets sê kom haar stem deur die luidspreker.

"Josef, tant Truitjie het inmekaargesak in die kombuis en sy het vreeslike pyne in haar bors. Kan jy my kom help om haar by die hospitaal te kry, asseblief?"

Dit voel vir hom of sy hart gaan breek toe hy hoor sy huil saggies, en hy besluit dit is tyd om hard met haar te praat.

"Shilo, hou op huil en luister na my. Is daar iewers 'n plakker of bordjie waarop daar noodnommers verskyn?"

"Ja," sê sy met 'n klein stemmetjie.

"Kyk wat die nommer vir die ambulansdienste is en skakel hulle dadelik. Sê hulle moet onmiddellik 'n ambulans stuur om tant Truitjie te kom help. Doen dit nou. Ek is oor 'n paar minute daar."

"Maar jy weet nie eers ... "

"Ek weet. Bel onmiddellik."

Hy verbreek die verbinding en ry na sy werk, gee die getekende bewys van aflewerings aan Anette en verduidelik wat plaasgevind het.

"Gaan julle my nog vandag nodig kry?"

"Nee Josef, jy het reeds alles afgelewer vir die dag. Gaan na Shilo toe en staan haar by. Ons sal jou môre sien. Ry nou, sy wag vir jou."

"Dankie, totsiens Anette."

Hy vleg redelik roekeloos deur die verkeer en toe hy by die Skuiling se deur instap, hou die ambulans naby die deur stil.

Die mediese personeel hardloop die gebou binne en verwilder almal wat om die ou vroutjie saamkoek. Shilo sien vir Josef, storm op hom af en gooi haar arms om sy nek. Sy ruk soos sy snik en hy vou haar in sy arms toe en voel hoe sy bewe. Hy maak troos geluide en streel oor haar kop en hare tot hy voel hoe die bewing bedaar.

Hy kyk in haar oë en sonder om 'n woord te sê, weet sy hy wil weet wat gebeur het.

"Tant Truitjie het gekla haar kakebeen is seer en dat sy vreeslik sooibrand het. Ek het 'n pakkie vlugsout in my handsak en toe ek dit uithaal om vir haar te gee, gryp sy skielik na haar bors en word doodsbleek. Ek het haar net betyds gevang sodat sy nie op die vloer val nie en het haar in die stoel laat sit. Gaan sy oukei wees, Josef?"

"Ek vermoed sy het 'n ligte hartaanval gehad, maar die paramedici blyk goed opgelei te wees. Ek is seker sy sal oukei wees in hul sorg totdat 'n hartspesialis by hulle kan oorneem en na haar kyk."

Sy knik haar kop, sy het gesien hy hou die paramedici stip dop, en dit laat haar wonder ... Hy het geweet hoekom haar oë geel is. Die woord Lipochroom het hy gesê asof hy elke dag daarmee te doen kry. Hy het ook onmiddellik gesê tant Truitjie het 'n ligte hartaanval gehad. Hy het ook gesê hy het voorheen navorsing oor die geskiedenis gedoen, en toe die

107

opmerking gemaak dat dit nie nodig is om oor 'n MA-graad in Teologie te beskik om aflewerings te doen nie.

Sy kyk na hom en wonder hoe haar suspisies bymekaar kan kom. Medies en Teologie ... dit pas nie. Sy wens hy wil haar in sy vertroue neem sodat sy weet wat die antwoord is. Was hy by die mediese of die teologiese wêreld betrokke? Sy roer egter dit wat deur haar gedagtes flits nie aan nie.

"Wat doen ons nou, Josef?"

"Die paramedici het gedoen wat hulle kan en dit kom voor of die tante stabiel genoeg is om na die hospitaal toe vervoer te kan word. Al wat ons kan doen is om te hoop dat alles reg sal uitwerk en haar aan die sorg van ons hemelse Vader op te dra. Hy sal in sy alwetendheid besluit wat die beste vir tant Truitjie is."

Sy vou haar hand om sy bo-arm en druk haar kop styf teen sy skouer. "Sal jy vir haar bid? Asseblief, my Josef."

Hy kyk in haar gesig en trek haar aan die hand nader na waar tant Truitjie nou op 'n draagbaar lê, en wend hom na die paramedici.

"Is daar tyd om gou vir haar 'n gebed te doen?"

"Ja meneer. Sy is stabiel, maar ons sal haar graag so vinnig as moontlik by die hospitaal wil kry. Hou dit kort, asseblief."

Hy dra vir tant Truitjie en al die mense wat in die vertrek is aan die sorg van die Vader op en staan dan regop, trek vir Shilo teen hom vas en kyk na die paramedici.

"Dankie. Na watter hospitaal gaan julle haar neem?"

"Sy het gelukkig 'n mediese fonds, so dit sal die private hospitaal wees."

"Dankie, my vriend," sê hy en beduie met sy oë na buite waar die ambulans staan.

Hulle dra tant Truitjie op die draagbaar na die ambulans en Josef kyk na Shilo. "Skakel vir pastoor Jan en vertel hom wat gebeur het."

Sy knik haar kop en skakel die pastoor se nommer, maar toe hy die oproep beantwoord begin sy weer snik en hou die selfoon na Josef toe uit. Hy neem dit en verduidelik die situasie aan die pastoor wat hom bedank vir die inligting en beëindig die oproep.

"Ek moet na haar toe gaan, Josef."

"Dit sal niks baat om nou soontoe te gaan nie, Shilo. Hulle gaan allerhande toetse op haar doen en jy gaan net in die gange rondstaan en wag. Is jy klaar hier vir die dag?"

"Ek is, ja."

"Nou kom ek neem jou huis toe. Jy kan later hospitaal toe gaan en uitvind hoe dit met tant Truitjie gaan."

"Ry jy maar solank. Ek sal met my Vespa huis toe gaan."

"Jy is ontsteld en ek wil nie hê jy moet in hierdie toestand ry nie."

"Dan stap ons en kom haal die motorfietse later sodat ek hospitaal toe kan gaan."

Hy onthou van die kas wat aan die Vuka gepas is, Shilo kan nie meer agter hom op die sitplek sit nie. "Goed, kom ons loop."

Op pad huis toe maak hulle 'n draai by Hannes en Anette om vir hulle te vertel wat gebeur het. Anette is vreeslik bly om vir Shilo te sien en neem haar na 'n aangrensende kantoor waar hulle gaan sit en gesels. Josef besef Anette se optrede is die beste medisyne vir die oorstuur Shilo en laat hulle begaan.

'n Rukkie later stap hy na waar die twee dames sit en gesels, en toe hy voorstel dat hulle huis toe moet gaan, skud Anette haar kop.

"O nee, meneertjie. Ek het haar lanklaas gesien en vir die res van die dag gaan ek op haar beslag lê. Jy kan maar gaan lê en slaap of gaan visvang. Ek sal 'n bietjie later vir Shilo hospitaal toe neem en haar daarna by die huis besorg."

Shilo glimlag vir hom en hy besef sy geniet Anette se geselskap, een van die weinige vrouens wat met haar gesels en nie bang vir haar is nie.

Hy argumenteer nie, hy kan later vir Shilo by die huis gaan kuier. "Dit klink reg vir my. Waar is jou Vespa se sleutel, my liefie? Ek sal dit gaan haal en by hul huis gaan los en dan die Vuka gaan haal."

"Ons kan jou met my motor neem en agter jou aanry en dan weer terugneem om jou motorfiets te gaan haal."

"Ag nee wat, Anette. Dankie vir die aanbod, maar kuier julle twee lekker. Ek sal later met Shilo in verbinding tree. Ek dink sy het 'n bietjie vroulike geselskap nodig en ek het gesien sy ontspan toe jy beheer oor haar geneem het."

Hy neem die sleutel by Shilo en soen haar saggies. "Sien jou later, my poppie."

"Tatta, my Josef, ek is lief vir jou."

Hy steek eers vas en na 'n paar sekondes stap hy by die deur uit om hul voertuie uit te sorteer.

Josef gaan sit op een van die bankies langs die wandellaan en kyk na niks op die see. Shilo het hom bederf met haar teenwoordigheid smiddags. Hy besluit om te gaan kyk of Tiger by die kroeg is.

Hy hou voor die kroeg stil, en nadat hy seker gemaak het dat die Vuka stewig staan, stap hy die kroeg binne.

"Hallo Joe. Kom sit hier by my."

"Hallo Tiger, kan ek vir jou 'n Coke koop?"

Tiger lag sy rokers laggie, maar Josef hou daarvan. Nes Tiger se stem, sal hy daardie laggie ook tussen 'n menigte mense herken.

"Nee wat, Joe, spaar jou geld. Ek ken die eienaar persoonlik, en omrede hy 'n goeie vriend van jou is sal hy nie omgee om ons albei te borg nie."

Hy vra vir die kroegman om die nodige te bring en kyk stip na Josef. "Dis 'n pragtige meisie wat jy het."

"Sy is, my vriend. Van buite en van binne."

"Dis seldsaam om so 'n mooi vrou raak te loop wat nie ydel is en net aan haarself dink nie. Werklike mooi vrouens het mos maar daardie manier om jou so aan te kyk asof jy 'n wurm is, ek bedoel nou vroumense in dieselfde klas as Shilo."

"Ag ek weet nie, Tiger, ek het my nie veel aan vrouens gesteur nie, en vir my is Shilo meer as goed genoeg. Ek hoop maar net ek stel haar nie teleur nie."

"Ek het aangeneem sy ken nie jou geskiedenis nie, of weet sy van, uhm, jou storie?"

"Nee, my vriend, sy weet nie en ek sal haar moet vertel, eerder gouer as later. Vertel my van jou opkomende operasie. Ons het so 'n uur of twee gelede een van Shilo se vriendinne hospitaal toe laat neem. Dit wil vir my voorkom asof sy 'n hartprobleem gehad het en ek hoop die dokters kan haar probleem vinnig regstel. Jy het mos gesê jy moet 'n hartomlyningsoperasie ondergaan?"

"Ja. Ek het sommer net eendag baie skielik sleg gevoel en my linkerarm het lam geword. Ek het my half doodgeskrik en is in alleryl na 'n dokter toe. Die knaap het my summier in die hospitaal laat opneem en allerhande masjiene aan my gekoppel. Die volgende oggend is 'n angiogram of so iets gedoen en die dokter het gesê daar is van my are geblok. Vir 'n paar weke moet ek allerhande pille drink en dan sal hulle die operasie doen. Ek is bang, Josef, so groot as wat ek is, is ek vrekbang. Wat as die operasie nie suksesvol is nie? Hierdie boetie van my gaan nie in hierdie lewe regkom sonder my wat gedurig 'n oog oor hom moet hou nie."

"Tiger, los daardie gedagtes en vergeet van Johnnie op hierdie stadium. Tiger is nou belangrik, konsentreer op hom. Johnnie moet sy eie lewe lei en maak soos hy goeddink, jy kan dit nie vir hom doen nie."

Tiger sug en stoot die Coke blikkie in sirkels op die tafelblad.

"Ek weet dit, maar ek probeer tog om hom in die regte rigting te beduie."

Josef het die ronde plekmatjie beetgekry, hou dit regop met sy vinger en skiet dit aan die kant sodat dit in die rondte tol. Albei mans kyk na die tollende plekmatjie.

"Ek is bly jy sê die regte rigting. Elke mens het 'n keuse en jy moet self besluit wat jy wil doen en hoe jy jou lewe wil lei. Het jy al opgehou rook?"

"Daardie een wat ek nou die dag in die asblik gegooi het was die laaste een wat ek in my hand gehad het."

Josef kyk stip in Tiger se oë en sien dit weifel nie. "Dit is goed, hou by daardie besluit. Nou ja, ek moet nou wikkel. Sien jou later."

"Jy sal onthou?"

"Elke oggend en elke aand, my vriend. Jy hoef nie bang te wees nie, alles sal reg uitwerk. Vrede vir jou."

"Totsiens, Josef," sê Tiger en lag sag toe hy besef dat Joe nou weer Josef is. Hy kyk Josef agterna toe hy uitstap en selfs tot hy wegry. Daar gaan die beste man wat ek ooit ontmoet het en ek kan nie glo dat ek so verkeerd van hom gedink het nie.

112

Josef gaan sit buite sy tent op 'n stoel en bekyk almal rondom hom. Sy selfoon is byderhand net ingeval Shilo hom skakel. Die gedagte kom by hom op om te gaan kyk of hy nie dalk sukses sal hê met sy visstok en 'n vis vang nie, maar besluit onmiddellik daarteen. Hy wil byderhand en gereed wees om te beweeg indien Shilo hom sou nodig kry.

Sowat 'n uur later hou Anette se Toyota langs sy tent stil. Hy staan op en Shilo spring uit die voertuig uit. Sy trippel nader, gooi haar arms om sy nek en druk hom so styf dat hy voel asof hy nie kan asem kry nie.

Anette stap laggend, maar meer besadig nader en neem op Josef se stoel plaas terwyl sy oor haar keel streel. "Koffie, Josef, ek moet nou koffie kry. My keel voel soos sandpapier."

Hy lag en beduie met sy oë na die pragtige vrou in sy arms. "As Shilo dit nie regkry om my nek te breek nie, maak ek vir julle."

Shilo los hom en kyk in sy gesig op. "Dankie," sê sy en soen hom op sy mond.

Hy stap die tent binne om die ketel aan te skakel en loer oor sy skouer na haar. "Waarvoor is die dankie? Ek het mos niks gedoen nie."

"Jy het gekom toe ek jou nodig gehad het, en jy het vir tant Truitjie gebid."

"O oukei. Wat sê die dokter? Sal sy gou weer reg wees?"

"Anette, vertel jy vir hom dan gaan maak ek die koffie. Sy koffie is soms ondrinkbaar sterk."

"Jong, die dokter was baie in sy skik met die spoedige optrede om die tante by die hospitaal te kry. Hulle het allerhande toetse uitgevoer en skanderings gedoen, maar die skanderings was nie duidelik genoeg om 'n *berekende voorspelling*, soos die dokter dit genoem het, te maak nie. Die EKG toon aan dat sy 'n ligte hartaanval gehad het en sy is op medikasie geplaas tot môreoggend wanneer hulle haar gaan stuur vir 'n angiogram. Die dokter sê hulle het daardie skandering nodig voordat hulle kan besluit watter roete om te volg."

Shilo gaan staan in die tentopening en lag guitig. "Vertel hom van die dokter. Jy was mos so beïndruk met hom."

Anette lag net so guitig en loer onder haar wenkbroue deur na Shilo. "Ja, en hy kon nie sy oë van jou afhou nie. Gmf, vir my sien hy nie eers raak nie en kyk heeltyd in haar oë terwyl hy bo-oor die bed waar die tante lê sy relaas lewer. 'n Mens sou sweer sy is die pasiënt in stede van die tante."

Josef is oortuig daar is baie oor die dokter gekorswel op pad na sy tent toe. "Hmm, kompetisie? Ek sal moet wakker slaap."

Shilo staan onmiddellik nader en streel oor sy kop en plant 'n soentjie op sy wang. "Nee, my Josef, jy het niks te vrees nie. Hy is 'n aansienlike kêrel, maar daar is iets in sy gesig waarvan ek niks hou nie. Hy het so 'n aanstellerige houding. Jy weet, so asof hy dink hy is beter as die res van die aardlinge."

Anette knik haar kop ter instemming met haar woorde, maar sy tree tog vir die dokter in die bresse. "Miskien het hy rede om so vol van homself te wees. Die ou dokter wat hom vergesel is blykbaar sy mentor, en hy het gesê die jong outjie is baie goed met hartsiektes ten spyte van sy jeugdige ouderdom. Op universiteit het hy blykbaar Cum Laude geslaag en sy Dokterstesis het oor die hart en bloedsomloop gehandel."

114

Josef knyp sy oë vir 'n oomblik toe en verbleek effe, dan herstel hy blitsig en kyk na Anette. "Dit klink goed, ten minste is tant Truitjie dan in goeie hande."

Shilo oorhandig 'n beker koffie aan Anette en Josef, en stap die tent binne om hare te gaan haal.

Anette neem 'n slukkie en klap haar tong waarderend. "Ja, die ou dokter het gesê dokter Carl Greybe is baie goed en ons hoef ons geensins oor die tante te bekommer nie."

'n Yskoue hand vou om Josef se hart en sy asemhaling versnel met rasse skrede terwyl die are aan sy slape duidelik toon hoe sy bloeddruk verhoog het. Sy hande begin bewe en hy stort sy koffie wat oor sy broek teen sy bene afvloei. Die hare op sy arms staan penorent en hy plons in die stoel wat vir Shilo bedoel is neer.

Shilo sit haar beker koffie op die grond neer en storm na waar Josef sit. Sy kniel voor hom en gooi haar arms om sy middel. "Josef? Wat is fout, my lief? Jy is doodsbleek."

Hy skud sy kop 'n paar maal heen en weer, haal diep asem en streel oor haar kop en hare. "Niks. Niks is fout nie, jou pragtige ding. Ek voel maar net verleë omdat ek die koffie gestort het waar julle dit kon sien. Ek sal moet onthou om die koppie stywer vas te hou."

Hy vat 'n lap en droog die koffie van sy broek en been af.

"Wag, ek gaan maak vir jou 'n ander koppie koffie."

Hy kyk nie na haar nie, om die koffie van sy been en broek af te vee verg erge konsentrasie, en hy loer vlugtig na haar. "Dankie, my liefie."

Hy kyk na Anette en merk dat sy hom opsommend sit en aankyk, dan trek sy haar wenkbroue op asof in 'n vraag, maar sê niks.

Shilo gee vir Josef 'n beker koffie en gaan sit op die stoel langs hom. "Josef, gaan jy omgee as ek nou huis toe gaan? Ek wil gaan bad en vir tant Mattie vertel wat gebeur het. Ek wil ook vir tant Truitjie gaan kuier as dit besoektyd is, gaan jy saam met my?"

Hy kyk ondersoekend na haar en sy oë vlieg in allerhande rigtings. Netnou daag die dokter daar op, en hy wil hom nie sien nie. "Nie vanaand nie, my spinnekop. Met al die dinge van vandag en die heen en weer loop om die motorfietse by die huis te kry is ek 'n bietjie moeg. Sal jy omgee as ek vanaand vroeg gaan slaap?"

"Nee, ek gee nie om nie. Kom soen my sodat ek kan loop en dan gesels jy en Anette nog 'n bietjie."

Hy soen haar teer en hou haar nog 'n paar sekondes styf vas, dan laat hy haar gaan. Hulle groet oor en weer en sy stap na die hek toe.

"Wat is fout, Josef? Jy het eers spierwit geword en toe die koffie gestort. Wat het jou so ontstel? Is jy bang die dokter vry vir Shilo af?"

"Nee, Anette, glad nie. As sy so vinnig na 'n ander man kan kyk was ek maar nie net vir haar bedoel nie. Ek sal bitter spyt wees as dit gebeur, maar daar is niks wat ek daaraan sal doen nie."

"Sal? Jy het gesê jy sál niks daaraan doen nie, nie niks daaraan kán doen nie. Hoekom het jy daardie woord gebruik?"

"Kan nie, sal nie, wil nie, wat maak dit saak? Ek glo in elk geval nie Shilo is vreeslik beïndruk met hom behalwe vir die feit dat hy moontlik 'n goeie hartspesialis is, of met tyd gaan wees nie. Hy gaan immers poog om haar geliefde tant Truitjie gesond te maak."

Anette het hom stip dopgehou en haar oë na bo links gedraai, dan lag sy saggies. "Jy is reg, my vriend. Vir daardie meisiekind bestaan daar net een man op hierdie aarde en sy naam is beslis nie Carl Greybe nie. Op die oomblik is hy egter vir haar belangrik om vir tant Truitjie gesond te kry soos jy sê."

Haar woorde bevestig Josef se vermoede rakende Shilo se gevoelens. Aan die een kant is hy bly die man het so ver gevorder in die tyd wat hy beskikbaar gehad het tot dusver. Aan die ander kant vreet die wrok in sy binneste.

Anette groet en vertrek met Josef wat haar motor peinsend agterna kyk. Hierdie vrou is ook skerp, dink hy. Hy is oortuig sy het al 'n paar dinge in die lewe gesien en ondervind. Hy sal moet versigtig wees met wat hy sê as sy in die omgewing is.

Hoofstuk

10

Die son sit nog hoog en die see lê seepglad uitgestrek tot op die horison. Josef besluit om 'n ent te gaan stap en sy gedagtes oor hierdie saak wat hom so onverwags getref het te orden. Shilo sal definitief nie gelukkig daarmee wees om elke keer alleen vir die ou tante in die hospitaal te gaan kuier nie, en sal verwag hy moet haar soms vergesel.

Hy het egter geen begeerte om die dokter raak te loop nie en hy wonder wat die man juis hier in Mosselbaai kom doen, daar is tog sekerlik baie hospitale in Pretoria en Johannesburg wat hom kan besig hou.

Terwyl hy stap lui sy selfoon en toe hy kyk sien hy dat dit Shilo is en hy beantwoord die oproep.

"Josef, ek voel soos 'n skurk. Daar is nog meer as 'n uur oor voor besoektyd. Wil jy nie maar hier na my toe kom totdat ek hospitaal toe moet ry nie? Ek het jou vandag maar net vir 'n klein rukkie gesien en dit was onder baie slegte omstandighede. Ek weet jy het gesê jy is moeg, maar as jy gaan slaap teen die tyd wat ek ry is dit mos vroeg genoeg, is dit nie?"

Sy hart jubel, haar stem is soos musiek in sy ore, en hy voel lus om uitbundig te lag, maar hy onderdruk die begeerte.

"Natuurlik, my koningin, ek is net twee straatblokke van jou af. Skakel solank die ketel aan vir koffie, of nee, vir tee. Ek is nou by jou."

Desnieteenstaande die feit dat sy verlede 'n ruk in die bek gekry het deur die onverwagte verskyning van Carl Greybe, stap hy vinniger om by haar te kom en sy hart voel heel verlig.

Sy wag hom op die stoep in en toe sy arms om haar gaan, fluister sy in sy oor: "Kom jou wonderlike man, kom ons gee die mense iets om oor te skinder."

"Hygend kinders, julle gaan nog my dood kos. Shilo, breek jou lippe van syne los en gaan maak die tee, die water is al verbrand."

Hulle lag en vlug die huis binne met tant Mattie kort op hul hakke. Sy kyk na hulle met 'n glans in haar oë. "Julle twee gaan nie stuitig raak voordat die regte tyd aangebreek het nie, nè?"

Josef knipoog vir Shilo en loer onder sy wenkbroue deur na tant Mattie. "En watter tyd is dit, tant Mattie?"

"So 'n rukkie nadat die predikant vir jou gesê het jy mag jou bruid soen."

Shilo kom staan styf teen Josef, sit haar arms om sy nek en soen hom op die wang. "Hy moet net nie namens my belowe nie, tant Mattie, netnou is dit ék wat die skande oor sý familie bring, dus gaan ons niks belowe nie, maar ons sal ons bes doen."

Haar woorde verdien onmiddellik 'n gluur van tant Mattie se bruin oë. "Meisiekind, ek trek jou gatvelle af."

"Oeps, dit gaan seer wees," sê sy en lag rinkelend.

119

"En bloei," las Josef by en rek sy oë groot vir haar.

Hulle lag en albei omsingel vir tant Mattie en druk haar styf teen hulle vas.

"Tante hoef nie bekommerd te wees nie. Ek sal my nooit op Shilo afdwing nie en ons het 'n akkoord, die dag as daar twee ringe aan haar ringvinger pryk, val dit eers weg."

Shilo klap haar vingers soos 'n skoolkind wat die antwoord op 'n vraag deur die onderwyser ken en kyk stip na hom. "Dit is wat dit is. Dit is wat my aan jou laat dink het toe die dokter sy relaas gelewer het. Hy gebruik ook snaakse woorde wat ons nie in alledaagse gesprekke gebruik nie. Woorde soos *akkoord* en *pryk,* net soos jy dit nou gesê het. Het jy al agtergekom dat jy dit doen?"

Hy dink terug in die verlede, bykans twintig jaar en skud sy kop.

"Nie juis nie, nee. Ek was altyd onder die indruk ek praat maar net Afrikaans."

"Hmm. Dit is snaaks as ek nou daaraan dink."

"Ag, moet jou nie te veel daaroor kwel nie."

Onmiddellik word daardie katoë stip op hom gerig. "Sien? Daar doen jy dit weer. Kwel, in stede van bekommer. Ek sê vir jou daardie man praat ook so, hy het gesê indien tant Truitjie akkoord gaan met die behandeling wat hy voorstel, moet ek my nie te veel oor haar kwel nie, sy sal eendaags weer op haar pos pryk."

Josef skop-skop na 'n wolletjie wat op die mat lê, maar iets moet hy sê, want Shilo kyk aandagtig na hom, afwagtend op 'n respons.

"Tant Mattie, gelukkig lyk hy nie soos ek nie, en hy het blykbaar ook nie so 'n goeie geaardheid soos ek nie. Shilo en Anette sê hy is maar 'n bietjie hovaardig."

Shilo loer so na hom en wuif haar vinger heen en weer asof sy iets probeer uitpluis. "Ek het gesê hy het 'n aanstellerige houding, en Anette het gesê hy is vol van homself. Waar val jy met hovaardig uit?"

Hierdie keer is hy egter reg vir die tierboskat. "Maklik, aanstellerig en vol van homself spel vir my hovaardig, of verwaand as jy wil. Jy kan kies."

Sy voer weer een van daardie klappe in die lug in sy rigting uit. "Ag jy. Jy het ook altyd 'n antwoord vir alles."

Nee, my liefling, nie altyd nie. Wat in die verlede gebeur het en wat jy en Anette vandag vir my vertel het, staan soos 'n berg voor my en ek weet nie hoe om die kruin te bereik nie, daarvoor het ek nie 'n antwoord nie. Wat hy egter vir haar sê het geen betrekking op sy gedagtes nie.

"Ek voel maar klein en nie eens noemenswaardig nie as ek by die mooiste vrou in die land is en probeer maar net om haar te beïndruk met slim antwoorde wat ook nie eens altyd slim is nie."

"Gmf, weet tante wat hy gister vir my sê? Hy het gesê 'n mens het nie juis 'n graad in Teologie nodig om aflewerings met 'n motorfiets te doen nie. Gewone mense soos ek sou eenvoudig gesê het jy het nie eens 'n graad nodig het nie, maar nee, slimjan moet 'n spesifieke graad aan sy kommentaar koppel."

Hy lag vir die kastige verontwaardigde uitdrukking op haar gesig en kyk na tant Mattie. "Sy jok, tant Mattie, of liewer haar storie is nie heeltemal korrek nie. Ek het gesê 'n MA in Teologie, en dit is so 'n trappie of wat hoër as 'n graad. Hoe dit ook al sy, ek was reg. Jy het nie 'n Meesters of enige graad nodig om aflewerings te doen nie. Punt."

Hulle lag en tant Mattie kyk na hulle. "Julle was heeldag besig met een of ander ding. Ek veronderstel julle het nie vandag iets te ete gekry nie?"

Hulle loer vir mekaar en loer na tant Mattie "Nee, tant Mattie," sê hulle gelyktydig.

Sy loer na die kombuishorlosie en haal 'n pot uit die yskas. "Dit is lamsbredie wat ek gemaak het vir aandete eergister, maar Shilo wou gevulde pannekoek hê. Ek gaan vir julle daarvan warm maak in die mikrogolfoond dan kan julle gou eet voordat Shilo hospitaal toe ry."

Die lamsbredie is baie smaaklik en toe Josef na die pot loer, glimlag tant Mattie, vat sy bord en skep vir hom nog in en sit dit in die oond. Toe hy klaar is staan Shilo op en sê dat sy nou moet ry. Hy groet die dames en tant Mattie stap na haar kamer toe hy vir Shilo aan die hand nadertrek.

"Hmm ... ek kan gewoond raak hieraan, hoor. Dit raak net lekkerder en lekkerder. Mooi ry. my liefie, bel my sodra jy by die huis kom."

"Ek maak so. Tatta, my lief." Sy blaas vir hom 'n soentjie en hy stap na die karavaanpark.

Shilo het by tant Truitjie gekuier en die verpleegsters moes haar aanjaag om te loop. Sy wil vir Josef bel en vir hom vertel wat gebeur het, maar besluit om eers huis toe te ry. Hy sal meer gerus wees as hy hoor sy is tuis.

Twintig oor agt lui sy selfoon, en asof hy met sy duim gereed gestaan het om die knoppie te druk, beantwoord hy die oproep.

"Hallo. Hoe gaan dit met die pragtigste vroumens in die wêreld?"

"In Amerika ook?"

"Definitief."

"Rusland?"

"Beslis."

"Die res van Europa?"

"Natuurlik, ook in die Honduras en Hawaii."

"Ek toets jou net. Slaap jy nog nie?"

"Ja, ek praat in my slaap. Terwyl my eie persoonlike Mejuffrou Heelal die strate besmet met haar olie brandende Vespa? Daar is nie 'n manier nie."

Sy bly 'n oomblik stil.

"En nou? Het die kat jou tong uitgeskeur."

"Daardie dokter het dit ook gesê toe ek hom vra of die goetertjies wat hulle in tant Truitjie se are gaan sit nie dalk blokkasies sal veroorsaak nie. *Daar's nie 'n manier nie,* het hy gesê. Nie – *Daar is nie 'n moontlikheid dat dit sal gebeur nie.* Verstaan jy wat ek sê? Hy het ook die twee woorde van 'n normale sin weggegooi, nes jy. Josef, hoe is dit moontlik?"

Josef sug en vra vir homself hoe verander 'n mens jou spreekwyse na soveel jare?

"Ek sal nie weet nie, my liewe ding. Miskien was ons in dieselfde skool en het dieselfde onderwyser gehad. Moontlik is ... nee, ek weet nie. Jy klink heel geïnteresseerd in die dokter?"

"Nee glad nie, my engel, ek het mos gesê hy is .. uhm, hovaardig, dieselfde as die ouer geslag in die dorp. Ek stel nie in daardie tipe mense of enige ander man behalwe my eie Joe belang nie. Al waarin ek wel belangstel is die werk wat hulle doen, en dit is nou sy werk om vir tant Truitjie gesond te kry."

Josef sug verlig en lag saggies. "Goed. Vertel my van Truitjie. Is sy gemaklik?"

"Heeltemal en vol grappies. Hulle het toe sommer vanmiddag al die angiogram gedoen. Die dokters het besluit hulle gaan goetertjies ... uhm, stente is die naam, in haar are sit om die vernouings oop te maak. Tant

Truitjie het dus nie 'n groot operasie nodig nie. Ek is so bly, Josef."

"Ek ook, ek sal onthou om groot dankie te sê. Jy het gesê die dokters het besluit. Meervoud?"

"Ja, daar was 'n hele paar betrokke, maar hierdie knaap van Pretoria gaan die operasietjie uitvoer onder die wakende oog van sy mentor en een van ons eie dokters. Ek dink hulle het gesê hulle gaan hom assisteer."

"Puik, met drie dokters byderhand is daar seker nie veel wat verkeerd kan gaan nie. Ek is oortuig tant Truitjie sal binne drie of vier dae op en aan die gang wees."

Sy bly weer vir 'n paar sekondes stil.

"Hoe weet jy? Dit is wat hy gesê het. Tant Truitjie kan die vierde dag al weer aanmeld vir werk."

Hy lag en besluit om haar aandag van haar kwelling oor sy manier van praat af te trek. "Ek sou net gesê het aanmeld."

Doodse stilte heers, dit klink vir Josef of die branders in sy ore spoel.

"Hy het ook so gesê."

Hy sug en rol sy oë. "Slim man om soos ek te praat. Gebruik jou woorde spaarsamig en laat 'n vloed daarvan los oor die meisie wat jy liefhet."

"Dankie dat jy my liefhet, my Josef. Ek hoop nie daar is nog een of twee meisies elders vir wie jy ook so sê nie."

"Jaloers?"

"Verskriklik. Ek kan nie glo jy het juis vir my gekies nie, Josef."

Gaan kyk in die spieël, praat met jouself en luister na jou stem, lag en luister daarna, beweeg en kyk na die wyse waarop jy dit doen ... om mee te begin, sê hy stilswyend.

"Ek het jou nie gekies nie, my lief, jy is aan my geskenk en daarom sal ek jou vir ewig liefhê."

"Wie het my aan jou geskenk?"

"Ek sal jou later daarvan vertel. Glo en vertrou my net. Vertel verder van tant Truitjie."

"O ja, dit is waaroor ons gesels het. Die operasie word môreoggend sesuur uitgevoer. Dokter Blink Stefaans moet môre terugvlieg Johannesburg toe."

"Hoe laat gaan hy?"

"Die ouer dokter het gesê hul vlug is reeds tienuur, en het voorgestel hulle vervroeg die operasie. Oorspronklik was dit vir seweuur geskeduleer, maar hulle het dit verander."

"Hoe laat is besoektyd?"

"Tienuur, dan drieuur en saans seweuur."

"Ons kan drieuur en seweuur vir haar gaan kuier as jy wil."

"Ons, het jy gesê? Jy gaan saam met my by tant Truitjie kuier?"

"Beslis. As dit belangrik is vir jou, is dit belangrik vir my."

"Jy is 'n wonderlike mens, my lief."

"Onthou dit, ek sal jou dalk een of ander tyd daaraan moet herinner. Nou moet jy in die kooi klim. Goeienag, koningin van my lewe."

"Goeienag, my eie liewe Joe."

Hy plaas sy selfoon op die bedkassie en lê agteroor teen die kussings. Hy weet hy gaan weer nie kan slaap nie, soos vele ander nagte die afgelope jare.

Die geluide rondom hom is anders. Hy kan die see hoor soos die branders hulself teen die rotse te pletter loop. Carl Greybe, Dokter Carl Greybe. Opkomende hartspesialis. Universiteit studies Cum Laude geslaag. Hy maak mense se harte heel, maar dit is na alles maar

125

net 'n pomp. Voortvarend en verwaand. Wie het hom die reg daartoe gegee?

Die onthou hardloop soos 'n refrein deur sy gedagtes. "En ek? Wat van my?"

Josef se kaakspiere bult, sy neusvleuels bewe, sy hande bewe erger, en hy besef hy moet ontspan, hy kan dalk sy tande breek, of selfs sy kakebeen kraak. Skree kan hy nie, dit sal die vakansiegangers om hom ontstel.

Hy slaan die matras en die kussings met die vuis totdat die sweet hom aftap en hy hygend op die vloer van die tent neerval. Spons stukkies van die kussings wat hy stukkend geslaan en geskeur het lê die hele tent vol.

Hy staan op en stap by die tent uit, kyk in die lug op en is bly om te sien daar in ruimte bokant sy kop is oop lug. Die wind het weer begin waai. Hy stap na die rotse en gaan sit daar, eensaam en bevrees vir die dag van môre.

"Naand, my larnie. Wat sit jy so alleen hier in die wind? Het die nooi jou uitgesmyt?"

Hy skrik vir die skielike stem hier vlak by hom in die donker en kyk vinnig om.

"Hallo, Michael. Nee, sy het my nie uitgesmyt nie, my vriend. Dit is maar net die lewe wat vanaand weer druk ... en ek is nie 'n larnie nie, Michael, noem my sommer net Josef."

Michael gaan sit op 'n klip teenoor hom en kyk stip na sy gesig. "Goed, Josef. As die lewe druk, druk hom terug. Moet nooit dat die lewe jou op die grond kry nie. Staan op en doen wat jy moet doen."

"Dankie, Michael, maar dit lyk nie vir my of jy doen wat jy preek nie?"

"Ek doen. Elke dag doen ek dit. Ek staan op in die môre met blymoedigheid en groot dankbaarheid dat ek nog 'n dag gegun is. Ek gaan net waar ek wil, maar doen nie wat ek wil nie, want dit kan ander skade aandoen. Ek sê ook nie wat ek wil nie, want dit kan ander mense seermaak. As mense my vloek, vra ek die Heer om hulle te seën en die regte pad te wys. Elke mens het sy eie manier om vrede te soek. Party rook, ander drink of lieg of steel. Ek gaan net my gang en het respek vir ander, al dink hulle ek het nie eers respek vir myself nie. Shilo is jou redding, my vriend. Ek weet, want ek hou julle dop as julle hier in die dorp rondstap. Ek is seker jy sou daardie Johnnie karnallie en sy pelle goed laat les opsê het as sy nie by jou was nie. Ek het vir julle gestaan en kyk, en ek het die uitdrukking op jou gesig en in jou oë gesien. Ek dink Tiger het ook, en daarom tussenbeide getree. Shilo sal jou op die regte pad kry ... en hou. Klou aan haar vas."

"Dankie, Michael. Is daar enigiets wat ek vir jou kan doen?"

"Nie vanaand nie. As ek hulp soek, sal ek jou kom vra."

Net so vinnig as wat hy verskyn het, verdwyn Michael in die donkerte. Josef staan op en stap stadig terug na sy tent. Hy ruim die plek op, prakseer handdoeke om te gebruik as kussing en gaan lê. Binne minute het die vergetelheid van slaap hom oorval.

Josef is druk besig met aflewerings. Hy kry nie tyd om aan enigiets anders as die werk wat hy het om te doen, te dink nie. Hy ry die hele dorp vol en lewer allerhande dokumente en boeke by die kliënte af. Elkeen wat hy teëkom word ordentlik gegroet en dit maak nie vir hom saak of dit die eienaar van die besigheid of die skoonmaker is nie, hy behandel almal dieselfde.

Teen tienuur stap hy hul kantore binne en Anette beduie hy moet op 'n stoel plaasneem. Sy skink vir hulle koffie en maak 'n pak beskuit oop.

"Jy is soos 'n warrelwind vanoggend. Vat dit 'n bietjie rustiger en eet 'n paar beskuite saam met jou koffie."

"Dankie, Anette, dit gaan lekker wees. Ek het hoeka vergeet my graankos is klaar en ek moet ander gaan kry. Vanoggend het ek net koffie gedrink."

Sy swaai haar hand oor die pak beskuit. "Eet soveel as wat jy wil hê. Josef, ek wil met jou praat. Gister het jy so bleek soos 'n spook geword toe Shilo van die dokter gepraat het. Ek dink jy het geskrik toe jy sy naam hoor en daarom die koffie gestort. Wat is die storie? Ken jy die man?"

Josef kyk nie direk na haar nie, sy oë soek-soek na iets om op te konsentreer en kies die venster wat op die straat uitkyk. "Anette, ek hou baie van jou en Hannes. Ek moet vir jou dieselfde antwoord gee as wat ek nou die dag vir Shilo gegee het op 'n vraag wat sy gestel het. Ek het te veel respek vir julle om blatant vir julle te lieg, en daarom gaan ek nie die vraag beantwoord nie."

Sy sug en kyk stip na hom. "So, jy ken hom?"

Josef loer uit die kant van sy oë na haar, en neem nog 'n beskuit.

"Jy gaan dit nie erken of ontken nie?"

Hy skud net sy kop as aanduiding dat hy nie kommentaar gaan lewer nie, en Anette kyk stip na hom.

"Shilo weet ook nie?"

Weer skud hy sy kop.

"En ek mag nie my suspisies met haar deel nie?"

Hierdie keer kyk hy in haar oë en sug. "Anette, op hierdie stadium besef jy ek ken hom. Wat die verbintenis tussen ons is, dit weet jy nie. Ek gaan ook nie vir jou sê nie, en ek wil nie hê jy moet met Shilo daaroor praat nie. Ek kan jou egter nie keer as jy dit wil doen nie, want jy weet nie werklik veel nie. Só, suspisies en bespiegelinge sal dit bly. Ek twyfel ook sterk of hy sal erken hy ken my, maar dit staan jou vry om te vra as jy wil. Ek werk vir julle, maar voel my privaat lewe is my eie. Wat Shilo moet weet, sal ek haar meedeel wanneer die tyd reg is."

Sy sê eers niks, maar draai haar oë weer na bo links en Josef weet sy dink. "Gaan Shilo seerkry as sy uitvind wat jou verbintenis met die jong doktertjie is?"

"Ek wens ek kon oortuigend sê, nee. Sy ... ek is nie seker nie, of eerder, ek hoop nie so nie. Sal dit voldoende wees as ek vir jou sê ek sal alles in my vermoë probeer dat dit nie gebeur nie?"

"Goed. Is jy klaar met jou koffie?"

Hy knik sy kop en plaas die beker op die skinkbord. "Dankie vir die koffie en beskuit, Anette. Ek moet nou wikkel en klaarkry met vandag se aflewerings. Ek en Shilo gaan vanmiddag by tant Truitjie in die hospitaal kuier."

"Goed. Ry versigtig."

Sy kyk hom peinsend agterna en Hannes stap die kantoor binne. Hy neem op dieselfde stoel waar Josef gesit het plaas.

"Hallo, my meidjie. Wat lyk jy so ingedagte?"

"Sê eers vir my alles het goed afgeloop met jou vergadering, en dan vertel ek jou."

Hy lag sag en kyk na sy mooi vrou. "Alles het perfek afgeloop en ons het die kontrak gekry om die boeke te druk. Die eerste bestelling is geplaas en ons sal alles moet regkry sodat ons kan begin met die drukwerk. Oor na jou."

"Josef." Hy sit vooroor op die stoel en loer deur die venster waar Josef die Vuka bestyg. "Die mense waarmee ek gepraat het is vol lof vir hom. Hy is altyd baie vriendelik en vol grappies. Wat hulle ook gemeld het, is sy presiesheid. Hy wys hulle dat elke item wat hy aflewer wel teenwoordig is."

Sy sug en rol haar oë. "Dit gaan nie oor die werk nie. Dit gaan oor Josef en Shilo."

Hannes sit agteroor, kruis sy bene en kyk ondersoekend na Anette. "Moet asseblief nie in hul privaat sake inmeng nie, my vrou. Josef is 'n fantastiese kêrel en ek is net so gek na Shilo as jy, maar los hulle sodat hulle hul eie heil uitwerk."

Sy gluur eers na hom, dan trek sy skewemond en knik haar kop. "Goed. Ek sal my neus uit hulle sake hou."

"Doen dit liewer. Jy onthou wat gebeur het in Johannesburg met Carrie en die getroude man?"

"Ja, ek onthou. Carrie het behoorlik dorp toe gegaan om hom te beswadder omdat sy nie geweet het hy is getroud nie. Dit het die man sy werk en sy vrou gekos."

"En dit alles net omdat my vrou oorbeskermend teenoor haar vriende is. Los vir Josef en Shilo uit."

"Goed, my man."

"Ek het in elk geval 'n verrassing vir jou. Dit gaan oor Josef en Shilo."

Sy wip-wip op haar stoel met haar oë vasgenael op sy gesig. "Vertel my dadelik, asseblief. Jy weet hoe nuuskierig ek is."

Hy skud sy kop meewarig en lag sag. "Ek het al baie gedink ek moes jou by die koerant gelos het, of liewer, nie daardie ontstellende dag toe ek jou ontmoet het soontoe gegaan het nie."

"Gelukkig vir jou weet ek jy grap net. Eens 'n nuushond, altyd 'n nuushond. Vertel my nou van die verrassing."

"Ons is genooi na 'n fondsinsamelings-aand by die hotel in Diaz. Ek het Shilo se naam genoem en gesê sy benodig ook fondse vir haar werk. Die manne weet van haar en het al baie met haar op die telefoon te doen gekry. Die uiteinde was dat ons en hulle twee genooi is. Sy gaan ook 'n spreekbeurt kry om die Skuiling se saak te bepleit."

Anette glimlag breed en klap haar hande opgewonde. "Wonderlik. Dit is fantasties, my man. Ek en sy het oor haar werk gesels en sy sê dinge gaan maar broekskeur. Ek hoop jy het geld om 'n bydrae te maak?"

Hannes loer na die skilderye teen die dak waarvoor die vlieë verantwoordelik is, klap skielik sy hande en glimlag breed. "Ek het gewonder, maar nou het ek die antwoord. Josef doen die aflewerings met sy motorfiets, só, ons kan jou Toyota verkoop en die geld wat ons kry vir Shilo gee."

Sy rol haar oë ten hemele en gluur dan na hom. "Sal jy in Mitzi se hok pas? Doen dit net en Mitzi kry 'n maatjie om haar hok mee te deel."

"Maar my skat, Mitzi is 'n St. Bernard. Op haar eie pas sy skaars in daardie hok."

"Dink net hoe knussies gaan jy teen haar boud slaap. Dis of dit, of jy maak 'n ander plan, my liewe man."

Hy kyk spekulerend na haar en tel kastig op sy vingers. "Ek wonder hoeveel sal ek kry? Daar is 'n Chinese vragboot net buite die hawe," sê hy en moet baie skielik vlug omdat sy na iets gryp om hom mee te gooi.

Hoofstuk

11

Josef sit langs tant Mattie op die stoepbankie toe Shilo by die hek inry. Sy hou stil. maak die Vespa staan en vlieg teen die stoeptrappe op. Josef het opgestaan en sy tref hom dat hy effe steier terwyl sy haar arms om sy nek gooi.

"En 'n goeie middag vir die allermooiste meisiekind in die wêreld ook," sê hy en hou haar styf teen hom vas, kelk dan haar gesig tussen sy hande en soen haar sag.

"Ek is nou nie so geoefen soos jy met sulke mooi woorde nie, Josef, maar hallo, my eie Joe. Hallo, tant Mattie."

"Hallo, Shilo, gelukkig het julle mekaar mooi gegroet en hoef ek nie my kop in skaamte te laat sak nie. Kom ons gaan in net vir ingeval julle weer 'n bevlieging kry. Ek het plaatkoekies gemaak en julle ..." Hulle storm die huis binne en sy hoor hoe die stoele oor die kombuisvloer skuif, "... is welkom om dit saam met my te geniet."

"Kom nou, Josef, gee aan die konfyt. Jy kan nie die goed een-een botter en konfyt smeer nie, jy mors tyd. Gee dit nou aan, asseblief tog."

Hy lag, tel die blik tydsaam op en voer 'n ter plaatse inspeksie daarop uit. "Bedaar, Shilo, die blik is nog amper vol tot bo. Daar is ook 'n botteltjie stroop, net ingeval jy dit nie raakgesien het nie."

"Ou mense eet plaatkoekies met stroop," brom sy tussen die kouery deur.

"Het jy darem al die ketel aangeskakel sodat ek vir ons tee kan skink?"

Sy loer na die ketel, dan na tant Mattie en swaai haar hand uit in Josef se rigting. "Sê vir Josef om dit te doen, tante. Miskien kry ek dan ook 'n beurt met die konfytblik."

"Toemaar, ek sal dit self doen," sê sy.

Na 'n rukkie kook die ketel en sy skink vir hulle tee. Shilo kyk na die koppies wat haar tante uitsit en skud haar kop.

"Tant Mattie man. Hier is plaatkoekies op die tafel en daardie koppietjies van tante is te klein. Kan ons die tee in bekers kry, asseblief?"

"As julle nie my bloeddruk met julle vryery na gevaarlike vlakke laat styg nie, doen jy dit met die tee. 'n Mens drink nie tee uit 'n beker nie, my kind. Ek maak liewer vir jou nog twee koppies daarvan."

"Dan smaak dit nie dieselfde nie. Asseblief, tant Mattie, skink dit in bekers."

"Hygend, as ek nie so lief vir jou was nie het ek jou iets aangedoen."

Shilo lag sag en beduie na Josef. "Slaan vir Josef, tante, ek sal vir sy part seerkry. Hy sit tog net daar met volgepropte kieste en sprak geen sprook nie."

"Maar ek is darem lief vir julle," mompel hy.

"Dankie, my seun," sê tant Mattie en streel oor sy kop. "Ek het gedink julle sal van die plaatkoekies hou. Shilo sal nou moet stadig, sy eet mos smiddae by die Skuiling en nou verorber sy die plaatkoekies asof sy nooit in haar lewe weer so iets sal kry nie. Dit, tesame met die middagete gaan haar laat stoel."

Sy kyk af na haar plat magie, vryf daaroor en skud haar kop. "My maag sê daar is plek vir nog twee."

Josef lag prettig toe sy verontwaardig na hom kyk en die laaste plaatkoekie ook in haar bordjie sit. Hy loer na die eensame plaatkoekie en die blik konfyt, sug en beduie na haar gesig. "Nou eet klaar en gaan was jou mond. Netnou soen jy vir tant Truitjie op een van haar plooie en dit bly aan jou lippies vasgeplak van al die konfyt."

"Jy moet gaan kyk hoe lyk jou snor voordat jy so mildelik raad uitdeel."

Na 'n paar minute is hulle gereed om na die hospitaal te vertrek en staan en kyk vir mekaar. "Wat?" Vra elkeen op dieselfde tyd vir die ander.

"Gaan elkeen van ons met sy eie vervoermiddel ry of ry ons met jou gevaartetjie?"

"Hmm, met daardie broodblik agter op jou Vuka is daar nie plek vir my nie. Kom ons ry met Stofie."

Hy dink vir 'n oomblik of twee en onthou hulle moet daai bult waarteen hy afgestap het toe hy in Mosselbaai arriveer het aandurf ... in die ander rigting wat opdraand is.

"Sal Stofie die bult uitgerook kry met ons albei se gewig?"

Met 'n glimlag om haar mooi mond en tergduiweltjies in haar oë loer sy na hom.

"Kom ons gaan vind uit. Daar waar hy nie verder wil nie, spring jy af en stap. Ek sal jou by die hospitaal kry."

Hy knyp sy oë styf toe en maak asof hy ineenkrimp. "Dit is 'n verskriklike bult. As ek moet stap sal besoektyd verstreke wees teen die tyd wat ek arriveer."

"Dit is mos nog 'n bietjie vroeg, dit sal jou tyd gee. Spring op sodat ons kan ry."

Die Vespa het dit gemaak. Net-net, maar hy het. Hulle hou voor die hospitaal stil en klim af.

"Hallo, julle tweetjies. Ek het daardie motorfietsie so jammer gekry. Hy hyg en die bolle rook trek agter hom aan soos hy sukkel, maar julle twee sit."

"Hallo, Anette. Jong, dit is Josef se skuld, hy moes daardie broodblik so laat maak het dat dit maklik losknip. Die Vuka is nuwer en miskien sterker as ou Stofie, so ons sou moontlik vinniger hier gekom het."

"Waarmee gaan julle Saterdagaand ry?"

Josef kyk na Shilo, maar toe sy haar skouers optrek kyk hy na Anette. "Waarheen gaan ons ry?"

Sy sug en rol haar oë, en elke keer doen sy dit beter as die vorige. "Het Hannes nie vir jou gesê julle is na die fondsinsameling by die hotel op Diaz genooi nie?"

"Nee, hy het nie."

"Sjoe, hy vorder," sê Shilo. "Gewoonlik volstaan hy by die *nee*," en sy loer onnutsig in sy rigting.

"Wel dit is gedoen en ek het namens julle die uitnodiging aanvaar. Ek sê julle wat, julle kan my Toyota leen vir die okkasie."

"Hoekom kan ons nie met ons motorfietse ry nie?"

Anette bars uit van die lag. "Jy gaan snaaks lyk met 'n aandrok op die motorfiets," sê sy en kyk na Shilo. "en wat gaan van jou kapsel word in die wind? Nee, julle gebruik my Toyota."

"Aandrok? Kapsel? Ék?"

"Ja natuurlik. Die drag is formeel."

Shilo skud haar kop. "Ek sal nie kan gaan nie, Anette. Laat weet die mense, asseblief."

"Maar hoekom nie? Jy werk hard om fondse vir die Skuiling in te kry en hierdie is 'n wonderlike platform om dit te doen. Boonop gaan jy een van die sprekers wees. Al die mense wat geld het, en die wat hoop hul bankbestuurder sal hulle genadig wees, gaan daar wees."

Shilo bly egter halsstarrig. "Ek was nog nooit in my lewe by so 'n ding nie. Ek besit ook nie 'n aandrok nie, en ek gaan g'n praat met almal wat vir my kyk nie."

"Ons sal 'n plan maak," sê Anette en kry vir Josef met haar linkerhand beet en vir Shilo met haar regter. "Kom, besoektyd het aangebreek."

Hulle stap soos 'n familie by die saal is, Anette voor met die twee stout kinders aan die hand.

Tant Truitjie lyk goed na die operasie en hulle kuier lekker by haar wat vol grappies is. Sy spreek haar dank aan Josef uit wat so vinnig *orders* aan Shilo gegee het op die *foun* en sê ook vir hom dat sy baie dankbaar was vir die gebed wat hy vir haar gedoen het. Dit het haar laat ontspan en vreeslik baie vir haar beteken.

Sy verduidelik wat die dokter vir haar gesê het rakende die operasie en is 'n bietjie vies oor die pille wat sy nou elke dag moet drink. Volgens haar het sy nog nooit enige pil gedrink nie, en sal maar moet probeer onthou om wel die pille in die oggend te drink.

"Tant Truitjie, dit sal nie 'n probleem wees nie. Ek sal elke oggend vir tante vra of die pille gesluk is of nie."

"Ja, my kind. Dis goed so, maar wat as ek vergeet het om die goed saam te dra?"

"Dan sal ek die situasie by die apteek gaan verduidelik en die betrokke dag se pille by hulle kry."

Toe Josef merk hoe sy ontspan besef hy sy was werklik bekommerd sy sal vergeet om die pille te drink. "Is dit net bloedverdunners wat tante moet neem, of is daar ander pille ook?"

"Jong, my boetie, die doktertjie het gesê die een is vir ... ag man, kom ons sê maar vet in my are. Ek kan tog nie die groot woord onthou nie, en die ander een is om my bloed dun te hou. Ek het hom gesê dat ek baie uie eet, gaar en rou, maar hy hou voet by stuk ek moet sy pille drink. As ek wil bly leef, sal ek dit seker maar moet doen."

"Die pilletjie vir die Cholesterol sal seker Simvastatin, of iets soortgelyks wees, en normaalweg is die bloedverdunner Cardio Disprin of Plagrol. Hoe dit ook al sy, sodra ons weet wat presies vir tante voorgeskryf is, kry ons ekstra pakkies wat Shilo by haar kan hou indien tante vergeet het om dit te neem. Die dokters is normaalweg slim mannetjies, tante kan gerus na hulle luister."

Hy sien nie hoe Anette dadelik weer 'n peinsende uitdrukking op haar gesig kry terwyl sy wonder of sy kommentaar rakende dokters oor die algemeen gebaseer is, en of hy pertinent na Carl Greybe verwys.

Die klokkie lui om aan te dui dat besoektyd verstreke is en nadat hulle die tante gegroet en sterkte toegewens het, stap hulle na die uitgang. Buite reën dit katte en honde. Josef kyk na die wolke en dan na Shilo. "Jy ken die weerpatrone hier. Dink jy daar is 'n kans dat die reën gou sal ophou?"

"Ek dink nie so nie, Josef. Ons gaan sopnat wees as ons by die huis kom."

Anette kyk na die reën en steek haar hand na Josef toe uit. "Daar is 'n groterige pakkie in my kar se kattebak wat by 'n besigheid in Voorbaai afgelewer moet word.

137

Gaan laai my by die huis af, dan gaan lewer jy die pakkie vir my af en hou sommer my motor by jou om hierheen te kom vir aandbesoek. Ek sal môre saam met Hannes kantoor toe ry."

Josef kyk na die reën en sien dit lyk nie of dit aanstons gaan opklaar nie, die wolke is weer swaar gelaai met water.

"Ek beskik nie oor 'n geldige bestuurderslisensie nie, Anette, en sal liewer nie 'n motor daarsonder bestuur nie. 'n Mens weet nooit wat kan gebeur nie."

Shilo loer na hom en kyk dan na Anette. "Is jou motor 'n outomatiese of handrat model?"

"Dit is 'n gewone handrat model, Shilo."

"Goed," sê sy en lag rinkelend terwyl sy na Josef kyk. "Ek sal dit waardeer as ons jou motor kan gebruik, Anette. Ek het 'n geldige bestuurderslisensie en kan handrat modelle bestuur. Die mense sê 'n outomatiese goed is makliker, maar ek het nog nooit so 'n voertuig bestuur nie."

"Wonderlik. Kom ons hardloop na my motor en dan gaan laai julle my af. Hier is die sleutel," sê sy en hou die sleutel na Shilo toe uit.

Shilo neem die sleutel by haar en is dankbaar dat sy weer vir 'n verandering 'n kans kry om 'n motor te kan bestuur. Pastoor Jan het met 'n bestuurskool gereël om haar te leer en by te staan totdat sy haar lisensie verwerf het. Sy het altyd met die Skuiling se Fiat Uno gery, totdat dit een dag langs die gebou gesteel is.

Anette beduie hoe sy moet ry tot by hulle huis en na 'n rukkie hou hulle onder 'n afdak langs die huis stil.

"Weet jy waar in Voorbaai is die besigheid geleë waar ons die pakkie moet aflewer?"

"By die Langeberg Mall. Die besigheid se naam is op die pakkie sowel as op die afleweringsnota."

"Dankie, Anette. Ons sien jou dan môre."

"Totsiens julle."

Hulle ry na die inkopiesentrum en Shilo parkeer in die onderdakparkering. Josef haal die pakkie en die afleweringsnota uit die kattebak en hulle stap na die betrokke besigheid en lewer die pakkie af.

Na 'n paar minute se gesels stap hulle hand aan hand terug na die motor. Op pad soontoe steek Josef voor 'n winkel vas terwyl Shilo steeds stap en sy moet wild na hom gryp om haar ewewig te behou.

"Jy kan nie sommer net doodstil gaan staan terwyl jy my hand vashou nie. My skoene is glad en die plaveisel is nat. Ek kon sommer net hier waar almal vir ons staan en kyk neergeslaan het."

"Wie kyk vir ons?"

"Kyk om jou rond, my lief, dan sal jy sien hoe die mense ons staan en beloer."

Hy kyk om hom rond soos beveel en lag sag. "Hulle beloer ons nie, hulle beloer vir jou, en nie omdat hulle dink jy is een of ander ondier nie. O nee, al die mans wens die vrouens by hul huis lyk soos jy en die vrouens wens dieselfde. Vergeet van hulle en kyk na daardie wit rok met die silwer borduursels op die skouers en om die middel. Kan jy sien wat op daardie etiket staan?"

Sy sien die rok en leun effe vooroor. "Nee, die syfers is te klein."

"Selfs vir jou eksklusiewe sig wat bomenslik is?"

Sy klap hom teen die skouer en klap haar tong. "Sies man, jy spot nou met my. Laat ek maar erken, ek het so 'n bietjie oordryf, maar my sig is nogal goed."

Hy weet sy kan later jare probleme met haar sig ondervind, maar sê dit nie, want mense met buitengewone kleur oë kan dieselfde oorkom. "Ek glo jou. Kom ons gaan kyk na daardie rok."

Hulle stap die winkel binne en peil direk op die spesifieke rok af. Shilo draai die etiket om en gee 'n snak. "Hierdie rok kos presies soveel as my maandelikse salaris. Nee, ek jok, ek sal een sent kleingeld kry."

"Dan sal jy tien sent kry. Ek weet nie hoekom die mense by die *nege en negentig sent* bly nie. dit is simpel. Sal die rok vir jou pas? Dit lyk vir my so."

Sy kyk weer na die grootte op die etiket en streel oor die materiaal. "Ek dink so, dit lyk na my grootte, maar in my wildste drome kan ek nie soveel betaal vir net een rok nie."

"Hou jy daarvan?"

Sy dink nie eers aan die antwoord nie. "Dit is 'n pragtige rok."

"Gaan pas dit aan."

Sy loer onder haar wenkbroue deur na hom, byt haar onderlip aan die kant tussen haar tande vas en skud haar kop. "Nee, Josef, tant Mattie sou gesê het jy moet jou nie stuitig hou nie."

Dit is egter sy beurt om halsstarrig te wees en hy beduie na die rok. "Gaan pas dit aan."

"Hoekom?"

"Omdat ek jou vra. Ek wil sien of dit jou pas."

Sy loer na die pragtige rok, dan na Josef en die pleitende uitdrukking op sy gesig wen. "Oukei. Ons het in elk geval niks anders om te doen in die reën nie."

Die verkoopsdame haal die rok van die hanger af en stap saam met Shilo na die aanpashokkies. 'n Paar minute later wink sy vir Josef om nader te staan, maar hy skud sy kop en beduie na die vloer.

"Daar is nie genoeg spasie in daardie hokkies nie, sê vir haar sy moet hier kom staan waar ek mooi kan kyk."

Sy stap uit die aanpashokkie en gaan staan voor hom.

Hy kyk na haar, en sluk. Sy het haar hare in 'n enkel poniestert gebind en dit hang oor haar linkerbors. Hy kyk na haar slanke nek en oor wat nou ontbloot is.

Sy moet 'n hangertjie kry, en hang oorbelle ... en haar hare op haar kop skik, dan moet haar titel as die Koningin van Harte in hoofletters gespel word. Sy blik gly teen haar lyf af.

Die bostuk van die rok is relatief styfpassend wat haar middeltjie beklemtoon, en dan klok dit wyd uit. Shilo het hom deurentyd stip dopgehou. Sy lag sag en draai in die rondte sodat die rok wyd om haar bene uitklok.

Josef hoor 'n geluid wat klink of iemand verstik en kyk in die rigting van die geluid. 'n Jongerige man se oë is op Shilo vasgenael, en 'n aanvallige brunet kom vinnig nadergestap.

"Het jy nou klaar gekyk, De Jager?" vra sy, kry hom aan sy hemp se skouer beet en sleep hom in die rigting van die deur.

Josef lag en kyk terug na Shilo wat met beide hande voor haar mond, maar met vonkelende oë na hom kyk. Hy kug en trek die verkoopsdame aan die arm nader, beduie sy moet bly staan en kyk na Shilo.

"Shilo, ek het gedink jy is die mooiste vroulike wese op hierdie aarde. Nou eers besef ek dat jy wel presies net dit is. Ek glo nie daar is 'n mooier vrou wat ooit geleef het nie."

Sy bloos en kyk eers na hom, dan na die verkoopsdame en sien dat daar vele mans en vrouens teenwoordig is wat ook na haar kyk.

"Dankie, my Josef, dit is maar net die rok wat jou so laat dink."

"Nee. Jou postuur, jou lang nekkie wat ek nou eers behoorlik opgemerk het toe jy jou hare in 'n poniestert oor jou bors gegooi het, jou hele houding, die manier waarop jy loop en staan, dit is absoluut asemrowend."

Die mense wat na haar staan en kyk knik hul koppe ter instemming met sy woorde en klap vir haar hande. Sy bloos bloedrooi en loer wantrouig na die teenwoordiges, maar met Josef in haar nabyheid het sy al geleer om enige situasie te hanteer. Sy knik heel statig haar kop na die vreemde mense en lag rinkelend.

Sy stap nader aan hom, streel oor sy wang en gee hom 'n piksoentjie. "Jy het vergeet van my gesig, Josef, en nou gaan ek hierdie skepping uittrek en my gewone alledaagse goedjies weer aantrek. Dit was nogal pret om die rok aan te hê, al is dit net vir 'n paar minute. Dit was egter groter pret om jou gesig dop te hou. Ek het jou so lief, my Josef."

Hy wuif in die rigting van die aanpashokkie met sy hand en draai na die verkoopsdame. "Ek dink sy dra nommer vier skoene, maar hoor asseblief by haar en kry skoene wat by die rok pas sodat sy dit kan aanpas."

"Nee, Josef. Kom ons loop."

Hy beduie egter na 'n rak skoene. "Kyk na daardie skoene op die rak en laat die dametjie jou help. Kies skoene wat by die rok sal pas."

Sy kyk half ergerlik na hom. "Hoekom?"

"Omdat ek jou vra."

Sy trek haar skouers op en stap na die skoene, tel 'n paar swart skoene op en kyk na die grootte.

"Hierdie sal werk."

"Verskoon tog dame, ek het gehoor wat die meneer gesê het. Hy wil hê u moet 'n paar skoene kies wat by daardie wit rok pas. Swart skoene sal nie die ding doen nie. Wittes ja, maar verkieslik silwer wat die

142

borduurwerk sal komplimenteer. Watter grootte skoen dra u?"

"My tekkies is 'n nommer vier," sê sy stug en kyk veroordelend na Josef.

Die dame loer na die tekkies, knik haar kop en beduie na 'n stoel. "Sit gerus daar langs die meneer vir 'n oomblik, ek dink ons het net die regte skoene. Ek is nou terug."

Die dame is binne minute terug met drie kartondose en sy haal een skoen uit elke doos. Shilo kyk na die skoene en tel die een aan die linkerkant op en pas dit aan. Dan hou sy haar hand uit en die vrou gee die skoen se maat vir haar aan. Sy trek dit aan en stap op en af in die winkel.

Sy kyk na Josef en beduie na die skoene aan haar voete. "Hierdie is mooi en pas ook goed. Die hakke is nie so hoog dat ek my skouerbeen sal breek as ek van die goed aftuimel nie."

"Hmm, dit lyk perfek. Die soom van die rok moet nie te ver van die grond af hang nie, en moet ook nie op die grond sleep nie."

Die verkoopsdame wonder of Shilo dan nog nooit skoene gekoop het nie en lag sag. "Sy lyk pragtig, meneer. Die rok pas perfek en die skoene is net die regte hoogte. Ek moet sê, hier was nog nooit 'n dame in hierdie winkel wat mooier as sy in een van ons uitrustings gelyk het nie."

Hy lag en skud sy kop. "Ek dink eerder dit is sy wat jul uitrustings so goed laat lyk. Het u vir haar 'n silwer handsakkie?"

"Ons het. Kom, hartjie, kom kyk watter een hou jy die meeste van."

Sy loer na die vrou en gluur na Josef. " Wat doen jy?"

Hy kyk in die onmiddellike omgewing rond, klap teen die stoel waarop hy sit se raam en beduie na die verkoopsdame. "Ek sit, en jy moet vir jou 'n handsakkie gaan kies, my koningin."

"Maar Josef ...."

"Asseblief?"

Sy stap agter die vrou aan, maar loer telkens oor haar skouer na hom. Na 'n rukkie kom sy terug met 'n handsakkie in haar hand.

"Een sonder 'n bandjie?"

"Ja, ek hou net van my rugsak met 'n bandjie."

"Mevrou, sal u so gaaf wees om die uitrusting op te lui sodat ons kan betaal."

"Josef, ek gaan ... "

"... hierdie uitrusting na Saterdag se fondsinsameling by die hotel dra met jou eie Josef aan jou arm."

"Tsk, ek gaan hierdie rok nooit weer nodig kry nie. Dit kos 'n fortuin, besef jy hoeveel mense ons kan voed met die geld wat hierdie spul kos?"

"Bedaar nou, my poppie, jy gaan hierdie rok ten minste nog een keer nodig kry."

"O ja, en wanneer gaan dit wees ... as die perde horings kry?"

"Nee, die dag wanneer jy jou belofte moet aflê. Jy weet, daai een waar die dominee altoos vra, en wat eindig met *tot die dag wat die dood julle skei.*"

Sy versteen en kyk met groot oë na hom. "Josef, moenie sulke goed vir my sê as jy dit nie bedoel nie."

"Ek bedoel elke woord wat ek sê met my hele hart."

"Gaan ons regtig trou?"

"Ons gaan."

"Wanneer?"

"Binnekort."

Sy kyk na hom en 'n traan loop oor haar wang. Hy sien dit en stap nader aan haar, vee die traantjie met sy sakdoek af en soen haar op haar lippe.

"Gee my nog 'n maand, dan sal ek jou vra om 'n datum vas te stel."

Sy kyk wantrouig in sy oë, sien die eerlikheid in sy blik, lag rinkelend en klap haar hande, dan gooi sy haar arms om sy nek en trek hom styf teen haar vas. "Dit is maklik, my lief. 'n Maand het op die uiterste een en dertig dae. Ons troudag sal dus oor twee en dertig dae van môre af wees. Ek sal jou grasie gee vir die res van hierdie dag."

"Goed. Oor twee en dertig dae sal dit wees. Gaan trek uit sodat die mense jou rok kan verpak. Ons het nog ander goed om te doen."

"Maar hoe gaan ons hierdie astronomiese klomp geld betaal?"

"Moenie jou daaroor bekommer nie, daar is geld beskikbaar vir diverse kostes."

Terwyl sy besig is in die aanpashokkie, sit Josef op die stoel, staar na die vloer en belê 'n noodvergadering met homself as die enigste teenwoordige.

Is jy van sy sinne berowe? Hoe kon jy so ligweg vir haar om 'n maand grasie vra? Hoe gaan jy hierdie saak uitsorteer en seker wees dat sy wel met jou sal trou?

Dit is vreemd, maar hy voel nie dat sy keel toetrek of dat daar 'n baie swaar gewig op sy bors lê nie. Hy dink aan die gebeure van die dag. Hul besoek aan tant Truitjie, die reën, Anette wat wou hê hy moet die pakkie aflewer, die gebruik van Anette se motor, die rok wat hy raakgesien het, die volmaaktheid hoe dit vir Shilo pas.

'n Groot vrede kom in sy gemoed, dit is amper asof dit tasbaar is. Hy sit terug op die stoel en besef daar is geen vrees meer in sy binneste oor die dag van môre nie. Hy buig sy hoof, sluit sy oë en praat in sy gedagtes met sy Vader, dan staan hy op en stap na die toonbank waar Shilo vir hom staan en wag.

Hy betaal vir die aankope, neem die pakkies en stap by die winkel uit.

"Het jy enige voorkeure sover dit juweliersware betref?"

"Ek verstaan nie wat jy vra nie."

"Dit is eenvoudig. Hou jy van silwer, goud, titanium of enige ander spesifieke metaal waarvan juweliersware gemaak word?"

"O dit? Nee wat, dit maak nie saak nie, maar ek moet sê ek is nie gek oor goud nie. Dit lyk altyd vir my te *bling*, as jy verstaan wat ek bedoel."

"Ek verstaan volkome. Jy sal eerder witgoud dra as geelgoud?"

"Of silwer."

"Goed, dan sal dit witgoud, tungsten of platina wees wat nie gepoleer is nie. Silwer is mooi, maar dit blink, wat dit in jou woorde *bling* maak."

Hoofstuk

12

Josef trek vir Shilo aan die hand by 'n juwelierswinkel in en sy begin onmiddellik stoei om los te kom terwyl sy haar kop skud. Sy greep is egter te sterk en sy gee moed op. Hy los haar arm, kyk na haar en skud sy wysvinger heen en weer. "Diverse kostes, ek het gesê daar is voorsiening gemaak daarvoor."

Die winkelassistent vra of sy kan help en hy beduie vir haar dat hy 'n halssnoer en 'n armband van silwerkleurige metaal wat nie gepoleer is nie soek.

Sy haal drie halssnoere wat van tungsten vervaardig uit en hy hou die een na die ander teen Shilo se nek en beduie na die spieël sodat sy haarself kan sien. Hy hou elke halssnoer weer om haar nek en sê sy moet een kies.

Shilo kies toevallig die een waarvan hy die meeste hou en hulle kyk na die armbande. Sy kyk na die prysetikette en draai na hom.

"As jy soveel geld op 'n simpel armband wil spandeer, sal ek eerder daardie polshorlosie neem. Dit is nie net mooier as die armband nie, maar ook goedkoper en is bruikbaar. As ek so een het, hoef ek nie elke keer my selfoon uit my sak te grawe om te sien hoe lank dit nog gaan neem voordat ek jou kan sien nie."

Hy grinnik en beduie na die horlosie. "Dametjie, die horlosie sal dit wees."

Hy kyk na Shilo, glimlag en neem haar linkerhand in syne. "Dametjie, kom kyk gou hier. Daar is 'n groot fout en ek hoop jy kan my help om dit reg te stel."

"Wat is fout, meneer?"

Hy tik op Shilo se ringvinger. "Daar is nie 'n verloofring aan nie. Het jy een in witgoud of titanium wat sal pas?"

Shilo kyk hom met volslae ongeloof in haar oë aan, gee 'n gilletjie en spring op en af. Sy gryp hom om die nek en soen hom dat sy sinne swymel. "Josef, o my Josef, ek is so bly. Kom hier dat ek jou weer kan soen."

Die dametjie glimlag van oor tot oor, die kommissie gaan handig te pas kom. Sy haal 'n rakkie met verskeie ringe uit 'n kas en plaas dit voor hulle neer.

Die geel oë skandeer die inhoud van die kassie teen die spoed van wit lig en haar wysvinger en duim pyl op 'n spesifieke ring van tungsten af. Sy pik dit op en skuif die ring oor haar vinger.

"Dit pas, Josef. Dit pas perfek."

Hy neem haar hand, beloer haar keuse en kyk na van die ander ringe. "Daardie diamantjie is maar aan die kleinerige kant. Wil jy nie een met 'n groter steentjie hê nie?"

Sy pluk haar hand los en vou haar regterhand om haar linkervingers. "Nee, hierdie een is perfek."

Hy loer vir 'n sekonde of twee na haar wat die ring aan haar vinger noukeurig bestudeer, en toe sy haar kop knik, betaal hy vir die ring.

Sy loer na haar ring en kyk vir hom. "Kan ek dit aanhou?"

"Nee. Gee dit maar eers vir my."

Sy gluur eers na hom en haal die ring met trae bewegings van haar vinger af en gee dit vir hom. "Wanneer kan ek dit kry?"

"Binnekort."

Sy trek haar oë op skrefies. "Binnekort? Soos in oor 'n maand?"

"Nee, gouer as dit."

"Voor Saterdag?"

"Moontlik."

"Maar nie definitief nie."

"Miskien gouer."

Sy trek die gesonde seelug van Mosselbaai diep in haar longe en blaas haar asem ploffend uit.

"Oukei, as daar dan niks is wat ek kan doen om jou te oortuig dat ek dit maar kan aanhou nie, sal ek maar wag. Ek hoop net my vinger word nie vir my kwaad omdat ek die ring afgehaal het en val vanself af en land op die grond nie."

Hy lag prettig en streel oor haar hand. "Ek twyfel baie sterk of dit sal gebeur. Kom ons loop, prinses van my hart."

"Waar gaan ons nou heen?"

"Jy, die bestuurder, vat my na die mooiste meisie in die land se huis toe. Ek moet met haar tante gaan indaba hou."

Sy giggel sag en loer uit die kant van haar oë na hom. "Sy gaan jou ore afskeur as ek haar vertel hoeveel geld jy vandag spandeer het."

"Moenie haar vertel nie."

"En hoekom nogal nie?"

149

"Omdat ek nogal van my ore hou. Kyk waar jy ry, poplap. Sjoe, jy het daardie bakkie amper gestamp."

Sy het sterk gerem om nie agter in 'n bakkie vas te ry nie en ry nou heel stadiger agter die verkeer aan. Haar hand skiet uit na die voorruit. "Kan die mense nie lees nie, of weet hulle nie wat padtekens beteken nie? Oral op hierdie pad is daar bordjies wat aandui die spoedperk is tagtig kilometer per uur. Hierdie lot hier voor my ry vyftig. Weet hulle nie ek is haastig om vir tant Mattie te sê my verloofring is darem nou al in jou sak nie? Ek hoop dit brand 'n gat in daardie sak en val op die grond sodat ek dit kan bykom."

"En as dit moontlik gebeur, wat gaan jy doen as ek dit terugvat?"

Sy loer weer vlugtig na hom en lag prettig. "Jou uit die storie uitskryf."

"Watter storie?"

Sy sug en klap haar tong. "Nou het ek my mond verbygepraat. Gaan jy vergeet wat ek gesê het?"

Hierdie woorde is soos om *Sa!* vir 'n hond te sê. "Nie in hierdie hele lewe nie. Watter storie?"

"Van Joe en Shilo. Ek wou dit nie vir jou wys nie, maar omdat dinge in die regte rigting beweeg, sal ek dit maar doen. As jy lag, gaan haal ek tant Truitjie se skerp mes en kap persoonlik daardie ore waarvoor jy so lief is af. Miskien sal die storie jou aanhits om lewe te kry en dinge vinniger te doen."

Hy grinnik en streel oor haar been. "Ek het nou nie 'n idee waarvan jy praat nie, my koningin. Help my 'n bietjie uit."

"Jy, ek, ons liefde vir mekaar, die verloofring, ons troue en gelukkige lewe saam vir altyd en ewig."

"O dit? Wees net geduldig, my liefste. Alles gebeur nie in een dag nie."

"Oukei, hier is ons nou by die huis, ek kan nie wag om tant Mattie se kommentaar op die gebeure te hoor nie."

"Ja, dit gaan nogal interessant wees."

Hulle stap die huis binne en vind tant Mattie in die sitkamer waar sy besig is om te brei. Shilo is baie verbaas om dit te sien, want sy het tant Mattie baie lank gelede met breipenne in haar hande gesien.

Sy kyk na waarmee haar tante besig is en lag rinkelend. "En nou, tant Mattie, daardie breiwerk lyk mos vir my soos 'n babatruitjie. Vir wie brei tante dit?"

"Hygend kind, met julle twee se manewales weet 'n mens nooit wat kan gebeur nie en ek het besluit om maar voorsorg te begin tref."

"Hmm ... ook maar goed so tante. Josef het ..."

Hy soen haar op die mond en gee haar 'n speelse klappie op die boud. "... gesê hy wil met tant Mattie praat. Jy kan vir ons koffie skink," sê hy, beduie met sy oë na die kombuis en kyk na tant Mattie. "Het tante al iets voorberei vir aandete?"

"Nee, my kind, ek eet maar iets lig in die aande. 'n Mens moet 'n goeie ontbyt eet, en smiddae eet ek vis met 'n lekker slaai. Vandag se vis was maar klein, maar as ek honger word sal ek iets aanmekaarslaan om te eet. Is julle honger? Ek kan gou ..."

"Nee, tante," keer hy toe sy die breiwerk neersit. "Sit agteroor en ontspan. Terwyl Shilo vir ons lekker koffie en tee maak gesels ek en tante 'n bietjie."

Shilo bly staan soos 'n geplante paal. Hy kyk na haar, knipoog en beduie in die rigting van die kombuis.

"Waarvan sal tante hou? Rooibos of gewone tee?"

"Rooibos vir my, asseblief my hartjie, maar kook dit so bietjie op die stoof, hoor, dit smaak altyd beter as dit gekook het." Sy draai na Josef en kyk vraend na hom.

"Moet net nie vir my sê julle het stry gekry nie. Ek sal dit nooit oorleef nie. Wat het Shilo verkeerd gedoen?"

Hy glimlag en streel vertroostend oor haar arm. "Niks wat sy doen is ooit verkeerd nie, tante, ek het mos gesê tante moet ontspan," sê hy en druk haar liggies teen haar skouer sodat sy weer kan gaan sit toe sy wil opstaan.

"Nou wat is dan fout, my seun?"

"Niks is fout nie, my liewe tante. Ek wil net hoor of u bereid sal wees om saam met my en Shilo by 'n ordentlike restourant te gaan eet. Dit moet 'n plek wees waar jy ander kos as vis en skyfies kan kry."

"Hygend kind, ek was so lank laas in 'n restourant ek kan nie eers onthou watter een is die beste nie."

"Shilo sal weet," sê hy net toe sy met 'n beker koffie vir hom by die sitkamer instap.

"Wat sal ek weet?"

"Waar ons by 'n restourant kan gaan eet. "

"Ek weet waar hulle 'n buffet ete bedien."

"Perfek, ons gaan dan soontoe. Anette sal seker nie ... hmm, kom ons hoor of hulle nie saam wil gaan eet nie. Dit sal ook verseker dat sy my nie uittrap omdat ons haar motor misbruik nie."

Hy maak die oproep en Hannes sê hy aanvaar die uitnodiging met dank, en toe hy vra waarheen moet hulle gaan vir die ete, oorhandig hy sy selfoon aan Shilo.

"Goed, dit is gereël vir seweuur. Ek gaan net gou die hospitaal skakel en vra dat hulle verskoning by tant Truitjie sal maak omdat ons haar nie vanaand kan besoek nie," sê sy, skakel die hospitaal en die verpleegster verseker haar dat die boodskap oorgedra sal word. Sy stap kombuis toe om tant Mattie se tee te gaan skink.

Tant Mattie het egter lont geruik, of 'n slang in die gras gewaar en kyk ondersoekend na die twee jongmense. "Maar hoekom hierdie etery in die middel van die week?"

Ek wonder of hierdie wantroue 'n familiekwaal is, sê Josef vir homself en neem langs tant Mattie plaas. "Tant Mattie, sal u vir Shilo met 'n geruste hart aan my oorgee sodat ek na haar kan kyk?"

"Bedoel jy nou vir altyd, soos in julle trou en jy kyk na haar?"

"Tot die dood ons skei, tante."

Tant Mattie neem posisie in. Wat hy gevra het is belangrik, haar Shilo se toekoms is op die spel. Sy sit haar breiwerk in die mandjie, skuif haar bril tot bo-op haar kop en draai haar lyf op die bank sodat sy nie haar kop hoef te draai om na hom te kyk nie. Om die prentjie af te rond rol sy haar oë en trek dan haar oë op skrefies.

"Ek het al daaroor gedink, my seun, en hoewel ek 'n bietjie twyfel oor jul geldsake, het ek nie 'n probleem daarmee nie. As julle eendag trou, trek ek net na Shilo se *suite* toe en julle het 'n woonplek. Die geldjies wat julle verdien behoort genoeg te wees om van te lewe. Dit is net as daar kindertjies kom ..."

Hy loer na tant Mattie. Haar gedagtes is jare vooruit, sê hy vir homself en maak paaiende bewegings met sy hande. "Hokaai, tant Mattie. Tannie gaan haal nou 'n bobbejaan uit die berg uit, daar waar hulle nie voorkom nie. Die woonplek was vir my 'n probleem, maar ek sal die *suite* wat Shilo nou gebruik by tannie huur. Moet u asseblief ook nie oor finansies bekommer nie, ek het reeds werk daarvan gemaak."

"Ek sal die suite moet huur, my kind. hierdie huis behoort aan Shilo, dit is haar erfenis. Ek het net lewensreg om hier te woon ... Finansies het jy gesê, jy het reeds werk daarvan gemaak? Hoe bedoel jy nou?"

"Ek het geld op 'n belegging by die bank, tante, en ek het gereël dat die rente maandeliks in my persoonlike rekening inbetaal word. Die rente plus my verdienste is meer as genoeg om gemaklik mee te lewe. Moet tante asseblief nie verder oor finansies bekommer nie. Wat ek by tante wil hoor, is of dit u goedkeuring sal wegdra as ek en Shilo vanaand verloof raak?"

"Hygend, my kind, dit sal wonderlik wees. Ek sal dan verseker weet jy het eerlike bedoelings met my liewe broerskind."

"Ek kan nie glo tante het aan my bedoelings getwyfel nie, maar goed dan, tante, dit is dan ook wat ons vanaand gaan vier. Ek vermoed die skielike uitetery het die spel verklap, maar sy weet nie verseker nie. Sê asseblief niks."

"Dit is reg so, my kind," sê sy en loer na Shilo wat die vertrek binnestap.

"Hier is tante se tee." Sy loer na die leë beker in Josef se hand. "En nóg 'n beker koffie vir jou, Josef, vanaand gaan jy bednatmaak," sê sy, rek haar oë en du haar kop na vore asof dit 'n voldonge feit is.

Sy kyk ondersoekend na haar tante wat lyk soos iemand wat op heterdaad betrap is toe hy koekies steel. "Tant Mattie, kry tog iemand om daardie treurige stoofplate te kom regmaak, die goed vat 'n ewigheid om water wat reeds gekook het, weer te kook. Wat vier ons vanaand?"

"Hmm, die meevallertjie wat ek ontvang het om so rojaal geld te spandeer. Die res sal ek aan jou bekend maak sodra jy my van Josef en Shilo vertel het."

"Daar doen jy dit alweer, *sal ek aan jou bekend maak*, hoekom nie net, *vir jou* sê, nie? In elk geval, ek het gehoop jy het daarvan vergeet, dit is simpel."

"Vertel my sodat ek 'n ingeligte mening kan vorm of dit simpel is of nie."

Sy gluur na hom en rol dan haar oë terwyl sy mompel, *ingeligte mening kan vorm*, en klap haar tong.

"Ek moet vir jou wys. Drink jou koffie, ek kom nou."

Tant Mattie kyk hom met 'n glimlag en 'n sagte uitdrukking in haar oë aan, maar sê niks.

Shilo verdwyn sonder 'n woord en kom oomblikke later die sitkamer binne met 'n swart boekie in haar hand, neem haar beker tee en gaan sit styf teen Josef. Sy sit skamerig die boekie op sy bo-been neer.

"Kyk maar self."

Hy maak die boekie oop en is verbaas dat dit 'n geïllustreerde storie is, en begin dit lees.

Dit handel oor Joe, 'n voortvarende en onnutsige rob wat verlief is op 'n vroulike rob met die naam van Shilo. Joe doen alles in sy vermoë om haar aandag te trek, maar sy wil skynbaar niks met hom te doen hê nie. Sy loer egter gereeld in sy rigting en swem dan weg.

Eendag het Joe na haar gesoek en kon haar nêrens op die gewone plekke waar sy altyd op soek na kos is vind nie, en hy het al verder die blou see ingeswem op soek na haar. Skielik het hy 'n groot skip gesien en dit was duidelik dat hulle nette agter die boot aansleep.

Joe het afgeduik en vir Shilo in die net verstrengel gevind. Sy was reeds swak van spartel om los te kom, en het ook suurstof nodig gehad. Josef kon by haar bek uitkom en het sy bek oor hare geplaas en die suurstof wat hy nog oorgehad het in haar bek uitgeblaas waarna hy na die oppervlak geswem het en diep asem gehaal het. Hy het dan weer afgeswem na Shilo en vir haar van suurstof voorsien

Op daardie manier het hy telkemale vir Shilo van suurstof voorsien en beide het aan die nette gebyt en geruk en gepluk totdat hulle 'n groot genoeg gat gemaak, en sy ontsnap het.

Toe hulle die oppervlak bereik, het Shilo teen Joe gedruk as liefdesteken en hulle het al die robbe wat hulle in die hande kon kry gaan roep. Al die robbe het na die net afgeswem en dit uitmekaar gepluk totdat dit in flarde hang en al die visse wat daarin was ontsnap het.

Joe en Shilo het daardie dag maats geword vir die res van hul lewens en swem tot vandag toe nog saam en jag vir kos.

Josef blaai terug in die boekie en kyk na aandagtig na elke illustrasie. Die storie is baie goed in 'n sierlike, dog perfekte leesbare handskrif geskryf en die illustrasies is perfek. Terwyl hy deur die boekie blaai besef hy waarvoor sy die kleurpotlode, ink en merkpenne as verjaarsdaggeskenk gekies het. Hy besef ook dat daar meer van hierdie tipe stories moet wees aangesien sy ses van die boekies wou hê.

"Kan ek hierdie een kry?"

Sy het hom deurentyd fyn dopgehou en skud summier haar kop. "Nee. Ek wil dit graag hou en eendag vir my kinders gee om te lees, ás ek gelukkig genoeg is om kinders te hê."

"Ek hoop ook ons sal kinders hê. Ek sal dit by jou koop en seker maak dit is beskikbaar vir ons kinders om te lees."

Sy glimlag en kyk met 'n onnutsige uitdrukking op haar gesig na hom. "Wat sal jy vir my gee?"

Hy kyk haar berekenend aan. Wat, nie hoeveel sal jy my gee, het sy gesê. Hy glimlag en loer kamma na die patroon op die mat.

"Wat van so klein ou silwerkleurige dingetjie wat jy oral met jou kan saamdra sonder om dit fisies in jou hand vas te hou?"

Sy skuif nog nader aan hom. "Wanneer sal die ruiltransaksie plaasvind?"

"Vanaand by die restourant."

Sy gooi haar arms om hom, druk hom styf teen haar vas en haar lippe sluit op syne.

"Hygend kinders, laat ek loop en gaan bad sodat ek kan aantrek vir die gedoente vanaand. Julle twee gaan nog die dood van my beteken."

Nie een van hulle hoor egter wat sy sê nie, en uiteindelik word Josef toegelaat om op sy eie asem te haal.

"Genade meisiekind, jy sal my nog vermoor deur versmoring. Jy moet 'n man darem kans gee om asem te haal ook."

"Ag man, ek het nou die dag vir jou dieselfde gesê, maar ek het in elk geval genoeg suurstof in my liggaam vir ons albei. Die rolle is maar net omgeswaai. Hierdie keer is dit Shilo wat vir Joe moet red deur mond tot mond asemhaling toe te pas. Loop nou en gaan skeer jou baard wat so krap. Trek jou mooi aan en kom haal ons. Seweuur moet nou vinnig aanbreek."

Hy trek haar nader en soen haar op haar voorkop.

"Tot netnou, Delila. Ek gaan 'n kans vat en met die agterstrate langs met Anette se motor ry, ek wil nie vanaand soos 'n natgereënde hoender lyk nie. Kry gou vir my 'n plastieksakkie asseblief, ek wil nie hê hierdie boekie moet natreën nie."

157

Sy bring die gevraagde sakkie en hy draai die boekie sorgvuldig toe, soen haar op haar wang en stap na Anette se motor.

Kwart voor sewe hou Josef langs tant Mattie se huis stil en draf die trappies uit tot op die stoep. Die voordeur staan oop en hy stap na binne waar hy die twee dames langs mekaar op die sitkamerbank aantref.

Shilo het 'n baie mooi bruin rokkie aan met 'n gordel om haar middeltjie en netjiese bruin skoene aan haar voete. Josef kyk deurdringend na haar en sy bors swel van trots.

Hierdie meisiekind is werklik amper onwêrelds mooi. Hy kyk na tant Mattie wat pragtig lyk in 'n ligpienk geplooide rokkie en wit skoene aan haar voete. In haar hand het sy 'n klein wit handsakkie sonder 'n bandjie.

"Goeienaand, julle twee verruklike dames. Wie is wie? Watter een is die meisie met wie ek eendag gaan trou? Julle is beide so mooi, ek wens ek kon met albei van julle in die huwelik tree."

"Hygend kind, wat maak jy sulke ydel praatjies? Ek is twintig jaar ouer as jy. Wat sal die mense sê as ek met so 'n snuiter soos jy rondloop?"

Shilo gaan staan langs hom, sit haar arm om sy middel en swaai haar hand van kop tot tone oor haar tante. "Kan jy glo dat sy al nege en veertig jaar oud is? Sy lyk nie 'n dag ouer as vyf en twintig nie."

"Bog, my kind. Jy word volgende jaar al vyf en twintig en ek lyk veel ouer. Ek dink ek lyk soos wat ek op my ouderdom moet lyk."

"U is nog steeds pragtig, tant Mattie. Menige man sal sy oogtand gee om u as vrou te hê."

"Kom, kom, kom ons loop, netnou is ons laat. Julle twee praat in elk geval net bog."

Toe hulle by die restourant opdaag, wag Hannes en Anette vir hulle op die trappie. Hulle stap na binne en 'n kelner wys vir hulle 'n tafel aan.

"Hannes, jy en Anette kan bestel wat julle verkies om te drink, ons is egter afskaffers en sal net koeldranke kry."

Anette glimlag en kyk in Hannes se oë. "Ons gebruik ook nie alkohol nie, maar ek is redelik gek oor rooi druiwesap."

Druiwesap is dan ook die drankie wat Shilo en tant Mattie verkies en Josef bestel drie bottels daarvan. Hulle skink hul glasies vol en Hannes kyk na Josef.

"Om by so 'n restourant te kom eet verdien 'n okkasie. Wat is aan't gebeur?"

"Shilo het besluit sy gaan my nie 'n dag langer laat los loop nie en het aangedring om my met so 'n klein slotjie vas te bind."

Anette spring van haar stoel af op en bestorm vir Shilo. "Julle gaan verloof raak? Werklik? Ek is so bly vir julle onthalwe. Julle pas by mekaar soos vis en tjips."

Hannes brul soos hy lag. "Wat 'n verstommende vergelyking, my vrou. Wie is die vis en wie die tjips? Geluk julle twee, ek en Anette het net vanoggend gesit en wonder hoe julle twee so lank kan uithou sonder om dit formeel te maak, of is jy miskien bang iemand gaan tydens Saterdagaand se okkasie jou hand in die as slaan, Josef?"

"Nee wat, Hannes. Aangesien Shilo my eers gesmeek het om met haar te trou en toe gedreig het om my in klein stukkies vir Joe en Shilo te voer as ek nie instem nie, het ek besluit om eerder handdoek in te gooi. Blykbaar is tant Truitjie se mes vlymskerp."

"Hy lieg vir julle, hy het soos 'n wurm op die plaveisel van die Langeberg Mall rondgekruip en al wat klant is wat daar rondloop gesmeek om my te oortuig om met hom te trou. Die plasse trane was so groot, die mense was bang dit ontaard in 'n Tsunami, en om hul ontwil het ek teësinnig ingestem."

Na die gelag bedaar het, kyk Josef stip na hul drie gaste.

"My en Shilo se verbintenis is voorafbepaal. Ek het reeds nou die dag vir haar gesê sy is aan my geskenk. Kom, koningin van my lewe, kom staan hier langs my sodat ek jou ring aan jou vinger kan steek met al hierdie wonderlike mense as getuies dat ek my onherroeplik aan jou verbind."

Trane van vreugde loop oor Shilo se wange en haar oë skitter soos sterre toe Josef die ring aan haar vinger steek.

"Dankie, my Josef. As jy net weet hoe lief ek jou het sal jy sorg dat hierdie ring vinnig 'n maatjie kry."

Hy kyk na hul metgeselle en streel oor Shilo se hare.

"Sy weet wanneer dit sal gebeur, sy het self vir my een en dertig dae van vryheid geskenk."

Hulle gaan kry van die goed voorbereide voedsel en lag en gesels vir ure lank. Josef dink daaraan dat hoewel Shilo telkens na haar ring kyk, sy nog nie een woord oor die fantastiese uitrusting gesê het nie.

Josef het sy pragtige verloofde deurentyd dopgehou, en aan haar gedink. Hy besef sy heg baie min waarde aan wêreldsgoed, en onthou van die geskenk wat sy vir haarself gekies het. Die selfoon wat sy vir haarself uitgekies het, het aansienlik minder as die ander modelle gekos, en sy het die bruikbare horlosie teen 'n mindere waarde bo die pragtige armband verkies.

Almal geniet die aand terdeë. Die voedsel is uit die boonste rakke en die atmosfeer in die restourant lei tot 'n heel ontspanne aand in die teenwoordigheid van vriende. Selfs Tiger en sy vriendin het daar opgedaag en 'n rukkie by hulle gesit en gesels. Josef was nogal verbaas oor die oulike meisie wat Tiger het. Sy was netjies aangetrek en hy het geen tatoes op die dele van haar liggaam wat sigbaar was opgemerk nie. Toe hy vra na haar nering het die meisie gesê sy is 'n onderwyseres by die laerskool.

"Nou ja mense, dit raak laat en Shilo moet haar skoonheidslapie inkry. Is daar nog enigiets wat ek vir julle kan bestel?"

Niemand het enige verdere behoefte nie en Josef wink die kelner nader vir die rekening, Hannes haal sy bankkaart uit sy beursie en hou dit na die kelner toe uit.

"Nee, Hannes, ek betaal. Ek en Shilo het julle immers genooi en ons het jul geselskap werklik geniet. 'n Ander aand maak ons weer so en dan kan jy betaal as jy wil."

Hannes kyk na Josef en knik sy kop. Josef betaal die rekening en hulle stap na buite.

"Shilo, ek het 'n handdoek in die kar gesit om jou Vespa se sitplek af te droog. Aangesien dit nie meer reën nie sal ek bly wees as jy my gou by die hospitaal sal aflaai sodat ek jou Vespa huis toe kan bring. Anette het haar motor môre nodig."

"Kom ons maak so, dan kom drink jy koffie saam met my voordat jy gaan slaap."

Toe Josef later in sy bed klim is dit met vrede in sy hart en 'n glimlag om sy mond. Hy het nie vergeet om sy Vader te dank vir al die goeie mense wat hy die afgelope maande raakgeloop het nie.

Josef, Hannes en Anette sit in haar kantoor en geniet hul gebruiklike koppie oggendkoffie. Josef sit die swart boekie voor Hannes neer. "Kyk gou hierna en gee my jou mening, asseblief."

Hannes maak die boekie oop en lees die storie, loer na Josef en gee dit sonder 'n woord vir Anette. Sy neem die boekie en Josef sien die verskillende uitdrukkings wat op haar gesig verskyn. Toe sy dit klaar gelees het sit sy dit op die lessenaarblad neer en kyk na Josef.

"Is dit jou werk?"

Hy lag saggies en skud sy kop. "Ek sou wat wou gee om krediet vir daardie werkstuk te aanvaar, maar nee, dit is Shilo wat die storie geskryf en dit geïllustreer het."

"Dit is 'n fantastiese storie en so mooi en goed geïllustreer. Ek wonder of sy weet hoeveel positiewe boodskappe daarin vervat is. Liefde, deursettingsvermoë, hoop, geloof, samewerking, mededoë en bevryding as ek so vinnig dink. Wat beoog sy daarmee? Gaan sy dit laat publiseer?"

"Ek twyfel, Anette. Shilo is nie geïnteresseerd in die materiële dinge van die lewe nie. Sy het daardie boekie, en ek vermoed baie ander geskryf en geteken om dit eendag vir haar, of liewer ons kinders, te lees."

"Mag ek dit reproduseer? Ek belowe ek sal nie die boekie beskadig nie. En wil dit graag na 'n vriendin wat by publiseerders werk aanstuur. Haar mening en terugvoering sal baie interessant wees."

Hy weet eers nie wat om te sê nie, en wonder hoekom hy dit anders saamgebring en vir hulle gewys het. "Niemand mag die storie publiseer of aan iemand anders voorlê sonder Shilo se persoonlike toestemming nie."

"Natuurlik nie. Ek sal dit dan ook so aan my vriendin stel."

"Jy gaan dit nie uitmekaarhaal om fotostate te maak nie?"

Anette lag en skud haar kop. "Nee Josef, ek gaan dit inskandeer en sal sorg dra dat dit nie beskadig nie."

Josef sit vooroor en kyk glimlaggend na Anette. "Sy weet nie ek het die boekie vir julle gewys nie en ek wou eintlik net vir julle op hierdie manier 'n kykie in my wonderlike aanstaande vrou se gedagtes gee."

Hannes tel die boekie op en blaai vlugtig daardeur. "Dit sal so verkeerd wees om dit vir jouself te hou. Die boodskappe daarin sal baie beteken vir jong kinders. Dit mag selfs natuurbewaring instansies se aandag trek. Hulle kan hierdie tipe boekies vir bewusmaking van natuurbewaring by kinders gebruik."

Josef is tevrede met hul kommentaar en sit terug op sy stoel. "Goed. Hoor wat sê jou vriendin en maak seker hulle misbruik nie die storie nie. Sê ook niks vir Shilo nie, asseblief, dit voel vir my asof ek met bedrog doenig is. Sien julle later, ek het werk."

Die middag na sy laaste aflewering plaas hy die afleweringsboekie op die rak waar dit hoort en stap na Anette se kantoor.

Anette spring orent en glimlag breed. "Josef, jy sal nie glo wat gebeur het nie. My vriendin Elsa, wil met Shilo praat en by haar hoor hoeveel van hierdie stories sy het wat reeds geskryf en geïllustreer is. Hulle stel belang om dit te publiseer en sy praat onder andere daarvan om dit te vertaal in verskeie ander tale en dit dan wêreldwyd te versprei. Jy weet, kinders wêreldwyd is gefassineer deur die see en wat daarin gebeur. Dit maak nie saak of hulle op die strand of in die woestyn woon nie."

163

"Stadig, Anette. Ek het vir jou en Hannes gesê Shilo weet nie ek het die boekie vir julle gewys nie. Ek weet ook nie verseker dat sy nog sulke boekies geskryf het nie, en indien sy het, hoeveel daarvan nie. Ek sal haar op een of ander manier moet benader oor hierdie storie, gee my net tyd om aan iets te dink. Jy het vir ... uhm, Elsa gesê hulle mag nie hierdie storie gebruik of aan ander wys nie?"

Sy skuif 'n papier na sy kant toe en hy lees dit. Dit is 'n vertroulike klousule wat die publikasie of gebruik van die storie onwettig maak en is onderteken deur die uitgewer.

"Volgens Elsa kan Shilo geld met hierdie stories vir kinders verdien. Hierdie stories sal verskeie male herdruk word in verskillende tale, en Shilo sal betaling ontvang vir elkeen wat verkoop word. Dit is nou bo en behalwe die betaling wat sy sal ontvang van die publiseerders. Om jou vraag te beantwoord, nee Josef, hierdie mense is baie professioneel en tree altyd eties op. Hulle sal dit nie sonder die nodige toestemming en sonder 'n kontrak met die skrywer gebruik nie."

"Goed, ek is bly om dit te hoor. Ek sal met Shilo praat en jou laat weet ... een of ander tyd."

Hoofstuk

13

Josef is baie verbaas om vir Shilo op 'n stoel in die skadu van die boom langs sy tent te sien sit. Sy spring van die stoel af op, storm op hom af en nadat sy haar arms om sy nek gegooi het, trek sy hom styf teen haar vas.

"En nou, my liefie, is daar fout?"

"Nee, my Josef, ek het net vreeslik na jou verlang en kon nie wag om by jou te kom nie. Nou is jy nog laat ook. Was jy baie besig vandag?"

"Nie meer as gewoonlik nie, ek het net so 'n rukkie met Anette gesit en gesels. Wil jy iets gaan eet?"

"Nee dankie, ek het verlang, nie honger geword nie. Kom ons stap in die hoofstraat op tot bo by die hospitaal en gaan kuier by tant Truitjie. Ek kan nie wag om my ring vir haar te wys nie, en ons kan sommer 'n koeldrank langs die pad koop."

Hy kyk verbysterd na haar. Weet sy hoe steil en lank daardie bult is, veral as jy stap? skiet die gedagte deur sy brein, maar hy glimlag asof hy baie braaf is.

"Dit is reg so, ek wil net gou gemakliker skoene aantrek, dan is ek reg om te gaan."

Sy haak by hom in en trek sy arm styf teen haar vas terwyl sy vir hom loer. "Is jy spyt?"

"Dat ek nie een van daardie kasarms op die kop besit en daar nie twee Porsches in die garage staan nie, een vir jou en een vir my? Nee wat, my prinses, geld koop nie geluk nie en ek is heel gemaklik en tevrede daarmee om die mees fantastiese vrou wat ooit op hierdie aarde geloop het aan my sy te hê."

"Nee man, nie dit nie. Is jy nie spyt ons is nie gisteraand getroud nie?"

"Ons sal wees, een van die dae."

Sy stap voor hom die tent binne, draai om en druk met haar hande teen sy bors sodat hy moet stilstaan. Sy giggel sag en gooi haar arms om sy nek en terwyl sy hom soen, swaai sy haar een been agter syne in en trek met haar been asof sy hom nog nader wil trek.

"Hygend vroumens, netnou skinder die mense omdat jy by my in die tent kuier."

Sy giggel en swaai haar hand voor sy gesig. "Jy kom nou gans en al te veel by tant Mattie, jy praat al soos sy. Vir die mense en wat hulle kwytraak gee ek nie 'n snars om nie. Ek het myself vir veels te lank aan hulle gesteur."

Hy streel oor haar wang en plant 'n piksoentjie op haar neuspunt. "Ek is bly jy het jou siening verander. Persoonlik dink ek dit was maar net bewondering vir jou wat hulle genoop het om jou so aan te staar. Die jongmense in die dorp en jou lyfwagte dink en weet jy is 'n besonderse vrou."

"Almiskie, maar daar was ook die ongevraagde kommentaar."

Hy lag eers en kyk dan stip in haar oë. "Myns insiens was dit as gevolg van jaloesie en hul eie minderwaardigheids-komplekse. Soos ek sê, ek is bly jy is gelukkig soos dinge nou is ... en dinge gaan van nou af net beter en beter raak."

Sy glimlag alte fraai en loer onder haar wenkbroue deur na sy gesig. "Wel, die boemelaars, bedelaars, leeglêers en allerlei ander het reeds die titel van Koningin van Harte aan my toegeken, maar ek sal bitter graag nog 'n titel wil byvoeg, en 'n trouring aan my vinger sal my daarvoor laat kwalifiseer."

"Baba treetjies, my poplap, baba treetjies. Netnou ruk jy heeltemal hand uit en raak verwaand."

Sy skud summier haar kop. "Ek sal nooit verwaand ... of hovaardig, om jou woord te gebruik, wees nie, my Josef. Ek is te dankbaar vir dit wat na my kant toe gekom het." Sy vat hom aan die hand en trek hom by die tent uit. "Kom, my Josef, ek is lus vir Coke."

'n Man stap nader en stel hom aan Josef voor. Hulle staan en gesels oor die motorfiets waarmee hy vir Josef sien ry het. Shilo haal Josef se beursie uit sy broek se agtersak en beduie dat sy koeldrank gaan koop.

Toe sy by die supermark uitkom, staan Josef met twee ander mans en gesels. Sy stap tot agter die twee mans met 'n ergerlike trek op haar gesig. "Het julle geld by Josef gebedel?"

Hulle vlieg om en kyk verskrik na haar, maar sê niks.

Sy leun effe vooroor en gluur beurtelings na die twee mans. "Het ek nie vir julle gesê om werk te gaan soek nie?"

Hulle kyk met groot oë na haar en sluk, dan oortuig die een homself om haar te antwoord. "Ons het gegaan en met die mense gepraat, maar hulle kon ons nie met werk help nie."

Josef het simpatie met die manne, hy het daardie paadjie gestap. Shilo het nie, nie simpatie nie en sy het ook nie daardie paadjie gestap nie. Sy gluur na die ander man wat nie boe of ba gesê het nie.

"En jy? Was jy saam met hom by daardie besighede waarvan ek vir julle die adresse en die persone met wie julle moes praat se name gegee het?"

"Ja. Soos Felix gesê het, hulle het nie vir ons werk nie."

Sy stamp haar voet ergerlik op die grond, haar hand skiet uit na die spreker se gesig. Josef loer na haar en dink haar vinger het amper in die man se neusgat beland.

"Dan lieg julle ook nog blatant vir my terwyl julle my in die oë kyk. Dit is nou een en 'n halfuur later as middagete toe julle jul soos diere gedra en ander mense se toebroodjies uit hul hande gevat en dit ingesluk het. Een van die maatskappye waarheen julle moes gaan is in Voorbaai, die ander in Heiderand, en die derde plek is in Mossdustria. As julle by enigeen van die plekke was, het julle een of ander landspoedrekord in stap verbeter. Die plekke is kilometers ver van mekaar af, en hier staan julle wragtig in Mosselbaai se middedorp en bedel."

Sy swaai haar lyf om, loer na die deur van die winkel waardeur sy pas gestap het en vlieg weer om.

"Luister nou, en luister mooi na wat ek sê. Sonder 'n brief in elkeen van jul se hand wat afkomstig is van die kontakpersone wat ek vir julle neergeskryf het, en ek praat van al drie maatskappye, waarin daar staan dat julle daar was en dat hulle nie werk vir julle het nie, wil ek julle gesigte nie weer by die Skuiling sien nie. As julle sonder daardie briewe daar aankom sal ek my kontakte kry om julle af te ransel. As julle dit oorleef sal ek julle buite die munisipale grens langs die pad laat neergooi. As julle dit egter nie maak nie, is die wêreld van twee skurke verlos en julle sal hier in die hawe haaikos word. Verstaan julle my?"

Josef het uiteindelik die tierboskat in aksie gesien, en hy besef sy is smoorkwaad. Sy haal vinnig asem, haar neusvleuels bewe en haar wenkbroue is besig met 'n groot offensief teen haar haarlyn, maar haar pragtige stem het sy nie een keer verhef nie.

Felix loer soos 'n skelm wat nie weet wat om volgende te lieg nie onder sy wenkbroue deur na haar en kry sy pel aan sy hemp se skouer beet.

"Peet, ek dink ons moet die pad vat. Ons het ons *welcome* in hierdie *possie overstay*. Kaapstad is *cool* en die mense daar is baie meer *relaxed.*"

Peet loer na Shilo en Josef staan nader. As een van hierdie knape aan haar raak, gaan hulle nie veel verder as die Provinsiale Hospitaal vorder nie, maar gelukkig is aksie van sy kant af nie nodig nie.

"Ek stem, Felix, kom ons maak soos Donald en *duck*. Hierdie *cherry* is *pumped up,* my boet. Het jy haar oë *ge-check*? Dit lyk soos 'n *lioness* s'n wat enige *second* gaan *attack*. Vat spoor boet, laat ons gly."

Met die laaste woorde is hulle reeds 'n hele klompie meters weg van Shilo af en hulle stap vinnig in die hoofstraat op in die rigting van die pad wat vir Josef aanbeveel is met sy aankoms in die dorp.

"Waarom het jy so vies geword, my nooi? Dit is tog seker ook hawelose mense wat hulp kom soek het by die Skuiling?"

"Nee, sulke mense irriteer die sproete van my neus af. Hulle is net te lui en sleg om te werk. Die mense wat ons by die Skuiling toelaat het werklik probleme. Van hulle is siek en kan werklik nie meer werk nie. Ander is eenvoudig net te oud en het niemand wat hulle versorg nie. Daardie twee menere het vanoggend by die Skuiling ingestap asof die plek aan hulle behoort en aangedring dat hulle bedien moet word. Nadat hulle hul kwota voedsel gekry het, het hulle dit ingesluk en die kos van die ander uit hul borde en selfs uit hul hande gegryp en dit in hul monde geprop."

"Sulke optrede sal nie deug nie, maar kyk, hulle vorder goed in die straat op. Teen die tempo wat hulle loop kan hulle Kaapstad oor 'n week of drie bereik."

Hulle lag en stap verder. Na 'n ent kyk hy ondersoekend na haar. "As ek 'n miljoen sente gehad het, sou ek dit nou vir jou aangebied het om jou gedagtes met my te deel."

"Ag Josef, ek voel so skuldig omdat ek so verskriklik gelukkig is vandat ek jou ontmoet het. Dit voel so onregverdig teenoor ander mense. Ek sukkel deesdae by die werk om na die mense te kyk, hul pyn en honger te sien en te weet ek is so gelukkig. Ek wens ek kon iewers baie geld kry."

"Net om dit weer weg te gee?"

"Soort van ja, en ek sal iemand anders kry om my werk te doen en my tyd gebruik om fondsinsamelings te doen en donasies te probeer kry."

"Weg van die skuiling af?"

"Ja," sê sy met 'n klein stemmetjie.

"En wat wil jy met die baie geld maak, my sonskyn?"

Sy gaan staan stil en kyk stip in sy oë. "Rêrig? Is ek jou sonskyn?"

"Elke dag, selfs op die winderigste en reënerigste dag denkbaar."

Sy kyk aandagtig na hom en haar onderlip begin bewe, Sy snuif en streel oor sy hare terwyl haar pragtige oë klam word. "Is dit moontlik om so gelukkig te wees soos wat ek is, Josef? Is die afgelope tyd die waarheid, of is dit net een lang droom? As dit 'n droom is gaan ek sekerlik sterf van teleurstelling wanneer ek wakker word."

"Dit is baie waar en jy is nie net die mooiste vroumens in die heelal nie, jy is ook die minsaamste," sê hy en besluit om van die geleentheid gebruik te maak om haar oor haar storieboekies te pols.

"Wat wil jy met baie geld maak?"

"Dit hoef nie so baie te wees nie, net genoeg om vir ons twee te sorg en dan ook geld beskikbaar te maak vir die Skuiling. Die meeste van daardie mense het niks in die wêreld nie en is tevrede en dankbaar met baie min."

Hy tel die treë wat hulle stap, en toe hy by dertig kom, gaan staan hy stil en kyk stip na haar. "Shilo, hoeveel van daardie storieboekies soos die een oor Joe en Shilo besit jy?"

Sy lag sag en kyk suspisieus na hom. "Dink jy ek het meer van hulle?"

"Ek vermoed so. Wanneer het jy die storie van Joe en Shilo geskryf?"

"Lankal. Daardie dag toe jy op die wandelpaadjie gestaan en hyg en hoes het, het ek dit klaargemaak."

"Goed, hoeveel ander het jy?"

Sy sug en rol haar oë. "Josef ... dit is net simpel stories. Wat maak dit saak hoeveel daar is?"

"Hmm, dit is dalk wat jy dink, maar dit beskik oor 'n baie interessante en leersame storielyn. Verder is dit boonop pragtig geïllustreer. Hoeveel, Shilo?"

Hy sien die klein glimlaggie wat om haar mooi mond vorm. Die uitdrukking in haar oë kan hy slegs as nostalgies beskryf, en hy is reg.

In die hoofstraat van Mosselbaai met die son wat versengend op hulle neerskyn, dink sy aan al die tyd wat

171

sy die see-diertjies in die waterpoele sit en bekyk het. Sy dink aan al die ure wat sy in die stadsbiblioteek oor hulle gaan lees het, al die besoeke aan die museum om hulle te identifiseer. Navorsing hoe om 'n storie sinvol saam te stel. Sy dink aan al die tyd wat sy spandeer het om die diertjies so lewensgetrou as moontlik te teken. Hoe om hulle op die bladsy uiteen te sit. Die storielyn te beplan sodat daar genoeg plek tussen die illustrasies is om die storie neer te pen. Sy sug fyntjies en kyk na hom.

"Josef en Shilo was die sewe en veertigste een. Ek het so met die eensame jare baie tyd gehad om dit te skryf en teken."

Josef kan nie glo wat hy hoor nie en kyk stip na haar, maar die geel oë weifel nie vir 'n breukdeel van 'n sekonde nie.

"Sewe en veertig?"

Sy lag rinkelend en voer daai klapbeweging in die lug van haar in sy rigting uit. "Ja, en dit het niks met tant Mattie se ouderdom te doen nie. Ek het al met nommer agt en veertig begin."

"Handel almal oor Joe en Shilo?"

"Nooit gesien nie. Joe en Shilo is spesiaal." Sy glimlag vir hom en kyk teen die steilte op. "Ek grap sommer, maar vir my is dit baie spesiaal. Die ander stories gaan oor verskillende diere wat in die see woon. Daar is haaie, walvisse, seesterre, seeperdjies, ander gaan oor skulpdiere en jellievisse en ag, sommer alles wat in die see lewe."

"Gaan almal se storie min of meer soos Josef en Shilo?"

"Nee. Elkeen het sy eie verhaaltjie, maar ek is sommer 'n soppie as dit by diere kom. Ek gee vir elkeen sy eie identiteit met sy hoop, verlangens en sulke dinge."

"Waaroor handel die een waarmee jy nou besig is?"

"Die moordwalvisse, oftewel Orca's, wat die haaie doodmaak net om hul lewers te verorber. Ek werk nog aan 'n plan oor hoe die haaie kan wraak neem."

Hy knik sy kop, hy het net nou die dag die getuienis van 'n Orca aanval op 'n haai gestaan en bekyk. "Besef jy jou storieboekies kan verkoop word en 'n aansienlik bedrag geld vir jou oplewer?"

Sy loer suspisieus na hom en giggel. "Ag jy is laf, Josef. Dit is nie hygromans wat soos soetkoek van die rakke af sal vlieg nie. Dit is stories wat ek eendag vir ons kinders wil lees."

"Het jy al daaraan gedink daar is moontlik baie moeders in die wêreld wat dit ook graag vir hul kinders sal wil lees."

"In die wêreld? Tsk, ek sien al hoe lees die ma in Moskou vir haar seuntjie 'n Afrikaanse storie."

"Of die ouma in Italië vir haar kleindogter?"

Sy knik haar kop en swaai haar hand in die lug asof sy 'n lastige vlieg verjaag. "Presies, hulle sal nie verstaan wat daar geskryf is nie."

"Hulle sal, as die storie in daardie tale vertaal word."

Sy kyk na hom, glad nie meer suspisieus nie, eerder belangstellend. "Dink jy ..."

"Uh-huh."

"Hoeveel geld sal ek kry? Die Skuiling moet nuwe komberse, kussings, vir 'n verandering weer lakens en matrasse kry. Van die matrasse is werklik nou gedaan. Gelukkig het die gas outjie nou die dag die gasstowe gratis kom diens. Ons kan ook doen met een of twee nuwe yskaste. Ek sal seker nie soveel kan kry om dit alles te doen nie? Dit sal baie kos."

"Ek kan vir jou uitvind as jy wil."

"Ek terg sommer net, my Josef. Ek sal nooit geld verdien met daardie stories nie. Ek sê mos, ek doen dit vir my eie plesier en om besig te bly met iets."

"Mag ek meer uitvind?"

Sy kyk vir 'n paar sekondes na hom, en knik haar kop. "As jy wil, en jy mag maar teen my bors kom lê en huil as jy teleurgesteld is, ek sal daarvan hou om jou te troos. Kom, dit is nou besoektyd, laat ons vir tant Truitjie gaan hallo sê."

Hoofstuk

14

Hulle kuier lekker by die tante en sy is verskriklik bly dat Shilo verloof geraak het. Die ring word keer op keer bestudeer en die tante is bly dat dit nie die normale goudkleur het nie. *Dit is te ordinêr vir haar Shilo*, sê sy. Volgens haar sou die *bling* van 'n goudkleurige ring nie by Shilo pas nie. Nie een dink egter daaraan dat dit bykans perfek by die kleur van haar oë sou pas nie.

Na die besoektyd stap hulle hand aan hand die afdraande af en Josef is baie bly daaroor. Sy kuitspiere het oortyd gewerk met die opstap slag. Toe hulle by die huis kom, nooi tant Mattie hulle binne en skink vir hulle tee.

"Tant Mattie, mag ek vir tante iets vra?"

"Vra mag jy vra. Of ek jou sal antwoord is 'n ander storie."

"Ek sal nie omgee as tante dit nie wil doen nie. Dit is 'n baie persoonlike vraag wat ek wil vra."

Sy kyk stip na Josef en 'n klein glimlaggie vorm om haar mond. "Ek wag al van dag een af vir die vraag wat jy wil stel, Josef. Jy wil weet hoekom ek nooit getrou het nie."

"Net so. Tante is tog 'n pragtige vrou wat meer soos Shilo se suster as haar tante lyk."

Tant Mattie verjaag vir Shilo, neem langs Josef plaas en vat sy hand. "Josef, jare gelede, seker so dertig jaar, het ek 'n jongetjie ontmoet. Hy was saam met sy ouers hier met vakansie en ons was heel danig met mekaar. Hy was so ses of sewe jaar ouer as ek. Sy moeder het egter nie van die verhouding gehou nie aangesien hulle ryk mense was en ons was maar ordinêre mense wat van die opbrengste van die see geleef het."

Sy loer na sy gesig en sien hy luister belangstellend. "Hulle is na die vakansie terug huis toe en ons het vir mekaar geskryf. Eendag het ek 'n brief van hom ontvang waarin hy vir my geskryf het dat hy my gaan kom haal en dat ons, ons eie lewens iewers gaan begin. Ek was egter nog op skool en het terug geantwoord dat dit nie kan gebeur nie, ek wil eers klaarmaak met die skool. Hy het teruggeantwoord dat dit nie meer saak maak nie en dat sy ouers hom oorreed het om van sy vakansieromanse te vergeet en aan te gaan met sy studies. As hy egter voet by stuk hou om my te kom haal en met my te trou, sal sy ouers alle finansiële hulp van hom onttrek, en hy sou verplig wees om te gaan werk."

Sy tel haar koppie tee op, sien die koppie is leeg en hou dit na Shilo toe uit. "Dit was sy droom om 'n prokureur te word en ek het dit respekteer. Ek het egter nooit weer na 'n man met dieselfde oë gekyk nie. Dit maak egter nie saak nie, ek het baie vriende oral in die dorp en by die prokureursaak waar ek halfdag werk. Ons stap elke dag saam en kuier oor en weer."

"Wat was sy naam en van tante?"

"Ek het nooit sy van geken nie, nes joune. Ek het al vir Shilo gevra wat jou van is, maar sy het gesê sy weet nie en dat jy jouself slegs as Josef aan haar voorgestel het."

Sy kyk na Shilo en trek haar linkerwenkbrou op. "Weet jy darem nou al wat jou van een van die dae gaan wees, my kind?"

Josef weet tant Mattie het haar storie klaar vertel en kyk na Shilo wat half verbouereerd na hulle kyk en haar kop skud.

"Nee tante, Mevrou Josef is goed genoeg vir my."

"Brandt, tante. Sy gaan Shilo Brandt heet," sê hy laggend en loer na tant Mattie. "Ek hoop net nie sy slaan aan die brand as sy my weer soen met een van daardie soene waarvoor sy in hegtenis geneem kan word vir openbare onsedelikheid nie."

Hy sien tant Mattie se gedagtes is vasgevang met jare gelede se geskiedenis en wend hom na Shilo.

"Mag ek van die ander storieboekies sien, asseblief, of is dit ook 'n geheim soos Joe en Shilo?"

"Nee, my liewe ding, noudat jy weet van die boekies, kan jy gerus daarna kyk. Dit is egter in my *suite* en tant Mattie gaan 'n hygende hartaanval kry as ek jou soontoe neem."

Tant Mattie verbaas haar egter toe sy orent kom en vir Josef beduie om op te staan. "Net hierdie keer sal ek dit toelaat en dan weer as daardie pragtige ring van jou 'n maatjie het. Ek gaan egter saam en sal elke beweging wat julle maak dophou."

"Goed, tant Mattie," sê hy en kyk na Shilo. "En as die gier dalk net vir tant Matte beetpak, is al die bestanddele beskikbaar om pannekoek te bak?"

"Sie jy," sê sy en wuif haar hande voor haar asof sy hoenders in 'n hok jaag.

Toe hy Shilo se *suite* binnestap is hy verras om te sien dat sy gedagtes rakende die pragtige vrou in die kol is. Die vertrek is om en by tien by agt meter groot, en is smaakvol gemeubileer sonder enige tierlantyntjies. Daar is geen item teenwoordig wat hy as *nuut* sal kan beskryf, behalwe die inkleurpotlode, penne en boekies wat sy as verjaarsdaggeskenk wou hê, wat op 'n tafeltjie lê.

Oral teen die een muur is ou erdeborde van verskillende kleure teen die muur aangebring. Die radiostel waaruit daar sagte musiekklanke kom is 'n model van wat sy ouers besit het toe hy nog baie jonk was. Hy stap na die ketel, bekyk dit en draai dan na haar.

"My vader het so 'n geel erdeketel gehad waarmee hy water gekook het as ons gaan kamp of vis gaan vang het. Dit het egter vuur nodig gehad, ek sien hierdie een het 'n element?"

"Dit was nogal moeilik om 'n element te kry wat daarin pas, maar daar het jy hom, 'n stokou ketel wat met Eskom se produk werk, wanneer daardie produk wel beskikbaar is."

"Ek hou baie van jou sitkamerstel met die leeupote en die kussings wat met goiingsak oorgetrek is. Waar het jy dit gekry?"

Sy lag en beduie na tant Mattie.

"Tant Mattie het 'n vriendin wie se man afgetree het. Die ou dame het daarop aangedring dat haar man vir haar nuwe meubels koop en tant Mattie het hierdie stel by haar gekoop vir die enorme bedrag van vyf rand."

Tant Mattie lag saggies. "Beverley wou dit laat opkap vir vuurmaakhout. Toe ek vir haar sê Shilo sal van dit hou het sy dit vir haar gegee. Ek wou dit egter nie verniet vat nie en toe sê sy ek moet haar vyf rand daarvoor gee. Nou ja, daar staan dit."

"En die kussings?"

"Die oorspronklike oortreksels was baie stukkend en Shilo het dit met die goiingsak oorgetrek. Waar sy die sak gekry het weet nugter."

"Ek het dit by die koöperasie gekoop vir baie min geld en het die ou naaldwerkmasjien reggemaak en dit daarmee gestik."

"Verbasende vrou, jy wat eersdaags as Shilo Brandt bekend sal staan. Jy het die vertrek baie netjies gemaak, dit is mooi en huislik."

"Ja," sê tant Mattie, "bly net van die bed af weg."

"Tannie Mattie, ek sien dan nie eers 'n bed nie."

Sy beduie na die een muur. "Agter daardie gordyn. Die gordyn is nie teen 'n muur soos die nuwerwetse gier is nie, dit skei haar leef en slaapvertrek. Die bed is iets ysliks."

"Kan ek maar kyk?"

Shilo trek die gordyn uit die pad en Josef stap nader. Die bed lyk soos 'n boot en staan van die een muur tot die ander. 'n Bietjie meer as die middelste derde bevat die matras en die kop en voetstuk is soos die gerysde dek agterstewe van 'n vissersboot.

"Hierdie bed of boot of *bootbed* kon jy nie gekoop het nie. Wie het dit gemaak?"

"Behalwe vir die afgesnyde kiel, as jy dit so kan noem, is hierdie bed 'n kleiner replika van my pa se boot, die een waarmee hulle op see uit was toe hulle verdrink het. Dit is natuurlik baie kleiner, maar dit is presies soos die boot gelyk het. In die agterstewe waar die dek so opgaan is daar natuurlik 'n stort met 'n toilet en ek het die bed self gebou met herwinde hout wat ek hier onder in die straat by 'n boot herstelwerf gekry het. Ek het net die loodgieterswerk laat doen deur 'n plaaslike firma."

"Die stort en toilet is seker maar knap."

"Jy sal darem regkom daarin," sê sy laggend.

"Die boekies?"

Sy swaai haar hand uit na die een muur. "In die boekrak, monsieur."

Hy wil eers by haar verbystap, gaan staan dan stil en soen haar op haar wang. "Merci, mademoiselle."

Sy kyk hom aan asof hy uit 'n boom geval het.

"Moenie vir my sê jy kan Frans praat nie."

"So 'n bietjie en Duits, Spaans en ook so 'n bietjie ... uhm, Afrikaans."

Sy kyk suspisieus na hom en sê: "Of dalk Latyns?"

Hy maak of hy haar nie gehoor het nie, haal ses van die boekies uit die rak en gaan sit op die rusbank en begin lees.

"Kom, my kindjie, laat ons die pannekoek gaan bak. Sal ek vir ons maalvleis ook voorberei?"

"Nee wat, tant Mattie, kaneelsuiker is prima," sê Shilo en loer na Josef.

Sy gaan sit by haar kombuistafel sodat sy direk na hom kan kyk. Hy blaai redelik vinnig deur die boekies en gaan elkeen weer van voor na agter deur.

"Jy kan onmoontlik nie alles gelees en na die illustrasies van al daardie boekies gekyk het in die tyd wat jy geneem het vandat jy die eerste een oopgemaak tot jy die laaste een neergesit het nie."

"Wil jy hê ek moet 'n eksamen aflê, my roosknoppie?"

"En as jy dop?"

"Ek sal nie. Hy jy al gehoor van iets soos 'n spoedleser?"

"Ek het, maar jy is gans te vinnig deur daardie boekies."

"Vra vir hom 'n vraag of twee, my kind, dan sal jy mos weet of hy regtig gelees het en of hy jou bene sit en beloer het toe hy so kop onderstebo gesit het."

Sy lag klokhelder en gaan sit styf teen Josef. "Tante, die tafelblad is in die pad, maar hy kan kyk soveel as wat hy wil. Ek dink hy weet waar elke haartjie op my bene is, nè my Josef."

"As jy 'n meisie met die mooiste bene in die land het en jy kyk nie daarna nie, is daar definitief iets met jou oë verkeerd, en ek moet sê, as die hele pakket net so perfek soos die bene lyk, soos in hierdie geval, het jy 'n wenner. Wunderbahr."

"Goed, meneer Slimjan. Vertel vir jou arme dom verloofde die storie van Giel, die galjoen en Greta, die seekat."

Hy sit agteroor, sluit sy oë en begin met die storie. Hy vertel haar van begin tot einde wat sy geskryf het.

"Wil jy weet watter kleure op Greta se lyf is?"

Sy kyk verbaas na hom, tel die boekie op en maak dit oop waar daar 'n duidelike skets van Greta is.

"Skiet," sê sy.

Hy noem al die kleure wat hy kan onthou en kyk na haar, Sy hou een vinger in die lug en loer afwagtend na hom.

"Grys. Dit is die hoofkleur."

"Tant Mattie, ek het mos al 'n paar keer vir tante gesê hierdie man is 'n wonderwerk. Hy het die storie een honderd persent korrek vertel en hy het al die kleure op die seekat onthou. Hoe doen jy dit, my gogga?"

"Ek sal jou eendag leer sodat jy kan onthou presies hoeveel dollars, rande en euros in jou seerowerstrommel daar aan die bokant van jou bed is."

Beide Shilo en tant Mattie kyk verbaas na hom. Hulle kan nie glo hy het die trommeltjie opgemerk nie.

"Beskryf my bed."

Tant Mattie het die pan eenkant neergesit en staan nader om sy antwoord te hoor. Hy beskryf haar bed in die fynste detail.

"Dit is onmoontlik dat jy dit kan doen. Jy het definitief nie lank genoeg na my bed gekyk om al die detail so goed te onthou nie. Hoe kry jy dit reg?" Hy lag prettig en loer na die twee dames. "As ek jou sê, gee dit my die reg om jou boekies te probeer bemark? Skud my hand as jy die voorwaarde aanvaar ... en onthou, dit is onherroeplik."

Sy skud plegtig sy hand en dink aan die dag toe hy homself aan haar voorgestel het. Sy wonder of hy gedink het sy is laf om te lag voordat sy haar hand na hom uitgesteek en toe sy hand geskud het. Sy het egter gelag omdat die werklike Shilo nou haar werklike Joe, of Josef dan as dit moet, ontmoet het.

"Goed. Begin met jou beskrywing."

Beide die vrouens kyk verwonderd na hom toe hulle hoor hoe hy die bed so goed beskryf.

Josef sit agteroor, sien die verstomde uitdrukking in hul oë en lag prettig. "My liewe dames. Draai julle pragtige lyfies om en kyk na daardie muur. Daar hang 'n foto van die werklike boot. Ek moes maar net die kleur van die bedsprei en kussingslope onthou, en aangesien dit wit met bruin strepe het, was dit maklik."

"Josef, jou verfoeilike, mislike, onderduimse, skelm en wonderlike man, kom hier dat ek ..."

"Hygend kind, bedaar tog net. Netnou suig jy die man se lippe van sy gesig af voordat hy kans gekry het om net een pannekoek te eet."

"Jammer, tant Mattie, ek het vir 'n oomblik vergeet waar ek is."

Tant Mattie draai sonder 'n verdere woord om en stap terug na die stoof met 'n groot glimlag op haar mond en 'n glinstering in haar oë.

"Ek gaan hierdie ses boekies saam met my neem en weer rustig daardeur lees. Jy hoef nie bekommerd te wees nie, ek sal dit nie beskadig nie."

"Dankie dat jy sê jy sal daarna kyk en dit oppas. Dit was baie werk om dit te skryf en illustreer. Ek wou dit so perfek as moontlik hê sodat ons kindjie trots sal wees om dit eendag vir die onderwyser te gee sodat sy dit vir die hele klas kan voorlees."

"Dan was jy van plan om dit te versprei?"

Sy lag sag en skud haar kop. "Nee, net in my kind se sak te sit en onmiddellik na skool te kyk of dit nog daar is."

Tant Mattie kom nadergestap en wink na hulle. "Kom sit sodat ons kan eet. Ek het maar, soos gewoonlik, ook die tee gemaak. Josef, jy sal bly wees om te hoor ek het hierdie keer vir jou koffie geskink."

"Dankie, tant Mattie." Hy kyk na Shilo. "Jy weet, miskien het ek op die verkeerde familielid verlief geraak."

Shilo se hand skiet uit na 'n stoel. "Sit en eet, Josef, en jy praat nooit weer met my tante nie."

"Dis reg so, my spinnekop," sê hy en knipoog vir tant Mattie wat dik van die lag op die stoel oorkant hom plaasneem.

Na ete jaag hy vir Shilo aan sodat hulle 'n draai by die hospitaal kan gaan maak, want hy wil vroeg gaan inkruip.

"Goed, ons kan sommer nou ry en op pad terug laai ek jou by jou tent af. Ek hoop ou Stofie gaan beter vaar teen die bult op as laas keer."

'n Bietjie meer as 'n uur later stop sy by Josef se tent. Hy soen haar teer en hou haar nog 'n paar sekondes lank styf vas. Hy soen haar dan op haar kroontjie en hulle groet mekaar. Sy trek met bolle rook agter haar weg en ry by die hek uit. Josef gaan sit op sy bed en lees al die boekies sorgvuldig deur, knik sy kop dat hy baie tevrede is en klim in die bed.

Hoofstuk

15

Hy kan nie wag dat Hannes en Anette opdaag vir werk nie. Anette het skaars die ketel aangeskakel toe Josef met hulle begin praat.

"Anette, daar is sewe en veertig van die stories wat Shilo geskryf en *geteken* het soos sy dit stel. Ek het ses van hulle sonder enige spesifieke orde uit haar boekrak gehaal en daardeur gelees. Elke storie handel oor ander seediere, hoewel 'n rob soms deel van die storie word. Waar dit gebeur het, het hy egter 'n ander naam. Ek het die ses boekies saamge... Genade, dit is in die kas op my Vuka! Ek was so opgewonde om met julle daaroor te praat dat ek skoon vergeet het om dit uit te haal. Ek is nou terug."

Toe hy die kantoor binnestap met die boekies in sy hand, gee Anette vir hom 'n beker koffie.

"Sit en raak rustig, Josef. Daar is net twee aflewerings vir die dag en daar is ook geen haas nie. Het jy met Shilo gepraat?"

"Ek het en sy het haar toestemming verleen dat ons kan poog om die boekies te laat publiseer, solank ons dit nie beskadig nie."

"Jy sê daar is oor die veertig?"

"Sewe en veertig. Sy is tans besig met die volgende een."

"Het jy gesukkel om haar te oortuig om die boekies beskikbaar te maak vir publikasie en moontlike vertaling?

"Geensins, maar ek sal jou sê sy wil dit nie doen omdat sy moontlik finansieel daarby kan baat nie. Sy sal die meeste van enige gelde wat sy ontvang op die Skuiling se behoeftes spandeer."

"Moontlik sal sy erg moet spandeer. As Elsa reg is in haar veronderstelling, en daar is reeds sewe en veertig van die stories beskikbaar, dink ek Shilo kan redelik baie geld verwag."

Josef stoot die hopie boekies oor die lessenaarblad na Anette toe. "Hier is die ander ses boekies. Jy weet wat om daarmee te maak en hoe om dit te hanteer sodat dit nie beskadig nie. Ek los hierdie storie nou in jou hande."

"Dankie, Josef. Elsa het my gister drie keer geskakel oor hierdie stories. Ek het gesê ons gaan vir Shilo probeer oortuig om dit te publiseer toe sê sy, sy sal met die eerste beskikbare vlug hierheen kom om met Shilo te vergader en 'n aanbod te maak. Moenie te ver weggaan nie."

Josef is opgewonde, nie omrede Shilo moontlik geld met die stories kan verdien nie, maar sy sal die erkenning vir haar talent kry en dit sal in die ouer garde van die dorp se kele vassteek as die tierboskat, wat soms sommer 'n weerwolf ook is, buite die grense van Mosselbaai bekend word.

"Die week is reeds om. Sê vir haar enige dag in die volgende week sal goed wees as sy werklik hierheen wil vlieg."

Anette blaai deur een van die boekies, en sonder om selfs op te kyk, knik sy haar kop. "Ek sal vir haar sê en jou op hoogte hou."

"Dankie vir jou moeite, Anette."

Sy kyk op en glimlag. "Vir jou en jou Shilo is dit geen moeite nie, Josef. Voor jy loop, moet ek vir Shilo 'n afspraak by 'n haarsalon maak vir Saterdag se funksie?"

"Jong, jy moet haar skakel en hoor. Sy het baie hare op daardie pragtige koppie van haar en dit is baie lank, ek glo nie sy gaan nog geld daarvoor ook wil uitgee nie."

"Ek sal iets reël," sê sy.

Josef doen die aflewerings en ry stadig terug in die rigting van die kantoor. Hy merk vir Tiger op wat voor die kroeg op die sypaadjie staan en die wêreld bekyk. Hy hou by Tiger stil en parkeer die Vuka.

"Sjoe, dis 'n verskriklike ding waarmee jy rondry. Is jy seker jy kan hierdie ding se kraglewering hanteer?"

Hy loer na die Vuka, lag en skud Tiger se hand. "Soms moet ek die horings maar vasvat, jong. Een spesifieke dag was die *Broodblik,* soos Shilo die kassie noem, baie vol met boeke. Toe ek 'n bietjie vinnig wegtrek sodat ek bane kan verwissel, spring die Vuka op sy agterwiel. Ek het my byna lam geskrik."

Tiger lag en kyk kopskuddend na sy vriend. "Die Engelse noem dit *point of gravity.* Met die swaarbelaaide kas agterop, plus jou gewig op die agterwiel, gebeur dit maklik, veral as jy regop op die fiets sit. Hoe gaan dit met jou en jou skone verloofde?"

"Baie goed, Tiger, ek is so bly sy het oor my pad gekom. Wanneer is jou operasie?"

Tiger trek 'n vreeslike skewebek en kruis sy vingers. "Volgende week Woensdag. Ek is vrekbang, my vriend. Wat as ek nie weer wakkerword nie?"

"Jy is verniet bang, Tiger. Jy is in die beste hande wat jy maar kan kry."

"Ek glo jou, maar is die instrument wat gebruik gaan word, dokter Carl Greybe wat gaan opereer, bewus dat die Baas hom gaan dophou? Gelukkig word hy geassisteer deur dokter Langeveldt, ek het gehoor hy is kundig. Sê my, het jy al met hierdie Greybe kêrel te doen gekry?"

Josef kyk na Tiger en wonder hoekom hy so 'n pertinente vraag vra. Weet hy iets wat hy nie sê nie? Terwyl hy na Tiger kyk merk hy vir die eerste keer op dat Tiger mooi blou oë het waarin hy trekkie van bekommernis kan bespeur.

Hy lag saggies, reik oor na Tiger en trek aan sy poniestert.

"Ek het al met hom te doen gehad en hy het 'n operasie op een van Shilo se vriendinne uitgevoer. Gaan hulle jou poniestert afsny vir die operasie?" probeer hy subtiel enige verdere vrae oor Carl ontduik.

"Wat!? As hulle aan my hare raak doen ek 'n operasie op hulle ... met 'n kettingsaag."

Hulle skater van die lag terwyl Tiger 'n denkbeeldige saag deur die lug swaai.

"Moenie bekommerd wees nie, my vriend. Ek maak staat op die beste Dokter in die wêreld. Soos jy gesê het, hierdie Greybe outjie is maar net Sy instrument."

"Dankie, Josef. Dit is altyd goed om met jou te gesels. Ek kan nie glo dat ek jou jare gelede aangeval het met die doel om jou ernstige skade te berokken nie."

"Water onder die brug, Tiger. Ek het myself vir 'n lang tyd blameer omdat ek my humeur verloor en teruggeveg het. Ek moes julle laat begaan."

"Nee, jy moes nie. As jy dit gedoen het was ek vandag nog dieselfde uitvaagsel as daardie tyd."

"Tiger, ek gaan nou ry. Netnou wag my prinses vir my en dit is een ding wat jy net nie laat gebeur nie."

Tiger lag luidrugtig en klap vir Josef op sy skouer. "Jy is net bang sy sit op die rotse vir jou en wag en 'n ander ou met baie geld rokkel haar van jou af terwyl jy hier met my staan en praat. Vat daardie Bronco vas en laat loop. Sien jou later."

"Totsiens, Tiger."

Toe Josef die afleweringsboekies op die rak neersit, gryp Anette hom om die lyf en gee hom 'n stewige drukkie.

Hannes stap die kantoor binne en loer na Anette. "Genade tog vrou, as jy nie in sy arms val nie probeer jy hom middeldeur breek. Moenie jou Johannesburg maniere hier kom uithaal nie."

"Ag loop jy, daar is niks met die Johannesburgers se maniere verkeerd nie. Ek is net baie bly om Shilo se onthalwe. As sy nie hierdie man raakgeloop het en hy het nie by ons kom werk het nie, sou haar stories seker nooit die lig gesien het nie. Toe ek vir Elsa vertel hoeveel stories Shilo reeds geskryf het, en ek nog een skandeer en vir haar per e-pos stuur, was sy baie ontsteld omdat Josef wil hê sy moet eers volgende week hierheen kom. Sy wou die eerste vlug môreoggend neem."

Josef steek sy hande op soos 'n verkeersman wat wil hê 'n motoris moet stilhou. "Dit sou nie goed wees nie. Shilo het nou wel ingewillig om na die moontlikheid om die boekies te publiseer te kyk, maar ek het nog niks spesifiek vir haar gesê nie. Ek wil haar eers aan die idee gewoond maak en haar heelhartige samewerking kry."

Shilo stap skielik die vertrek binne, plaas haar vuisies op haar heupe en tik so 'n paar keer met haar skoen op die vloer.

"Noudat jy 'n verloofde man is, moet ek jou kom soek, nè. Ek het al vyftien minute op die rotse vir jou sit en wag en al wat opdaag is jy. Ek het toe maar besluit om jou te kom haal. Hallo, my eie liewe Joe, ek het my simpel verlang na jou."

Sy gooi haar arms om sy nek en soen hom dat Anette warmgloede kry. Toe sy hom los, haal hy diep asem en hoes so 'n paar keer. Sy kyk stip na hom en giggel sag.

"Jy sit nou aan. Daardie verskriklike asem insuig en die daaropvolgende hoese is pure toneelspel. Staan stil, Josef, ek wil jou wys hoe erg dit regtig kan raak."

Hy soen haar op haar wang en kyk glimlaggend na haar. "So?"

"Anette, dink jy dit is goed genoeg? Kom Hannes, gee jou opinie."

Hannes toon onmiddellik wie hy ondersteun. "Jou aanslag was perfek. As Anette my so sal aanval sal ek nie weer vir haar sê sy word vet hier om die middellyf nie."

Haar oë sak na Anette se middeltjie en sy sien Hannes, wat agter sy vrou staan, se hand is oor haar magie oopgesprei.

"Anette? Dink ek wat hy bedoel?"

"Ja, Shilo, ek verwag ons eersteling. Dit het agt jaar geneem om by hierdie punt te kom. Dit is ook die rede waarom ons hierheen getrek het. Ons wou van die spanning en druk wegkom."

"Maar as jy nou al weet, moes dit tog in Johannesburg gebeur het."

"Nee, my vriendin. Verandering in die natuur en tuistoets. Ek sal eers oor drie weke of so die dokter gaan sien om te bevestig, maar ek twyfel glad nie."

Shilo spring so 'n paar keer op die bal van haar voete en klap haar hande terwyl 'n pragtige glimlag om haar mooi mond versprei.

"Wonderlik! Dit is fantasties. Geluk julle twee. Josef, sê vir haar om die kantore te sluit en laat ons gaan feesvier op die strand."

"Waarmee, my spinnekop? Ons moet eers iets gaan koop."

Sy wil nie daai storie hoor nie en neem Anette aan die hand en beduie met haar oë vir Josef en Hannes na die deur. "Dit is nie nodig nie. In jou tent staan 'n mandjie wat tant Mattie gepak het met eetgoed. Sy gaan by 'n vriendin in George kuier terwyl sy by daardie tak iets moet gaan doen vir 'n dag of twee, en het sleg gevoel omdat sy ons op ons eie los. Kom, daar is oorgenoeg vir ons vier."

Hannes kyk vlugtig deur die kantoor, trek die muurprop van die ketel uit die sok en draai na Anette. "Kom Johannesburger, sit jou bordjie op wat jy saamgebring het en waaroor jy kla dat dit nie sy geld verdien nie. Daar is mos geen rede waarom ons nie ook soos die res van Afrika 'n etensuur kan neem nie."

Anette grawe in 'n laai, haal 'n bordjie daaruit en sjoe hulle by die deur uit. Net voordat sy uitstap hang sy die bordjie aan 'n spyker teen die deur en sluit die voordeur. Sy kyk na die bordjie waarop staan, *Uit vir ete* en met 'n glimlag stap sy na hul motor.

"Shilo, vandat ons hierdie besigheid begin het wou ek daardie bordjie daar hang, maar ons het nog nie een dag tyd gehad om dit te doen nie. Ek is so dankbaar dat dit maar baie min sal werk. As al die besighede so goed ondersteun word soos ons s'n, het niemand rede om te kla nie."

Sy praat met Shilo, maar kyk na Josef asof hy iets daarmee te doen het.

Hulle eet, lag en gesels waar hulle op 'n stukkie van die grasperk naby die restourant sit en Anette se oë dwaal deurentyd na die getypoel waar klein kindertjies in die water plas. Sy sug en leun teen Hannes aan wat sy arm styf om haar sit.

"Hmm, eendag sal ek en Josef ook so hier sit en lyk soos julle twee. Julle lyk soos twee katte wat 'n snoek sit en deel."

Anette loer na haar en sê: "Jy bedoel seker 'n bakkie room?"

Sy trek haar gesig asof sy baie hard dink. "Nee, snoek is lekkerder."

"My allerfraaiste koningin, ek het met Henk en Anette gesels oor die moontlike publisering van jou stories. Stel jy werklik belang om dit te doen?"

"Ek het mos gesê dit is reg indien ek geld daarvoor kan kry om by die Skuiling te spandeer."

Anette kyk na haar en besluit om die bul by die horings te pak. "Josef het vir my die boekies gewys en ek het die vrymoedigheid geneem om vir Elsa, 'n vriendin van my wat by 'n uitgewersaak werk, te skakel. Sy is in die wolke oor die stories en wil so gou moontlik met jou gesels. Is dit moontlik?"

"Ja, net nie hierdie week nie. Dit is môre Vrydag en dan lê die gewraakte storie van Saterdagaand ook nog voor. Enige dag volgende week sal reg wees solank dit in die middag is, uhm, behalwe Woensdag, dan verjaar tant Mattie, maar die ander dae is goed. Onthou net, in die oggende is ek besig."

"Hoe laat?"

"Ek kan enige tyd huis toe gaan as ek wil, maar ek hou daarvan om smiddags toesig te hou oor die verspreiding van die beskikbare voedsel. Ek wil nie hê enigiemand moet die ander se kos vat nie. Dit gebeur nogal gereeld as ek nie daar is nie."

"Goed, hoe laat kan ek vir Elsa sê om hier te wees."

"Tweeuur," sê sy, rek haar oë en du haar kop in Anette se rigting, "en sy moet vinnig praat, want dan is dit my en Josef se tyd."

"Ek sal jou mooi handjie vashou terwyl julle gesels."

Hannes sug en kyk na hulle. "Nee, asseblief tog nie. As jy aan haar raak pak sy jou soos 'n rofstoeier en niks kry haar van jou af weg nie. Sy sal dan niks hoor wat die vrou sê nie. Jy moet maar daardie dag gaan visvang."

"Hy gaan my hand vashou. Hoe sê jy altyd, Josef? O ja – punt."

Hulle lag en kort daarna staan Hannes en Anette op om die *fort* te gaan beman. Josef en Shilo sit nog 'n ruk en gesels, en gaan stap deur die dorp, maar kort voor lank is hulle terug op die strand.

"Weet jy wat?"

"Nee, maar ek is seker jy gaan my sê."

"Ons het niks meer om te eet nie."

"Goed so. Soos jy daardie verversings wat tant Mattie vir ons voorberei het ingesluk het, was ek bang daardie rok gaan nie om jou middeltjie pas nie."

Sy lag hartlik en gooi hom met 'n skulpie. "Anette het die moontlikheid van so 'n probleem, ek nie, nog nie."

Hy haal weer daai skelm streek uit en loer onder sy wenkbroue deur na haar. "En jy wil graag so 'n probleem hê?"

Sy giggel eers, fabriseer dan 'n ernstige trek op haar gesig en loer uit dit kant van haar oë na hom. "Ja man, ek kan nie wag om jou te roep nie. Hoor net hier," en sy hou haar hande soos 'n trompet voor haar mond. "Kom pappa Josef, die kinders is honger en die pap word koud!" roep sy hard.

Hy gryp haar om die middel en swaai haar in die rondte. Toe hy haar neersit maak hy seker dat sy haar balans herwin het, kelk haar gesig tussen sy hande en kyk stip in haar oë.

"Julle Kapenaars eet nie eens pap nie, maar hier is 'n soentjie van papa Josef vir mamma Shilo."

'n Paar jongmense wat naby hulle sit en sonbaai fluit, klap hande en maak allerhande geluide, maar Josef en Shilo hoor dit nie. Hulle voel ook nie eens die brander wat oor hul voete breek nie.

Hoofstuk

16

Saterdagoggend breek aan en Josef wikkel sy lyf so bietjie totdat hy die regte posisie op die bed gekry het om nog 'n rukkie te lê. Hy dink aan die gebeure van die afgelope paar weke en voel skaam toe hy besef dat hy nooit weer by sy ouers se graf gaan besoek aflê het nie. Daar is so baie wat hy hulle sou wou vertel, maar hy besef hulle sal dit nooit hoor nie. Hy sal in elk geval seker maak dat hy spoedig besoek by hul graf aflê, al is dit net om te kyk of die grafsteen wat hy laat opsit het, netjies gedoen is.

Sy selfoon lui en met 'n trae beweging tel hy dit van die vloer voor sy bed af op. Hy loer na die skerm, vlieg orent en druk die groen knoppie.

"Hertogin van my lewe, 'n hartlike goeiemôre vir jou. Hoe gaan dit met die mooiste vrou in die wêreld?"

Sy snik en allerhande euwels skiet deur sy brein, maar voordat hy kan uitvra, gaan sy voort. "Nie goed nie, my liefste Joe. Ek sit hier by die Skuiling en jy sit op die rotse en kyk na die branders. Ek voel so alleen."

Hy blaas sy asem ploffend uit. Sy is veilig! "Ek moet erken ek lê nog in die bed, ek sit nie op die rotse soos jy gedink het nie. Hoe vinnig kan Stofie jou hier kry? Dit is mos nie werklik nodig vir jou om daar te wees nie."

"Ek weet, my lief. Ek het nie veel om te doen op Saterdae nie. Ek hang maar hier rond en maak seker alles verloop glad. Wat gaan jy doen tot vanoggend?"

"As jy vir Stofie se rookwalm kan wegry, kan ons by die Inkopiesentrum gaan rondstap."

Sy lag koketterig. "Liewer nie. Netnou kyk ek net 'n sekonde te lank na iets en wil jy dit koop. Tant Mattie het geskakel en laat weet haar vriendin sal haar so teen elfuur aflaai. Dit is darem nie te lank nie, en ek wil by die huis wees sodra sy arriveer. Hou jouself maar besig met iets, dan kry ek jou by tant Mattie se huis."

"U woord is my bevel, edele gravin. Ek sal presies doen soos u beveel het."

"Ek het nie beveel nie, Josef."

"Ek weet, my lief. Sien jou om elfuur. Tatta, jou pragtige dingetjie."

"Tatta, my eie Joe."

Hy dink aan die gedoente wat vanaand gaan plaasvind. Sy oë rek en hy vlieg uit die bed toe hy onthou hy besit nie 'n pak klere nie.

Hy trek die beddegoed net so min of meer reg en pyl op die ablusieblok af. Na 'n lekker warm stort, trek hy aan en na 'n paar minute ry hy deur die hek op pad na die inkopiesentrum. Op pad daarheen het aan iets gedink, en nadat hy die Vuka staangemaak het haal hy sy selfoon uit sy sak en skakel vir Shilo.

"Josef, hoekom bel jy my? Ek verlang reeds so baie na jou, wil jy hê ek moet weer tjank?"

"Nee, ek wil hê jy moet daardie mooi koppie van jou regkry. Ons kan nie elke dag heeldag by mekaar wees nie. Maak klaar waarmee jy besig is en gaan huis toe, ek sal jou daar ontmoet so gou ek kan."

"Verlange is nie die groot probleem nie, ek is bang vir hierdie storie van vanaand. Ek ken nie ryk en belangrike mense nie."

"Moenie oor hulle bekommerd wees nie. Jy is die mooiste vrou in die dorp en almal gaan jou skoonheid beny. Sê vir my, het jy gaatjies in jou ore?"

Sy giggel prettig en hy kan hoor sy vind iets baie amusant. "Natuurlik is daar 'n gat of 'n ding in my oor. Hoe anders moet ek hoor?"

Hy grinnik en besluit om te verduidelik. "Nee man. Gaatjies vir oorbelle?"

"Ja, van hulle het ek ook, maar dit doen niks vir my gehoor nie."

"Ek het nie gedink dit sal nie. Tatta, Barones."

"Tatta, my skattebol."

Hy stap na dieselfde juwelierswinkel waar hy haar ring gekoop het en vra die dametjie om die oorbelle wat hulle het vir hom te wys. Sy plaas 'n laaitjie voor hom op die toonbank en hy loer vlugtig daarna, skud sy kop en beduie na die oorbelle.

"Het julle dalk van hierdie goed in witgoud, titanium of silwer wat nie blink nie?"

"Ons het 'n pragtige stelletjie in tungsten, meneer, net die rante is gepoleer. Ek gaan haal dit gou vir u meneer."

Kortliks is sy terug en plaas 'n laaitjie voor hom op die toonbank neer en tel die stelletjie wat sy gemeld het op.

Hy loer na die stelletjie en sien dit lyk soos pypies wat aan 'n ringetjie hang, en dink onwillekeurig aan windklokkies. Dit sal by haar lag pas, maar dit is nie wat hy wil hê nie, en kyk na die ander stelle.

Josef glimlag breed, haal 'n stel uit en kyk aandagtig daarna. Dit is seesterretjies wat met 'n fyn kettinkie aan die hakie verbind is, en daar is klein diamantjies in die seester se *vingers* gemonteer.

"Hierdie is presies wat ek benodig, hoeveel kos dit?"

"Hierdie stelletjie is van tungsten gemaak, en dit is regte diamantjies wat daarin geset is. Dit is van dieselfde metaal as die ring en hangertjie wat u nou die dag gekoop het, maar dit is redelik duur, meneer."

"Lui dit op, asseblief."

Hy betaal daarvoor en sit dit in sy beursie, bang dat dit dalk uit sy sak kan val en verlore gaan.

"Kan jy my sê waar ek 'n ordentlike pak klere kan koop? Dit moet 'n goeie pak wees."

Sy beduie hom na 'n klerewinkel in die dorp en hy ry daarheen. Hy kies 'n netjiese donkergrys pak klere, 'n wit hemp en 'n bypassende das. Daarna ry hy terug na die karavaanpark en storm na die strykkamer van die ablusieblok.

"Gertruida, is jy hier?"

"Goeiemôre, ek is agter, meneer."

Hy lag en kyk in haar vraende gesig. "Hallo, Gertruida, jy het pas die oggend vir my goed gemaak deur hier te wees. Ek het nou net hierdie klere gekoop en wil hê jy moet die nate wat nie hoort nie vir my uitstryk en ..."

"Haal asem tussenin, meneer, en ontspan. Ek sal die klere vir jou regkry en vir jou bring."

"As ek nie daar is nie, hang dit sommer aan die kas se handvatsel, asseblief Gertruida."

"Ek het daardie dure ring aan Shilo se vinger gesien en ek weet waarheen meneer so haastig op pad heen is," sê sy en rek haar oë. "Meneer gaan vra wanneer wil sy trou, nè? Moenie bekommerd wees nie, ek sal sorg. Geluk ook met die verlowing, ek het mos gesê sy is 'n engel," sê sy en lag prettig.

"Ja sy is. Dankie, Gertruida, sien jou later."

Sy kyk na die man wat soos 'n opgewonde skoolseun rondtrap en lag sag. "Totsiens, meneer."

By tant Mattie se huis is niemand tuis is nie en hy gaan kyk na Anette se Toyota wat langs die huis geparkeer is wat hulle vanaand gaan gebruik. Hy stap om die motor en sien dit benodig 'n was. Hy kry 'n emmer en sien daar is 'n tuinslang, maar nêrens is 'n stuk seep of 'n lap van enige vorm sigbaar nie.

"Ek het gesê, as ek hulp nodig het, sal ek vra."

Josef skrik vir die skielike stem agter hom en swaai om. "Michael, genade my vriend, jy sal 'n man 'n hartaanval gee. Ek het nie jou voetstappe gehoor nie."

Michael lag so 'n roggel rokerslaggie en beduie na sy voete. "*Genuine* nagemaakte *Crocks*. *Cheap* by die *China shop*. Verniet as jy die *Chinaman* ken en soms pakkies goed vir hom aflaai."

Josef lag en knik sy kop. Hy besit ook so 'n paar, maar Shilo wil nie hê hy moet die goed dra nie, die sole gly as dit nat is.

"Wat het Michael vandag nodig?"

"Daar is 'n goeie visstok met 'n bobaas katrol te koop by die tweedehandse winkel. Die eienaar sê as ek dit koop, kan ek dit vir tweehonderd rand kry. Die visstok kan inmekaar skuif wat dit maklik maak om te dra. Hy dink seker ek het nie geld nie en dit is waarom hy dit so goedkoop vir my aangebied het."

Josef kyk na hom en lag geamuseerd. "En hy is reg, jy het nie."

Michael lewer bewys dat hy ook oor 'n sin vir humor beskik en lag net so geamuseerd. "Ek het, jy moet dit nog net vir my gee."

Josef giggel geluidloos, haal sy beursie uit sy sak en gee vir Michael 'n tweehonderdrandnoot. Michael hou dit teen die lig, vryf daaraan, ruik aan dit en gee dit vir Josef terug.

"Dankie, ek het jou net getoets," sê hy, draai om en stap na die hek.

Josef kyk hom verwonderd agterna en roep hom terug. "Michael, kan jy gou vir my lappe en vloeibare seep by die hardewarewinkel gaan koop? Ek wil hierdie motor was, maar het nie 'n lap of seep nie."

"Is dit al wat jy nodig het?"

"Ja."

Hy draai weer om en stap by die hek uit. Josef stap na die voortuin en wonder hoekom hy nie die geld wat hy na hom uitgehou het gevat het nie, hy hoef mos nie self vir die seep en lappe te betaal nie.

Hy sien die buurman is besig om in sy blombeddings te werk en Michael het 'n gesprek met die man aangeknoop. 'n Paar minute later kom hy teruggestap met 'n lap en 'n houer met 'n bietjie skottelgoedseep in sy hand.

"Sal hierdie werk?"

"Ja dankie, Michael, wat het jy vir die buurman gesê?"

"Ek wil was. My hare ook en daarom moet dit *liquid soap* wees. My larnie, jy hoef nie vir alles in die lewe te betaal nie, *enjoy*," sê hy en stap by die hek uit.

Josef skud sy kop en tap die emmer vol water met 'n bietjie seep in en was die motor. Hy het dit net klaar afgespuit toe Stofie rokende deur die hek kom.

"Hallo, Donna Shilo. Kan ek u koets vir u was en afspuit?

"Alte seker, James my dienswillige slaaf. Poleer sommer die bande met swart skoenwaks sodat die verkeersmanne nie kan sien hoe gedaan die bande is, en die seil plek-plek uitsteek nie. As jy klaar is daarmee, kan jy die beddens in die tuin netjies maak en die plante goed water gee. O ja, vra vir die kwartiermeester vir 'n besem dan vee jy sommer die oprit."

"Of?"

Sy lag skalks en knipoog vir hom. "Of jy kan jou arms om jou Donna se nek sit en haar soen tot sý hierdie slag moet pleit vir asem. Jy sal egter moet gou maak, die voorsitster van al die sedebewakers in die land is op pad."

Hy neem haar in sy arms en sy lippe het skaars aan hare geraak toe 'n motor by die hek indraai. Toe die toeter met 'n vreeslike geskel blaas, kyk hulle daarna en tant Mattie se wysvinger word op en af geskud.

"Hygend, kry julle twee nie genoeg van mekaar nie? A nee a, skei nou uit, ons het besoekers."

Hulle lag en stap nader. Josef vou sy arms om haar en soen haar op haar voorkop. "As ek twintig jaar ouer was, was dit dalk tante se lippies wat soveel lipbalm nodig gehad het."

Sy bloos bloedrooi en trek haar oë op skrefies. "Sie jy. Loop en gaan skakel die ketel aan," sê sy met 'n glimlag.

Nog 'n voertuig draai by die hek in en met 'n vinnige blik daarna merk hy dit is Anette in Hannes se motor. Anette spring uit en storm op Shilo af.

"Hallo, julle almal. Kom, ek gaan jou ontvoer," en sy trek aan Shilo se arm.

"Nee man, ek wag al die hele dag om vir Josef te sien en hy het nie eers tyd gekry om my ordentlik te groet voordat almal van julle deur die hek ingery het nie. Kyk net al die voertuie in die oprit, dit lyk soos nagmaal op Soekmekaar."

Anette rol haar oë en steek haar hand na Shilo toe uit. "Josef, soen haar tog maar gou en dan gaan drink ons vinnig tee sodat sy tyd het om aan jou arm te hang. Ek en sy moet ry."

"Waarheen gaan ons?"

"Na die salon, jou liewe ding. Hulle moet aandag aan jou hare en gesiggie gee vir vanaand se affêre."

Shilo skud summier haar kop en trek haar hand uit Anette se greep. "Nee man, ek gaan netnou my hare was en droogblaas, dit is nie nodig om daarvoor na 'n salon te gaan nie."

Anette is egter halsstarrig. "Vandag is dit en basta met jou argumente, of hoe sê jy altyd, Josef? O ja – punt."

"En wat moet ek met myself aanvang as jy die Gravin van Mosselbaai uit my teenwoordigheid verwyder?"

Anette het egter nie 'n saak met sy onoorbrugbare probleem nie. "Jammer om van jou moeilikheid te hoor, Josef. Gaan vang vis."

Hulle drink tee en dan staan Anette op. "Kom, Shilo, vryf oor sy kop en soen hom op die wang sodat ons kan ry. Die mense wag vir ons."

Josef stap saam met hulle na buite en Shilo klou behoorlik aan hom vas. Hy kyk na haar en trek sy wenkbroue op asof in 'n vraag. "Wat is fout, my gogga."

"Ek is bang, Josef, en ek weet nie of dit oor vanaand se storie gaan nie, maar ek voel dat daar iewers onheil broei."

"Jy verbeel jou, my engel. Klim in die motor en gaan geniet dit om gepamperlang te word. Ek sien jou later."

"Belowe my jy sal nie gaan visvang nie en jy sal van die rotse af wegbly."

"Jy het dit," sê hy en blaas vir haar 'n soentjie.

Sy klim in die motor, maar haar oë bly vasgenael op Josef se gestalte totdat sy hom nie meer kan sien nie.

Josef was vir Stofie en spuit dit goed af, dan stap hy die huis binne, groet vir tant Mattie en stap terug na die karavaanpark.

Hy kyk na die klere wat Gertruida vir hom gestryk en gepars het en is heel tevrede. Omdat hy nie tyd gehad het vir ontbyt nie, voel hy effens honger en stap na die restourant waar hy vir pastoor Jan en Stanley, een van die omies wat hy by die biblioteek gesien het, aantref

Pastoor Jan merk hom op en wink hom nader. "Hallo, my jong broertjie, laat ek jou voorstel aan Stanley, hy is een van my ouderlinge. Sit gerus hier by ons dan koop ek vir jou koffie."

"Dankie, Pastoor, maar ek is so 'n bietjie honger, Ek sal 'n bord geroosterde toebroodjies bestel dan eet julle saam met my."

Pastoor Jan en Stanley gesels kerksake en betrek vir Josef in hul geselsie. Telkens word 'n ander besprekingspunt opgerakel en Josef se mening word gevra. Hy sê hy het nie in die Pinksterkerke grootgeword nie, maar het geen probleem daarmee nie en gee hulle sy siening rakende die besprekingspunt.

Na 'n ruk kyk oom Stanley na hom en dan na pastoor Jan. "Hoekom sluit jy nie by ons kerk aan nie? Jy het 'n besonderse kennis van die Woord en kan betrokke raak by die jong mense. Sodra die ouer garde, waarvan sommige partykeer baie moeilik kan wees, aan

203

jou teenwoordigheid gewoond raak, kan ons na 'n rukkie jou selfs as jeugleier aanstel."

Josef kyk stip na die twee ouer manne en trek sy skouers op. "Ek weet darem nie, oom Stanley. Daar is dinge waaroor ek nie wil praat nie wat my verhinder om dit positief te oorweeg. Een daarvan is die argwaan wat die ouer garde teen Shilo het. Ons het pas verloof geraak en gaan eersdaags in die huwelik tree. Met haar aan my sy kan ek net moeilikheid van die jong mense se ouers verwag, maar wie weet, dalk kom gesels ek nog met julle op 'n latere stadium."

"Ek hoop so, jong. Oor Shilo hoef jy jou nie te bekommer nie. Die jong mense is gek oor haar en ek het agtergekom hul mening het 'n groot invloed op hul ouers. Jy weet ons gaan kort voor lank 'n probleem hê. Pastoor is al twee jaar verby sy aftree-ouderdom en sal een van die dae die tuig móét neerlê. Wanneer dit gebeur het ons 'n probleem, aangesien ons nie werklik leiers in die gemeente beskikbaar het nie. Die jong pastore wil nie 'n beroep hierheen aanvaar nie omrede die gemeente te arm is."

Josef kan die probleem verstaan, maar met die gevoelens wat die ouer garde teen Shilo koester, en die feit dat hy gehoor het sy wil nie by die kerk aansluit nie, wil hy nie byt en betrokke raak nie.

"Soos ek sê, oom Stanley, moontlik gebeur daar iets en dan sal ek met julle kom praat. Nou moet julle my verskoon, ek moet gaan regmaak om vir Shilo uit te neem vanaand. Totsiens."

"Totsiens, Josef."

Pastoor Jan kyk na oom Stanley en beduie met sy oë na Josef wat met die kelner reël vir die rekening sodat hy dit kan vereffen.

"Stanley, dit is 'n diep seun daardie. Sy kennis van die Skrifte is soms vir my verbasend. Ek wonder wat sy probleem is? Hy het beslis 'n probleem van een of ander aard wat in sy pad staan om sy geloof uit te leef." Stanley sug, loer na Josef wat wegstap en kyk na sy vriend. "Ja, Pastoor, ander se weë is duister."

Netjies aangetrek in sy nuwe uitrusting met sy skoene blink gepoets klop Josef aan tant Mattie se deur. Haar oë flits van sy netjies gekamde hare tot by sy blink skoene, en sy wink na hom. "Kom binne, Josef, Shilo sal aanstons haar verskyning maak." Hy haal die oorbelletjies uit sy sak en vra vir tant Mattie om dit vir Shilo te gaan gee. Sy kyk daarna en stap dan haastig na een van die slaapkamers toe. Shilo stap 'n paar minute later die sitkamer binne. Hy staan op, maar bly in 'n half gebukkende houding staan. Sy lyk absoluut pragtig. Haar hare is in vlegsels op haar kop gerangskik, die oorbelletjies beklemtoon haar mooi gevormde ore en komplimenteer ook haar slanke nek. Die rok pas perfek asof dit spesiaal vir haar gemaak is. Om haar nek dra sy die halssnoer en dit komplimenteer weer die silwer borduurwerk op haar skouers en om haar middeltjie. Die silwer skoene se punte is net sigbaar onder die soom van haar rok en sy hou die klein handsakkie nonchalant in haar hand.

Sy lag saggies en wip haar hand op en af. "Staan regop, my eie liewe Joe, en maak jou mond toe. Jy is in Mosselbaai en hier is soms baie vlieë. Dankie, my lief, jy hoef niks te sê nie. Die uitdrukking op jou gesig is genoeg, woorde kan nie daarop verbeter nie."

Hy sluk eers en maak dan sy bene reguit. "Die koningin van Skeba kon op haar beste nie mooier as jy gelyk het nie. My gravin, u dienswillige dienaar," sê hy en buig met sy een hand oor sy maag en die ander agter sy rug.

Sy lag guitig en stap tot by hom. "Kom, jou simpel man, soen my," sê sy en druk haar vinger teen sy lippe, "maar versigtig hoor. Ek wil nie lipstiffie oral op my gesig hê nie. Dit was 'n simpele idee waarop Anette aangedring het."

Hy kyk na haar mond, haar hare, haar oë en lag sag. "Anette was by 'n modetydskrif vir 'n ruk lank betrokke totdat moord en doodslag gewen, en haar laat terugkeer het na misdaad verslaggewing. Ek dink en sien sy was reg, jy kan die modewêreld op sy kop laat staan. Jy lyk soos 'n droom, my prinses. Ek glo nie ek moet jou soos jy nou lyk uit die huis uit neem nie."

Tant Mattie lag prettig. "Jy mag maar, Josef. Sy wou net heeltyd weet of jý gaan dink sy lyk mooi. Aan ander mense se menings het sy nie eers gedink nie. Ek moet sê, jy lyk self asof jy uit een of ander manstydskrif geklim het."

Hy glimlag, maar 'n rooi gloed klim van sy nek af na sy gesig toe. Hy kug, loer na tant Mattie en steek sy hand na Shilo toe uit. "Dankie, tant Mattie. Kom U hoogheid, u koets is gereed."

Hy krom sy linkerarm en sy haak by hom in, blaas vir tant Mattie 'n soentjie en hulle stap na die motor. Hy maak die passasiers voordeur vir haar oop en sy kyk verbaas na hom.

"Moet ek nie bestuur nie?"

"Nie vanaand nie. Ek sal niemand anders as myself agter die stuur vertrou met my verloofde in die motor nie."

Sy lag, soen haar handpalm en druk haar hand teen sy mond. "Nou kom, my prins, die mense wag."

206

Die seremoniemeester het reeds sy keel skoongemaak en het net begin praat toe hulle die saal binnestap. "Baie welkom aan almal wat ..."

Hy bly vir 'n oomblik stil en sy oë is vasgenael op die twee mense wat in die deur te voorskyn gekom het. Vir 'n oomblik weet hy nie wie dit is nie, en dan kom die herkenning. Sy stilte het almal na die deur laat kyk. "...opgedaag het vanaand. Soos julle kan sien het die Koningin van Harte pas, en gebruiklik 'n minuut of drie laat, gearriveer. Kom ons gee hulle 'n paar sekondes om hul stoele te bereik."

Hy beduie na 'n tafel en maak weer keelskoon. "Josef en Shilo, hier, die tafel aan my regterkant. Manne, druk jul oë terug in jul kaste en konsentreer op die vrouens wat julle saamgebring het. Onthou, julle moet hulle weer later vanaand saamneem terug huis toe."

Shilo bewe soos 'n riet in die wind met al die oë wat op hulle gevestig is, en toe sy wil omdraai om te vlug, hou Josef haar stewig vas en fluister vir haar: "Stap net aan, die laaste tafel aan die linkerkant."

"Almal lyk so mooi en gesofistikeerd, ek hoort nie hier nie Josef," fluister sy terug.

"As daar een mens is wat hier hoort, is dit jy. Stap nou."

Van oral hoor hy opmerkings van *pragtig. asemrowend. die mooiste vrou wat ek nog gesien het* en ook *sy kort net 'n Tiara, óf 'n kroon.*

Josef glimlag breed en stoot sy bors uit terwyl hulle na die tafel stap waar, onder andere, Hannes en Anette sit.

"Hallo julle pragtige twee mense, julle lyk absoluut fantasties. Ek het nou eers opgemerk hoe gesofistikeerd Josef lyk. Dit moet daardie donkergrys pak wees wat die ding doen," sê Anette.

"Ag nee vrou. Môre en net môre sit ek jou en jou dik pensie op die vliegtuig terug Johannesburg toe sodat jy jou daar kan gaan sleg gedra."

Sy gluur na hom en steek 'n vermanende wysvinger na hom toe uit. "Hannes, bly stil en hou jy net jou tjekboek gereed. Ek sal dikteer en jy skryf en teken."

Josef loer na hulle en wonder hoekom sy tjekboek juis genoem word. "Waaroor gaan dit?"

Anette se hand skiet onmiddellik na Shilo toe uit. "Jou verloofde natuurlik."

"Wat het sy gedoen, of liewer, wat het sy met Hannes se tjekboek te doen?"

"Sodra Gert, die seremoniemeester, ophou praat begin die horlosie tik. Vir elke man wat homself aan julle of liewer aan Shilo, kom voorstel binne die eerste vyf minute, gaan dit Hannes vyfhonderd rand per persoon kos. Die tjek gaan aan Shilo vir die Skuiling."

Hy lag en loer eers na Shilo, dan na Hannes. "Dit was dom van Hannes om tot so iets toe te stem."

Anette lag saggies terwyl sy met een oor na Gert se toespraak luister. "Hy is oortuig jou teenwoordigheid gaan die mans afskrik en niemand gaan dit waag nie. Wag en kyk," fluister sy.

Gert verduidelik vir die mense hoe kontrole oor die skenkings gehou sal word en sê daar is verskeie entiteite wat finansiële hulp benodig. Hy wys hulle daarop dat daar gebinde blaadjies voor hulle op die tafel lê wat die name van die instansies bevat. Almal wat beplan om skenkings te doen word versoek om al hul inligting, insluitend kontaknommers by die relevante plek op die blaadjie neer te skryf.

"Goed, almal weet hoe dinge gaan werk en ek is nou moeg gepraat. Ons sal eers so vir 'n halfuur met mekaar meng, voorstel, gesels, ensovoorts voordat ons begin.

Teen die muur staan die buffettafels met die geurigste en lekkerste geregte vir julle en wag, gaan help julself gerus. Let wel, hierdie is 'n aand om julself te geniet, daar is nie vasgestelde tye vir enigiets nie en ons sal alles tussenin inpas. Geniet die aand."

Josef het sy selfoon op die tafel neergesit, beduie met sy oë vir Anette daarna en druk die knoppie om die stophorlosie te aktiveer.

Verskeie mense staan nader en stel hulself voor. Dit lag en gesels en daar is nie 'n beter plek om vanaand by te wees as juis hierdie hotel nie.

Mans en vrouens kom maak met Josef, Shilo, Anette en Hannes kennis en Shilo word deur almal gekomplimenteer. Haar natuurlike sjarme het na vore getree en sy geniet haarself gate uit tussen die ryk en beroemdes van Mosselbaai en omgewing.

Josef hou sy selfoon dop en sien dat die vyf minute amper verstryk het. Anette se oë is vasgenael op die groepie mense wat om Shilo saamgekoek het en sy trek strepies op die hotel se linne-tafeldoek met 'n balpuntpen. Hannes het darem die boekie omgedraai en maak sy merkies op die agterkant daarvan.

"Nou!" sê Josef en tel sy selfoon op. Anette tel die strepies en draai na Hannes wat na sy rekords kyk, en trek haar wenkbroue op.

"Hoeveel?"

"Veertien," sê hy.

Sy knik haar kop en skuif die pen oor die tafelblad na hom toe.

"Presies hoeveel ek getel het. Skryf die tjek, slimjan. Seweduisend rand. Dit is wat jou groot mond, jou ongeloof oor die sjarme van my vriendin en jou misplaaste geloof in Josef se teenwoordigheid jou kos."

Hy skryf die tjek en wil dit vir Josef gee, wat laggend sy hande voor sy bors hou. "O nee. Ek is maar net haar gewillige slaaf, en hierdie het niks met haar persoonlik uit te waai nie. Anette het gesê die geld word vir die Skuiling gebruik. Gee dit vir haar."

"Ja, en vertel vir haar hoe dit gebeur het dat jy daardie tjek uitgeskryf het. Ek sal graag haar kommentaar wil hoor."

Shilo kyk na die tjek wat Hannes vir haar gee en trek haar wenkbroue op. Hy verduidelik waarvoor dit is en wat aanleiding gegee het daartoe.

Sy wip op en af op die sole van haar nuwe skoene, lag rinkelend en *deponeer* die tjek in haar nuwe handsakkie.

"Sjoe, dit is wonderlik en ons is nog nie eens 'n halfuur hier nie. Baie dankie, Hannes." Hannes kry 'n rooi sterretjie in die vorm van haar lippies op sy voorkop.

Hulle gaan skep vir hulself op en sit en gesels. Tussenin roep Gert mense na die verhoog en stel hulle aan almal voor. Die persoon lewer dan 'n relaas oor die rede waarom hy of sy geld insamel vir 'n spesifieke doel. Uiteindelik word Shilo na vore geroep.

Sy bly sit asof sy aan die stoel vasgegom is en Josef druk teen haar rug.

"Nee. Nee, ek gaan nie daar staan nie."

"Kom nou, my liefste. Jy het mos nou al gehoor wat die ander sê. Gaan praat met die mense oor dit wat jou naaste aan die hart lê."

"Hulle gaan nie so lank bly sit sodat ek hulle alles van jou kan vertel nie, dit sal te lank vat."

Hy sug en kyk streng na haar. "Die hawelose mense en die Skuiling, Shilo, konsentreer daarop."

Sy staan op en stap, met wat vir haar soos wankelrige bene voel, na die verhogie. Vir die mense wat haar dophou lyk dit asof sy oor die vloer gly, soos 'n sierlike swaan wat op die water dryf en die applous wat sy ontvang is oorverdowend.

Sy neem die mikrofoon by Gert en kyk verbouereerd rond. "Mense ... ag toggie. Jammer ek is nie gewoond daaraan om voor mense ... Josef, kom help my asseblief!"

"Praat net met die mense, Shilo, dit is nie so moeilik nie. Verbeel jou die mikrofoon is die telefoon waarmee jy al met sommige van hierdie wonderlike mense gesels het."

"Dit is. Dit is baie erg. Kom staan hier by my, asseblief."

Hy staan op en gooi sy hande in die lug. "Jammer mense." Hy gaan staan agter haar en plaas sy regterhand op haar heupie, en hy voel hoe sy ontspan.

"Dankie, my lief. Jammer mense, ek wil nie julle tyd mors nie, maar Josef het 'n baie kalmerende invloed op my."

Sy vertel feitelik wat hulle by die Skuiling doen en wat hulle beplan om te doen soos en wanneer daar fondse beskikbaar raak. Geen gesmeek of valse beloftes word gemaak nie.

"Julle weet nou dat ons geld nodig het om al die genoemde dinge te doen en ek verseker julle dat ons 'n ope boek het. Alle donasies of verdienstes word daarin opgeteken, en elke donateur of donatrise is welkom om dit ter enige tyd na te gaan sodat hulle seker kan wees dat hulle geld vir die regte doeleindes aangewend word. Ek wil meld dat ons nie toelaat dat die Skuiling misbruik word deur leeglêers en lieplappers nie, sulke mense word vinnig die deur gewys. Baie dankie vir julle geduld om na my te luister, ek waardeer dit werklik."

Anders as vir die ander mense wat voorleggings vir donasies gedoen het, word daar hard hande geklap en dit hou aan totdat Josef haar stoel vir haar uittrek en sy gaan sit.

"Sjoe. Jy was vuurwarm," sê Anette.

"Anette, as Josef nie agter my kom staan en sy hand op my heup gesit het nie, het ek weggehardloop. Ek sou nou nog gehardloop het. Wag, laat ek vir hom dankie sê."

Sy draai na Josef, trek hom aan die nek nader en soen hom op sy mond wat 'n luidrugtige reaksie van die gehoor ontlok. 'n Paar fluite en handegeklap klink op.

Anette en Hannes bars uit van die lag toe hulle die boetvaardige uitdrukking op haar gesig en Josef se bloedrooi blos waarneem.

"Toemaar Josef, ons ken julle so."

Hy laat nie die blos hom afskrik nie en kyk stip na Hannes. "Hannes, wat kan ek doen? Sy sal immers een van die dae die mooiste vrou wees met wie ek al ooit getroud is."

Sy knyp hom in die sy en gluur na hom. "En die enigste een ook hoop ek."

"Ja," sê Anette giggelend en loer na Hannes, "en jy kan bly wees omdat sy jou spontaan soen," gooi Anette haar stuiwer in die armbeurs.

"Anders as hierdie Johannesburger van my. Sy soen my mos nooit."

"Want jy verdien dit nie, jy maak te veel droog."

Hulle gesels en lag met almal rondom hulle.

Gert kom later na hulle aangestap en gee vir haar 'n toegeplakte koevert. "Shilo, hier is die vormpies van die mense wat geld sal bewillig vir jou saak. Hulle sal jou skakel en bankbesonderhede by jou kry en die gelde oorbetaal. Wees gewaarsku, jy gaan baie tyd op die telefoon spandeer hoor. Josef, vir jou bloei my hart. Hannes het vir my gesê julle spandeer elke middag van so tweeuur se kant af tyd in mekaar se geselskap. Sy kan vir 'n paar dae lank tot later as dit besig wees."

Dit kan nie so erg wees nie, sê hy vir homself en kyk na Gert. "Ag, hoe lank kan dit vat om 'n bankrekeningnommer te verskaf?"

"En wat van die geselsie?"

Hy loer na die pragtige vrou langs hom en knik sy kop. "Ek sal maar net vrede daarmee moet maak, Gert. Baie dankie dat jy ons genooi het om deel te wees van hierdie groteske projek. Ons waardeer dit werklik."

Hoofstuk

17

Met die geruis van die see en die gekras van die seemeeue in sy ore strek Josef sy lyf totdat dit voel asof sy tone krul. Hy tel sy selfoon vanaf die vloer voor sy bed af op om te kyk hoe laat dit is. Hy het met Shilo gereël dat hulle om tienuur ontbyt by die restourant sal nuttig en hy wil nie laat wees nie.

Dit is egter nog voor agtuur en hy strek behaaglik op sy bed uit en trek die komberse tot teen sy ken. Skielik hoor hy 'n gebrom en dit klink vir hom nes die geluid wat Stofie maak. Hy sluit sy oë en ruik so na die lug om te ruik of hy die reuk van ontbrande olie kan bespeur. Die volgende oomblik word die rits van sy tent se flap oopgetrek en Shilo storm die tent binne en spring op sy bed.

"Skuif op laatslaper, maak vir my plek. Jy sal nooit glo wat ek jou wil vertel nie. Kan jy glo dat die mense van gisteraand meer as sestig duisend rand vir die skuiling geskenk het? Ek het dit twee keer bymekaargetel en toe 'n lysie gaan maak en dit weer opgetel. My somme is reg, Josef, sestigduisend, tweehonderd en vyftig rand. Kan jy dit glo?"

Hy lag sag en kyk na haar opgewonde gesiggie. "As ek my tande geborsel het sou ek vir jou gevra het om my te soen en ordentlik hallo te sê, dan sou ek vir jou gesê het veels geluk."

"Ek het ook nog nie my tande geborsel nie, kom hier jou wonderlike man."

Sy soen hom behoorlik, en hy besluit haar kieme is onskadelik en soen haar met al die verlange wat in sy hart is.

"Josef ... jammer, hallo my lief. Ek moet gaan. Ek mag nie hier wees nie."

"Vertrou jy my nie?"

Sy staan van die bed af op en stap tot by die deuropening waar sy omdraai en na hom kyk. "Vir jou vertrou ek met my lewe. Dit is myself wat ek nie vertrou as ek alleen by jou is nie. Sien jou tienuur ... Uhm, Josef?

"Ja, my prinses?"

"Gaan jy weg en my hier los?"

"Nee, my liefie. Wat gee jou daardie idee?"

"So 'n paar dae voordat jy hier aangekom het, het ek die gevoel gekry dat daar iets in my lewe gaan gebeur. Dit was egter 'n kalm en rustige gevoel. Iets hét gebeur en jy het in my lewe gekom. Nou het ek weer so 'n gevoel, maar dit is nie 'n rustige afwagtende gevoel nie. Ek is bang en onrustig. Ek hoop nie jy jok vir my en gaan weg sonder my nie, of selfs dat jy gaan seerkry nie. Ek kan dit nie verklaar nie."

"Niks gebeur wat nie moet gebeur nie, my gogga. Ek sal net van jou af weggaan as jy vir my sê om dit te doen, en dan ook nie sonder 'n vreeslike geveg nie. Ek het jou lief en sal jou altyd liefhê."

"En ek vir jou."

Sy rits die deur weer toe en hy lê en luister hoe Stofie in die hek se rigting beweeg. Die bromponie se bande is glad. Op plekke kom die karkas van die band al deur en dit is nie veilig om met sulke bande te ry nie. Hy hoop nie sy raak in 'n ongeluk betrokke, of dat die wiele gly en sy val nie. Hy besluit hy sal die volgende dag nuwe bande op Stofie laat pas.

Tien minute voor tien stap hy die restourant binne en sien sy wag reeds vir hom. Sy lyk ongelukkig en hy soen haar, en druk haar teen die sy in 'n gebaar dat sy moet opskuif en plek vir hom maak om te sit.

Toe hy plaasneem gly sy arm om haar skouers en trek haar teen hom was. Hy probeer in haar oë kyk, maar sy staar na die spyskaart asof dit die beste ding is wat sy ooit in druk gesien het.

"En nou, my hertogin, waaroor die lang gesiggie?"

"Ek is skaam," sê sy en kyk steeds na die spyskaart.

"Hoekom?"

"Oor my optrede vanoggend. Vergewe my asseblief, Josef. Dit was 'n dom ding om te doen, ek het nie gedink nie. Ek wou jou verras met die hoop geld wat vir die skuiling geskenk is en toe ek langs jou op die bed lê, toe ruk dinge amper handuit. Ek is so verskriklik jammer."

"Maar my liefste Shilo, daar het niks gebeur waaroor jy skaam of jammer hoef te voel nie."

"As my verraderlike lyf so gevoel het, hoe moes joune voel, Josef? Dit was onregverdig om jou in daardie posisie te plaas."

Hy lag saggies en streel oor haar skouers. "My lyf is oukei."

"Jy het belowe om nooit vir my te jok nie en jy jok nou vir my. Ek het gevoel hoe jou lyf reageer."

"My liefding, as jy geweet het hoe 'n man se liggaam werk sou jy beter weet. Wat jy gevoel het gebeur redelik gereeld in die oggende totdat jy 'n draai by die toilet gemaak en water afgeslaan het."

"Regtig? Dit was nie ek wat so styf teen jou gelê het wat dit veroorsaak het nie?"

"Ek mag nie vir jou lieg nie en ek sal ook nie. Jou lyfie is genoeg om my van my sinne af te dryf, en vanoggend het dit so 'n bietjie met my verraderlike lyf, soos jy joune genoem het, te doen gehad."

Hy besluit dat hy glad nie die fantastiese soen wat meegehelp het gaan noem nie, netnou wil sy hom nie weer soen nie omdat dit hom ontstig.

"Ernstig?"

"Ja, my gogga. Jy moet ook verstaan dat dit die menslike natuur is en dat jy dit nie altyd kan onderdruk nie. Wanneer is ons troudag?"

"Donderdag oor twee weke."

"Wil jy dit vervroeg?"

Vir die eerste keer kyk sy direk na hom.

"Ja ... nee. Ag, ek weet ook nie. Jy het gevra vir 'n maand en ek het dit aanvaar. Kom ons los dit so en trap net in ons spore sodat ons nie iets onbesonne aanvang nie."

"Goed genoeg vir my. Wat wil jy eet?"

"'n Vier Seisoene Pizza wat ek met die wonderlikste man op aarde kan deel."

Hulle bring die res van die dag rustig in mekaar se teenwoordigheid deur.

Dit is windstil. Geen geklap van tentseile nie. Geen takke wat uit die boom op die tent se dak val nie. Geen geraas vanaf die straat nie. Selfs die seemeeue en malgasse gedra hulle stigtelik, tog is die koer van 'n tortelduif wat die aandag van 'n wyfie probeer trek hoorbaar.

Josef lê op sy rug en kyk na die seildak van sy tentwoning en gooi die komberse van hom af. "Vroegoggend en reeds snikheet. Hierdie plek het die snaaksste weer. Die een dag verdrink jy in die reën en die volgende dag wens jy jy het. Vandag is weer een van daardie dae wat geen mens dit kan waag om alleen buite rond te stap nie, die son sal jou verskroei as hy jou alleen betrap," mor hy op pad na die ablusieblok.

Gestort, geskeer en netjies aangetrek, sleep hy sy stoel tot in die tentopening en skakel vir Shilo. "Hallo, en hoe gaan dit met my eie Joe?"

"Ek wens 'n wonderlike goeiemôre toe aan die vrou van my hart. Luister Spinnekop, kan jy dalk vir Stofie by die motorfietswinkel kry sodat hulle nuwe bande kan pas en moontlik ook kyk hoekom dit so vreeslik rook?"

"Dit is 'n bietjie moeilik vandag. Maandae is mos ons besigste dag. Daar moet gekyk word na die siekes, wonde wat versorg moet word na die naweek se argumente, en dan het daar reeds drie mense geskakel om die bankbesonderhede te bekom."

Hy dink blitsig aan 'n ander uitweg en glimlag selftevrede. "Ek gaan vir die man vra of hy kan reël om dit te gaan haal en weer aflewer sodra hulle klaar is daarmee. Doen jy jou dinge."

Hy ry na sy werksplek toe en gaan sit in die kantoor saam met Hannes en Anette. Sy skink vir hom 'n koppie koffie en gaan sit agter haar lessenaar.

"Josef, ek weet Shilo gaan baie besig wees met die mense wat haar gaan skakel na Saterdagaand se gedoente. Elsa land egter om tweeuur en ek gaan haar op die lughawe haal. Sy moet môreoggend die tienuurvlug terug Johannesburg toe neem. Sal Shilo vanmiddag met haar kan vergader?"

Hy vryf oor sy hare. Met Shilo weet jy nooit wat kan gebeur nie, maar hy knik sy kop. "Tussen die tyd wat Elsa arriveer en môreoggend sal sy seker tyd kan inruim. Ek sal haar skakel en hoor."

Hy skakel vir Shilo en verduidelik die situasie. Na 'n minuut of twee groet hy haar en lui af.

"Sy sê dit is reg, sy sal julle hier ontmoet. Is daar enigiets wat ek moet aflewer?"

"Nee, Josef. Ons druk tans en dan moet dit eers gebind word. Vandag is jou gelukkige dag, jy kan van vroeg tot laat doen net wat jy wil."

Hulle groet en hy ry na die skuiling, kry Stofie se sleutels by Shilo en neem dit self na die werkswinkel sodat hulle nuwe bande kan pas.

Hy beduie na Stofie en kyk na die werktuigkundige. "Die ding rook verskriklik, is daar iets wat julle daaraan kan doen?"

Die outjie kry die enjin aan die gang en jaag die revolusies op. 'n Streep rook kies koers na die oop deur en die knaap klik sy tong en skud sy kop.

"Hierdie enjin is kapoet en moet intensief oorgedoen word. Die herstelwerk gaan meer kos as wat hierdie bromponie werd is. Sy bak is ook reeds vrot geroes. My opinie sal wees om 'n ander een te koop."

Hy kyk weer na Stofie, sak op sy knieë en loer na die onderstel. Weldra verskyn sy hand met 'n relatief groot stuk materiaal wat vrot geroes is.

Josef neem dit by kom en vryf met sy duim oor die stuk materiaal wat in sy hand verkrummel. Hy sug en beduie na Stofie. "Goed dan. Pas net die bande."

Die werktuigkundige kyk meewarig na hom en swaai sy hand uit na Stofie. "As dit is wat jy wil hê, doen ek dit met graagte. Ek moet vir jou sê jy gaan jou geld mors. Hierdie masjientjie sal nie lank genoeg hou sodat jy die kans sal kry om nuwe bande glad te ry nie."

"Hoekom nie? As jy gereeld olie bygooi ..."

"Olie gaan geen verskil maak aan die feit dat die raamwerk deurgeroes is nie," sê hy, buk af en beduie Josef moet ook kyk. Hy pluk aan die onderstel en loer na Josef. "Kyk hier onder, daar is twee plekke waar die raam heeltemal vrot is. Dit lyk vir my asof net die verf die ding nog aanmekaar hou. Jy gaan kort voor lank 'n groot probleem met hierdie ding hê. Probleme soos in met 'n bromponie wat uitmekaar val terwyl jy daarop ry."

Josef kyk weer na die raamwerk van Stofie en merk nog 'n plek aan die voorkant waar die raam middeldeur gekraak is. Net die plaat waarop jy jou voete neersit hou die bromponie nog in een stuk.

"Goed, kom ons los dit. Ek sal 'n ander plan moet maak. Dankie vir jou tyd en raad."

Hy ry baie stadig terug na sy tent en maak die bromponie staan.

"Shilo sal nie weer met hierdie dingetjie ry nie," sê hy sag. Hy besluit om vir haar 'n ander vervoermiddel te soek, en besluit om na goedkoop tweedehandse motortjies te gaan kyk, iets soortgelyk aan die Fiat Uno wat sy gemeld het.

Terwyl hy in die pad opry besluit hy om eers vir Shilo van die probleem te vertel. Hy hou by die Skuiling stil en stap binne.

Toe sy hom sien pyl sy op hom af, gooi haar arms om sy nek en kyk stip in sy oë. "Hallo my gogga. Hoe het jy geweet jy moet my kom haal?"

Hy lag sag en plant 'n soentjie op haar neuspunt. "Ek het nie geweet nie, maar hoe is dit dat jy so vroeg kan loop?"

Sy beduie met haar hand en kyk meewarig na hom. "Tant Truitjie pryk mos op haar pos, en al die mense het reeds geskakel sodat ek die bankbesonderhede vir hulle kon gee. Sjoe, die foon het van vroegoggend af aanhoudend gelui en ek het besluit om myself af te gee vir die res van die dag."

Hy lag en druk haar styf teen hom vas. "Luister, Donna Shilo, Stofie is dood. Hy het jou vir die laaste keer werk toe gebring vanoggend."

"Nonsens man, sy voete het net twee nuwe skoene nodig."

Hy vertel haar van die werktuigkundige se verslag en dat hy self gesien het wat alles fout is.

Haar pragtige oë skandeer sy gesig. Sy besef hy is ernstig en kyk verwese na hom. "Ek het met daardie bromponie gery vir die afgelope sewe jaar, en dit was reeds oud toe ek dit as geskenk by ons buurman gekry het. 'n Mens kan seker nie verwag dit moet vir ewig hou nie, maar ek gaan hom nié weggooi nie. Ek sal 'n nut vir hom kry."

Hy het al besef sy heg waarde aan haar besittings en kyk bejammerend na haar. "Dis goed so, maar jy het nou 'n vervoer probleem."

"Wat ons op 'n ander dag sal uitsorteer. In die tussentyd is daar niks met my voete verkeerd nie, kom ons loop."

"Ry met die Vuka tot by die tent en gaan wag vir my by die restourant. Bestel solank iets om te eet en drink. Ek sal vinnig soontoe stap."

Hulle stap later hand aan hand deur die strate en Josef kyk na motors wat te koop aangebied word. Die voertuie is egter baie duur en hy dink daaraan dat hy op die uitkyk sal bly vir een wat privaat adverteer word.

Shilo het sy ondersoekende blik gesien en lag sag. "Dit help nie jy kyk na hierdie voertuie nie, dit kos te veel geld," sê sy en streel oor sy wang.

Hulle stap 'n entjie en sy trek sy arm styf teen haar vas. "Ek gee werklik nie om, om te stap nie. Jy weet, dit is jammer ek het reeds die uitgawes bereken wat op van die Skuiling gespandeer moet word, anders kon ons gekyk het na 'n voertuig wat privaat aangebied word teen 'n goeie prys. Ek kon dit gebruik en sommer vervoer beskikbaar gehad het deur die dag. Dit sou soveel geriefliker en goedkoper gewees het as om elke nou en dan 'n ambulans te bestel om siekes na die dokter of hospitaal te neem."

"Ek stem saam met jou. Dit sou beter wees as jy 'n motor gehad het om te mee te ry. Jy sou in elk geval veiliger gewees het as op 'n motorfiets."

"Kom ons stap na Anette toe, haar vriendin het reeds geland en hulle sal enige minuut van nou af arriveer."

Anette se motor hou voor die gebou stil en sy en haar vriendin stap die gebou binne. Anette stel hul aan mekaar voor en hulle gaan sit in die kantoor.

"Elsa het al baie werk omtrent die stories gedoen, en ek gaan haar los om met Shilo te gesels."

Elsa glimlag en skuif vorentoe op haar stoel. "Shilo, eerste dinge eerste. Hierdie kinderstories en die illustrasies is die beste wat nog aan ons maatskappy voorgelê is. As jy tevrede is met die aanbod wat ek aan jou gaan voorlê, sal ons so gou moontlik wil begin met die verwerking en druk van die boeke."

Shilo het al aan die drukwerk ensovoorts gedink, en omrede sy nie die drukkersbedryf ken nie, het 'n paar vrae in haar kop ontstaan.

"Hoe gaan julle dit doen? Alles sal moet oorgedoen word. Ek meen, die boeke het lyntjies ensovoorts op die bladsye. Julle kan tog seker nie net afdrukke maak nie?"

"O nee, jy sal die eindproduk nie glo nie," sê Elsa. "Die oorspronklike boek word inskandeer en in ons rekenaars ingevoer, daarna word dit geredigeer. Alle lyne, onnodige merkies ensovoorts word verwyder en die kleure van die illustrasies word *ingekleur* in die oorspronklike kleure as ek dit so kan stel. Ons gebruik 'n spesiale rekenaarprogram om dit te doen. Die teks van die Afrikaanse weergawe gaan in jou eie handskrif gedruk word omrede dit so stylvol en maklik leesbaar is. Indien nodig kan ons dit deur middel van die rekenaarprogram helderder maak vir drukdoeleindes. Jy hoef nie bekommerd te wees nie, die eindproduk gaan puik wees."

Shilo het kop omlaag gesit en luister en tik met haar vingernael op die lessenaarblad. "Afrikaanse weergawe, het jy gesê?"

"Ja, hierdie stories moet in soveel tale vertaal word en beskikbaar gestel word as wat moontlik is. Dit is egter ons werk en ons het al met van ons handelsvennote oorsee gesels daaroor. Hulle kan nie wag om die boeke te sien nie. Die belangstelling is groot."

"Het julle al vir hulle voorbeelde gegee?"

"Nee, dit sal nie gedoen word sonder dat ons 'n ooreenkoms met jou bereik het nie. Ons het egter telefonies met hulle gepraat en ons gedagtes met hulle gedeel."

Haar oë flits na Josef, en toe hy glimlag, knik sy haar kop en kyk stip na Elsa. "Hmm, oukei. Gaan voort."

Elsa noem die bedrag wat die maatskappy vir Shilo aanbied en sê vinnig: "Dit is 'n voorskot, en jy sal tantieme ontvang vir elke boek wat verkoop word."

223

Shilo gee nie om vir die tantieme nie, sy weet nie wat dit is nie, maar die bedrag wat Elsa genoem het verstaan sy wel, en sy kyk grootoog na Elsa. "So baie? Vir stories wat ek op die rotse gesit en skryf het?"

Elsa lag en loer na Josef wat sy skouers optrek. "Jy besef dit dalk nie, maar dit was baie werk. Die illustrasies is bo-gemiddeld, ek wil amper sê perfek. Die twee robbe in Joe en Shilo lyk asof dit foto's kon wees." Sy swaai haar vinger heen en weer tussen Josef en Shilo. en trek haar wenkbroue op. "Joe en Shilo?"

Shilo lag en druk vir Josef styf teen haar vas. "Nee, dit was reeds gedoen teen die tyd wat ek hom ontmoet het. As sy naam nie Josef was nie, sou ek hom in elk geval herdoop het, want Joe is wat een van sy ou vriende wat hier in die dorp woon hom noem," sê sy en lag saggies.

Sy rek haar oë en du haar kop na vore. "Julle moet darem weet, ek het jare lank gewag dat hy sy verskyning maak."

"Ek is bly hy het, julle pas bymekaar. Jy is 'n pragtige vrou en hy lyk self nie te sleg nie," sê Elsa en knipoog vir Anette, wat Shilo ook sien.

Josef het hierdie *interlude* stilswyend aanskou en aangehoor, en lag prettig. "Dit is maar net die manier wat ek my hare kam. As ek dit glad nie kam nie is ek beeldskoon."

Laggend grawe Elsa in haar aktetas en haal 'n dokument daaruit. "Hier is die kontrak. As jy belangstel kan jy dit net teken."

Josef leun vooroor en neem die dokument by Elsa. "Ek sal dit graag eers wil deurlees as ek mag. Jammer my koningin, maar ek wil seker maak jy word regverdig behandel. Soos Elsa tereg gesê het, dit was baie werk wat jy gedoen het deur net die boekie te skryf. Dink aan

224

al die ure wat jy aan navorsing oor die inwoners van die see gedoen het."

Elsa knik haar kop, hulle het self vir die Tokkelos wat vir Google werk gevra om hulle te wys hoe sommige van die skulpdiere en ander wesens in die see in der waarheid lyk ... en die resultate was verstommend.

"Lees dit gerus, Josef. As jy enigiets vind waarmee jy nie saamstem nie, praat gerus met my."

Hy lees die dokument deur en Elsa is verbaas dat hy so vinnig omblaai na die volgende bladsy. Hy tik met sy vinger op die een blad en kyk na Elsa. "Nee. Hierdie punt waar julle 'n tydperk vasstel waarop sy die volgende uitgawe aan julle moet voorlê is nie aanvaarbaar nie. Shilo het die stories as tydverdryf geskryf en illustreer, nie om geld daarmee te verdien nie. Ek sal nie toelaat dat julle druk op haar uitoefen om die stories op 'n bepaalde tyd te lewer nie."

"Goed, lees klaar dan gesels oor daaroor."

"Daar is niks om oor te gesels nie, dit gaan nie gebeur nie. Punt." Hy lees verder en oorhandig die dokument aan Elsa. "Daar staan Shilo sal 'n markverwante betaling kry vir elke herdruk. Sal dit gebeur?"

"Definitief."

"Skraap die punt wat ek genoem het, dan kan Shilo die ooreenkoms teken as sy wil," sê hy vir Elsa en kyk na Silo, "Spokie, ek stel voor jy lees die dokument ook deur en kyk of jy met alles saamstem."

Sy trek haar skouers op. "Jy het dit mos gelees, en as Elsa daardie stukkie waarvan jy nie hou nie kanselleer, is dit reg met my."

Die paragrafie kry twee lyne deur met 'n groot *Nie Van Toepassing*, en Elsa teken langs dit en parafeer die bladsy, dan gee sy die dokument vir Josef terug. Hy kyk daarna en sit dit voor Shilo neer.

"Wanneer kan sy betaling verwag?"

"Ek het haar bankbesonderhede nodig en dan kan ek reël dat dit so gou moontlik gedoen word. Daar is egter 'n paar dinge wat gedoen moet word en ons volg maar protokol. Ek sal druk op die mense sit om die betaling so gou moontlik te doen."

Hy kyk vraend na Anette wat haar kop knik. "Goed."

Shilo teken die ooreenkoms en gee dit vir Elsa wat onmiddellik na Shilo kyk.

"Shilo, kan jy stories skryf en illustreer met ander wilde diere as jou karakters?"

Shilo dink aan die boekies wat Josef vir haar as verjaarsdaggeskenk gekoop het, dit is waarvoor dit bedoel is. Sy het die Tokkelos wat vir Google werk ontmoet en besluit die mannetjie is nogal slim. Hy het vir haar gewys hoe die verskillende diere lyk, en selfs beskrywings verskaf.

Sy het nog twee blanko boekies om stories oor die kreature in die see te skryf en dit, plus nommer agt en veertig oor die haaie en die moordwalvisse sal 'n rondte vyftig wees.

Sy wil haar gedagtes met die mense om haar deel, maar besluit om dit nie te doen nie, netnou is Josef vies. "Ek kan ja. Die storie is maklik, jy kan stories aan enigiets koppel. Ek het egter min ander wilde diere hier rond gesien. Ek weet daar is bokkies by die gholfbaan en dan is hier dassies by die grot."

Beide Elsa en Anette kyk amper verbysterd na haar. "Wil jy vir my sê jy het nog nooit ander wilde diere gesien nie?" vra Elsa.

Sy uiter 'n senuagtige laggie as gevolg van die uitdrukking op hul gesigte, en loer amper hulpsoekend na Josef. "Net katte wat wild grootgeword het en daar naby ons huis in die bosse woon. Ander wilde diere het ek nog net op televisie gesien."

Elsa kyk met verbasing wat hoogty op haar gesig vier na Shilo. "Wat het jy nodig om te weet van ander wilde diere?"

Sy trek skewemond, tuit haar lippe en vryf oor haar gesig. "Hoe hulle lyk, vreet, loop, hardloop, ag alles wat hulle doen. Dit is veral belangrik om te weet hoe hulle werklik lyk. Ek bedoel nou in grootte en die verhouding van hul liggame."

"Sal jy belang stel om hulle te bestudeer en geïllustreerde stories oor hulle ook skryf, soortgelyk aan dit wat jy reeds gedoen het."

Sy glimlag so 'n skelm glimlaggie. "As ek die kans kan kry om dit te doen, ja."

"Anette het vir my gesê julle gaan eersdaags trou. Is dit so?"

"Absoluut. Anette sal mos nie jok nie."

Elsa kyk eers ondersoekend na Josef, en dan na Shilo. "Wat sal julle sê as ek reël dat julle vir 'n maand of twee op 'n wittebroodsreis in die Krugerwildtuin gaan. Dit sal egter so 'n werk wittebrood moet wees. Julle kan oral heen ry sodat Shilo die diere en hul gewoontes kan bestudeer. Ons sal natuurlik reël vir borgskappe, maar die maatskappy sal sorg dat alles betaal word. Ons sal ook reël vir 'n voertuig om mee te ry. Alles wat julle nodig het soos byvoorbeeld kameras om foto's te neem sal voorsien word. Sal julle belangstel?"

Shilo gryp vir Josef aan die arm en wip opgewonde op die stoel op en af. "Sê ja, toe my Josef."

"Alles word betaal?"

"Van hier in Mosselbaai af tot julle weer tuis is."

"Wat is die voorwaarde?"

"Shilo skryf eksklusief vir ons maatskappy en sy lewer ten minste vier stories per jaar."

"Waarvoor sy betaal word?"

"Dalk vir die eerste vier nie, daarna vir elkeen."

"Josef, ek kan twee stories in 'n maand doen. Dit is nie so moeilik nie."

"Die see en skulpdiere ken jy soos niemand anders waarvan ek weet nie, maar wilde landdiere is 'n ander storie."

"Ek sal mos foto's hê om te gebruik."

"Elsa, beskik jy oor magtiging om so 'n aanbod te maak?"

"Ons het die moontlikheid bespreek en almal het saamgestem dat dit 'n goeie idee sal wees om kinderstories oor Suid-Afrika se wilde diere te doen, presies soos die boekies wat ons gesien het. Ek het nie geweet Shilo het nog nooit ander diere gesien nie, maar ek is seker dat ek dit gereël sal kry."

"Hoe lank sal dit vat om magtiging te kry?"

"Anette, sal jy vir hulle koffie gee, asseblief? Ek wil gou met die redakteur gesels."

Hoofstuk

18

Anette was nog besig om die koffie te skink toe Elsa die kantoor binnestap met 'n breë glimlag om haar mond. "Ons redakteur, Henk Fourie, sê die saak is reg. Hy het kontakte in die toerismebedryf en hulle skuld hom 'n gunsie of twee waarvan hy gebruik sal maak. Ek moet net al jul besonderhede vir hom gee sodat hy reëlings kan tref, en sodra dit gedoen is, sal hy die nodige bevestiging na Anette se e-posadres stuur."

Shilo is so opgewonde soos 'n kind wat vir die eerste keer 'n suiglekker gekry ... en daaraan geproe het.

"Dankie, Elsa. Ek was nog nooit verder as George en Albertinia van Mosselbaai af weg nie, en nou gaan ek en my Joe wildtuin toe. Baie dankie."

Josef kyk met sy siel in sy oë na die pragtige vroumensie en vestig dan sy aandag op Elsa. "Dankie, Elsa, hierdie gravin van my moet net onthou sy sal 'n bietjie moet werk én daar is nie 'n see nie."

"Jy sal daar wees, dit is genoeg ... dit is jammer daar is nie 'n see nie, maar ek veronderstel 'n mens kan nie alles in die lewe kry nie."

Hulle lag vir die uitdrukking op haar gesig en Josef trek haar styf teen hom vas, soen haar op haar kroontjie en kyk na die ander twee dames.

229

"Is daar nog iets wat julle wil bespreek, of kan ons maar gaan? Shilo het die woord see gehoor en kan dit nie sien nie, ek wil haar gaan herinner hoe dit lyk."

"Gee net vir Anette julle besonderhede sodat sy dit vir my kan aanstuur, Josef. Dankie, Shilo, ek sal vir jou eksemplare van al die boeke stuur sodra dit gedruk is. Totsiens julle."

Josef en Shilo sit styf teenmekaar op die rotse en kyk na die sonsondergang.

"Kyk net hoe mooi is die lug soos die son se strale die wolke verkleur. Jy weet, ek het al menige mense gehoor sê Mosselbaai is 'n fantastiese plek. Dit is blykbaar een van die weinige plekke waar jy die son kan sien opkom en ondergaan oor die see."

"Ja, mits jy hier is waar ons nou is, maar die sonsondergang is voorwaar pragtig, amper net so mooi soos jy."

Sy druk haar kop teen sy skouer en loer op na sy gesig. "Josef, het jy my lief?"

Hy sit sy arm om haar en druk haar saggies. "Natuurlik het ek jou lief, my prinses."

"Sal jy my altyd liefhê?"

"Tot die laaste basuin vir my blaas en die son vir my ondergaan."

"Dankie, my eie Joe, ek voel dieselfde oor jou.

Hannes en Anette is reeds op kantoor en sy beker koffie staan gereed op die lessenaar toe Josef die kantoor binnestap. Hy groet vriendelik, neem sy beker koffie en gaan sit.

"Dit is voorwaar 'n wonderlike Woensdag, Josef. As ons nie so baie werk gehad het nie, sou ek voorgestel het ek en jy gaan vang liewers vis as om hier te wees.

Daar is egter so baie setwerk wat ek moet doen, en aflewerings wat Anette bymekaargesit het vir jou, dat jy nie veel tyd sal hê vir enigiets anders nie."

Hy kyk na die egpaar. Dit was 'n goeie dag toe ek julle ontmoet het, julle is wonderlike mense. Hy glimlag en kyk in Hannes se oë. "Ek is bly ek en jy sal besig wees. Dit beteken die besigheid doen goed. Soos ek hier in die dorp rond verneem is besigheid maar stadig, so, julle is baie gelukkig om soveel werk te hê."

Hannes lag en voer daai klapbeweging uit wat Shilo so graag gebruik. "Nie so gelukkig soos jy nie, my vriend. Kyk net hoe goed behandel die lewe jou. Jy loop rond met die mooiste vrou in die land aan jou sy en dan kry julle nog 'n twee maande lange wittebroodreis verniet. Anette het al die dokumente gereed vir julle in 'n koevert. Dit is nogal 'n uitgebreide toer wat hulle vir julle saamgestel het, julle gaan by omtrent al die kampe 'n dag of drie spandeer."

Anette kan ook nie wag om informasie te deel nie. "Ja, en om alles te kroon, gaan julle tweetjies op begeleide toere geneem word deur van die veldwagters. Julle gaan plekke in die wildtuin sien waar gewone mense soos ons nie toegelaat word nie. Julle is voorwaar gelukkig."

Josef kyk hulle stil aan en dink daaraan dat die tydperk wat hy vir Shilo gevra het eersdaags verstryk. Hy het nog nie vrede in sy gemoed nie, en hy kon tot dusver nie die oortuiging vind om vir haar te vertel van sy verlede nie.

Hy kyk na sy twee vriende en wonder wat hul reaksie sal wees. Daar is 'n beklemming in sy gemoed. 'n Bang gevoel spoel oor hom en skielik, soos die see terugtrek van die strand af, verdwyn die gevoel.

"Ek weet ons is baie gelukkig. As dit nie vir Shilo was nie, sou dit egter nie gebeur het nie. Ons sou ons wittebrood in my tent moes spandeer. Wag laat ek laai en waai. Julle sê mos daar is baie werk. Dit is tant Mattie se verjaarsdag en ons het haar genooi vir 'n *ietsie* om te eet, en natuurlik die gebruiklike koppie tee by die restourant vanmiddag. Ek sal nie graag laat wil wees nie."

Josef is die heel oggend baie besig en die laaste aflewering vind eers om kwart voor twee plaas. Hy sit die afleweringsboekies op hul plek neer, groet vir Hannes en Anette, en haas hy hom na die restourant.

Shilo sit reeds vir hom en wag. Hy neem oorkant haar plaas en vra hoe laat tant Mattie sal opdaag aangesien sy nog nie teenwoordig is nie.

"My gogga, ek is so bly jy het die selfoon vir my gekoop, dit maak 'n mens se lewe soveel makliker. Tant Mattie het geskakel en gesê daar is iets by die werk wat sy eenvoudig net moet klaarmaak, maar sy sal teen drieuur hier wees."

"Goed genoeg vir my," sê hy en tik met sy vinger op 'n pakkie.

"Ek het vir tant Mattie verskillende botteltjies Royal Secret produkte gekoop vir haar verjaarsdag. Die eerste ding wat my getref het toe ek haar ontmoet het is dat sy soos my moeder ruik. Moeks het ook dieselfde parfuum gebruik. Maar nou ja, kom ons kyk wat ons wil hê om te eet."

Hulle bestudeer die spyskaart en skielik hoor hulle iemand praat.

"'n Wonderlike goeiemiddag aan die mooiste meisie in die dorp."

Shilo giggel en stamp teen Josef se hand, dan kyk sy op.

"Hallo, Dokter. Kan ek jou voorstel aan my verloofde Josef Brandt? Josef, hierdie is dokter Carl Greybe."

Carl steek sy hand uit en dan lyk hy skielik verbouereerd. Hy laat sy hand sak, maar dan neem sy normale jovialiteit oor. "Hallo, my vriend Josef. Dit is wonderlik om jou te sien."

Josef sit na die spyskaart en staar, hy weet sy gesig is spierwit weens die spanning wat van hom besit geneem het toe hy Carl Greybe se stem hoor. Hy kyk in Shilo se oë, en op daardie presiese oomblik voel hy hoe die spanning wat hy ervaar soos water van 'n eend se rug af uit sy gemoed vloei.

Hy sit regop en draai na die man toe wat agter hom staan, en kyk stip in Carl se oë wat heen en weer flits asof hy na iets soek om op te fokus.

Josef loer vlugtig in die mooiste paar geel oë wat hy in sy lewe gesien het, en kyk weer stip na Carl. "Die gevoel is nie wederkerig nie, Carl," sê hy en Shilo se oë rek.

Sy besef onmiddellik daar is 'n dieper konneksie tussen Josef en Carl Greybe as net kennisse. Miskien is hierdie man deel van die probleem wat Josef met hom saamdra, en ek wil weet wat dit is.

Sy staan op en gaan sit langs Josef en kyk na Carl. "Sies Josef, die man het ordentlik gegroet en ek ken jou mos nie as 'n onbeskofte mens nie," sê sy en streel oor sy rug terwyl sy met haar oë beduie Carl moet plaasneem.

Josef ignoreer Carl wat sy hand uitsteek en kyk na Shilo. "Jy het al vir my gevra of ek 'n dokter is en wou weet waar ek aan my mediese kennis kom tydens ons gesprekke met tant Truitjie en Tiger. Ek het ook vir jou

233

gesê en het navorsing gedoen, en onder andere, is dit waar ek dit geleer het," sê hy en beduie na Carl.

"Ek glo nie hierdie hartspesialis ken die woord *Lipochroom* nie en weet ook nie 'n oormaat daarvan in jou gestel is die rede vir jou pragtige oë se kleur nie. Jy sien, my Poplap, ek het navorsing gedoen om hierdie man te help om sy take op universiteit betyds in te dien terwyl hy partytjies bywoon. Hy wou van jongs af 'n hartspesialis word en het in ons matriekjaar al alles geweet van die hart en die bloedsomloopstelsel. Al die ander organe en aandoenings was bysaak."

"Dit verduidelik nie jou argwaan teenoor hom nie, Josef, en hy het nou al twee keer na jou toe uitgereik, gaan jy niks doen of vir hom sê nie?"

Hy sug. "Luister," dan draai na Carl toe. "Vier jaar en drie maande gelede, en ten minste een keer per maand vir die agtereenvolgende maande sou dit wonderlik gewees het om jou te sien, Carl, maar helaas, ek het nie, want jy het geskitter in jou afwesigheid. Nou is dit nie vir my aangenaam om jou gesig te sien nie."

Carl sê niks en Josef sien die spanning op Shilo se gesig. Hy neem haar hand en vryf daaroor, dan kyk hy weer na Carl. "Jy het vanoggend 'n operasie op 'n vriend van my uitgevoer. Sy naam is Tiger. Hoe het die operasie afgeloop?"

Carl het die spyskaart 'n baie leersame dokument gevind, kyk daarna en loer onder sy wenkbroue deur soos 'n skelm wat nie weet wat om volgende te lieg nie.

"As Tiger dieselfde persoon as Jean du Plessis is, dan wonderlik. Hy het goed gedoen tydens die operasie en as hy nie infeksie optel of vloeistof in sy longe kry nie, is hy een van die dae weer op die been."

"Dit is goed," sê Josef, trek weer die spyskaart nader en begin dit bestudeer.

Carl kyk met 'n steeds benoude uitdrukking op sy gesig na Josef. Shilo sien dit en wonder wat aan die gang is. Hoekom is Josef so stug teenoor die dokter? "Praat asseblief met my, Josef. Vertel vir my hoe dit met jou gaan."

Josef kyk na die spyskaart. Shilo neem sy hand in hare en hy voel sy is gespanne, maar sy sê nie 'n woord nie. Josef sit weer regop, sug en kyk in Carl se oë. "Jy wil hê ek moet met jou praat? Jy wil hê ek moet vir jou sê hoe dit met my gaan? Goed dan. Ek sal dieselfde vir jou sê as wat Paulus in sy briewe aan sy gemeente geskryf het. Ek was in die gevangenis en jy het my nie besoek nie."

Shilo ruk haar asem in. Hy kyk na haar en sien selfs haar mond hang oop. Hy wil haar waarsku om op te pas vir vlieë, maar maak eerder paaiende bewegings met sy hand.

"Ek het vele briewe aan jou geskryf en jy het nie een beantwoord nie, Carl. Ek het jou straf op my geneem, en jy het nie eers die moeite gedoen, of die ordentlikheid gehad om die hofsaak by te woon nie."

Shilo pluk-pluk aan sy hemp se mou en vra sag: "Wat het gebeur?"

Hy kyk na haar en sien haar gesig is krytwit teenoor die grys gelaat van Carl en sê weer vir haar: "Luister," en wend hom na Carl. "Roekelose, nalatige en dronkbestuur. Vyf jaar gevangenisstraf. Jy het aangegaan met jou studies en jou lewe terwyl ek die vonnis, wat jy moes gekry het, uitgedien het in die tronk. Vier jaar daarvan. 'n Jaar afslag vir goeie gedrag. Ek weet dit was my keuse en ek het dit gedoen omdat ek jou belange hoër as my eie gestel het.

"Maar Josef, ek ..." wil Charl 'n liedjie sing, maar Josef beduie hy moet stilbly.

"Jy sou siek mense behandel, spesialiseer in hartsiektes. Ek sou hul siele beywer, en daardie spesifieke aand het ek gedink jy sal meer suksesvol as ek wees. Jou werk sal belangriker as myne wees. Mense met hartsiektes sou 'n tweede of selfs meer kanse op die lewe kry en ekstra tyd om hul verhouding met hul Skepper reg te maak. Ek het jou daardie aand verskeie kere gesmeek om stil te hou sodat ek die motor kan bestuur. Jy het gillende en jillend teen rooi ligte oor kruisings gejaag, want jy het geweet ek sou jou uit die motor gooi as jy stilhou, en jy wou jou bestuursvermoë afwys.

"By een van daardie kruisings het jou geluk uitgeloop en jy het 'n ander motor getref en die insittendes beseer. Ek was heeltemal nugter en het besef jy sal in groot moeilikheid wees wanneer die polisie daar opdaag. Die ongeluk kon jou drome, en dit wat jy reeds bereik het vernietig."

Josef hou op praat, druk met sy hande teen sy slape asof hy 'n hoofpyn wil wegdryf, vryf met sy hand oor sy gesig en hef aan: "Ek het gekies om verantwoordelikheid vir die ongeluk te aanvaar. Omrede ek geweet het daar sal bloedtoetse gedoen word, het ek die bottel drank wat jy tussen jou bene op die sitplek vasgeknyp het gevat en dit uitgedrink sodat ek na drank ruik en die alkohol in my bloedstroom beland. Dit het ek gedoen," en hy steek sy vinger na Carl toe uit, "vir jou het ek dit gedoen, ék wat nooit alkoholiese drank gedrink het nie."

Hy kyk na sy toehoorders, maar Carl is met stomheid geslaan en Shilo se wimpers is nat terwyl haar onderlip bewe, maar hy gaan nie aan haar raak nie, nie nou nie.

"Daardie jong meisie wie se drome in daardie ongeluk verpletter is, was 'n model wat op pad huis toe was na afloop van 'n modevertoning. Haar arm en been was versplinter en haar bekken gebreek. Sy het diep snywonde aan haar gesig en arms opgedoen. Operasie na operasie is op haar uitgevoer, maar die dokters kon haar nie heelmaak nie. Sy was kreupel en het lelike snymerke aan haar gesig oorgehou as gevolg van die ongeluk waarvoor jy verantwoordelik was. Sy was verpletter, al haar drome het aan skerwe gelê. Sewe maande later het sy in die bad geklim en die are in haar polse afgesny. Het jy dit geweet, Carl?"

Carl sê nie 'n woord nie, maar Josef sien hoe die bloed deur die are by sy slape en teen sy nek klop.

"Ek het my studies voltooi terwyl ek jou straf gedra het. In die tronk het ek my graad verwerf en omdat ek baie tyd gehad het, het ek voortgegaan en my MA Teologie verwerf. Ek kan niks daarmee doen nie omdat ek 'n kriminele rekord het ... wat ek nie verdien nie. Terwyl ek in die gevangenis was, is ek aangeval deur drie prisoniers. Ek het my vererg oor die lafhartige manier waarop hulle dit gedoen het. Die kennis wat ek opgedoen het in selfverdediging wat ek en jy deurgemaak het, het ek gebruik om myself te verdedig. Een van die mans se arm het ek so erg beskadig dat dit vandag nog nutteloos langs sy liggaam hang. 'n Ander het ek so hard net my vuiste geslaan dat hy in 'n koma in die hospitaal gelê het vir weke lank. Die resultaat? Geringe breinskade, en hy moes van voor af leer praat, maar hy het herstel, waaroor ek baie dankbaar is."

Josef skuif sy lyf gemakliker en neem Shilo se hand in syne, dan kyk hy stip in Carl se oë. "Die derde man het my van agter teen my kop geslaan. Ek het geval en in die lug gedraai sodat ek op my rug te lande gekom het. Hy

237

het op my afgeduik met moord in sy oë. Ek het my bene opgetrek en hom daarmee van my af weggeskop. Sy rug het 'n paal getref en op die grond het hy teen die sementblok waarin die paal geplant is te lande gekom, weer op sy rug. Sy rugwerwels is erg beskadig en hy het drie operasies ondergaan om dit reg te stel."

Josef sug, loer na Shilo en glimlag vlugtig vir haar. "Hy was die broer van daardie jong meisie wie se lewe jy vernietig het. Toe hy uitvind waarvoor ek in die tronk is, wou hy my doodmaak, en Carl … hy is die man op wie jy vanoggend geopereer het."

Shilo suig weer die gesonde seelug van Mosselbaai deur haar tande, maar hierdie keer teen dertig liter per millisekonde, en sy kyk na Josef. "Tiger se sussie?"

"Ja," sê hy en steek sy wysvinger verdoemend na Charl toe uit. "En dit is nie die laaste nie, Carl. Jy het deur jou onbesonne gedrag 'n paar mense se lewens verwoes en vele meer se harte gebreek. Weet jy my ouers het uit hul eie huis gevlug omdat hulle nie die smaad van hul bure en vriende kon hanteer oor hul seun, *die tronkvoël* nie. Die seun waarop hulle so trots was en wat studeer het om 'n dominee te word en siele vir die Koninkryk te bearbei. Hy het 'n tronkvoël geword omrede hy te veel gesuip het. My vader het suikersiekte opgedoen en dit was blykbaar as gevolg van die skok oor wat met sy seun gebeur het. Hulle het hierheen verhuis en my vader is aan 'n hartaanval oorlede wat blykbaar deur die suikersiekte veroorsaak is. Jy is die hartspesialis en sal weet of dit moontlik is. My moeder is nie lank daarna nie aan 'n gebroke hart dood.

"Ek wil jou met 'n bietjie raad bedien, en dit is om jou houding te verander. Volgens wat ek verneem, het jy in 'n eiewyse en hovaardige man verander met 'n groot opinie van homself. Jy weet jy is net die instrument en dat die groot Dokter vaardighede aan jou verskaf het. Jou suksesse op die operasietafel is Syne, nie joune nie. Hý het jou die breinkrag gegee om as hartspesialis te kwalifiseer, maar jy is net die instrument wat Hy gebruik. Keer terug na jou vorige lewe soos ek jou geken het en wees nederig."

Shilo snik, maar hy kyk nie na haar nie, hy kyk na Carl oor wie se wange trane rol, trane van berou, dalk vernedering, wie weet?

"Ek het 'n wonderlike meisie liefgekry. Baie lief, en ek het 'n leuen saam met haar gelewe vir maande omdat ek bang was, en steeds is, dat sy my sal wegstuur oor daardie vier verlore jare in my lewe. Ek kon haar nie die waarheid vertel sonder om eerlik te wees nie. Ek sou jou naam moes noem, en ek wou dit nie doen nie omdat die dinge van die verlede bekend kon raak en jou drome sal verpletter. My droom kan ek nooit najaag nie en ek het vrede daarmee gemaak om eenvoudige takies uit te voer teen vergoeding.

"Jy het gevra hoe gaan dit met my? Nou weet jy. Gaan Carl, gaan doen jou werk en doen dit goed, ek het 'n dure prys daarvoor betaal ... en Carl, ek wil jou nooit weer sien nie."

Daar is ontreddering in sy oë en op sy gesig terwyl Carl na Josef kyk. Trane van skaamte en verdriet loop teen sy wange af. Hy kyk weg, verby Josef na iets anders en staan moeisaam, soos 'n ou man op.

"Ek is jammer, Josef," sê hy sag en stap by die restourant uit.

Shilo lê met haar bolyf teen sy rug en haar arms is soos staaldrade om sy lyf. Sy lê saggies en huil. Skielik voel hy 'n hand op sy skouer.

"Hallo, Josef. Sal jy met mý praat?"

Hy kyk om, sien die formidabele man wat langs hom staan, een van daardie mense wat *teenwoordigheid* uitstraal en staan vinnig op.

"Hallo, oom Charles. Dit is werklik goed om oom te sien. Sit gerus hier by my, ek wil net gou kyk of alles reg met Shilo is."

Sy skuif uit die bankie en staan op, plaas haar hande weerskante van sy gesig en soen hom teer op die mond. Hy haal sy sakdoek uit sy sak en gee dit vir haar.

"Dankie, my liefste Josef. Moenie weggaan nie hoor, ek is nou terug."

"Ek sal nie, my prinses. Ek wag net hier vir jou."

Hy steek sy hand na die ouer man uit wat dit neem en dan plaas hy sy ander hand bo-op die van Josef. "Kom sit. Wat doen oom hier in Mosselbaai?"

"Ek loop heeldag al hier rond en kyk na alles wat te siene is. Die plek het baie verander sedert ek laas hier was. Josef, waar woon jy?"

Hy beduie na die karavaanpark. "Daar, oom Charles, naby die ablusieblok in die groen tent onder die boom."

Charles kyk om, sien die tent en skud sy kop. "Dit sal nie deug nie."

"Dit moet, oom. Ek is goed ingerig en het alles gekoop met die geld wat oom so getrou elke maand in my bankrekening inbetaal. Baie dankie daarvoor."

Die bedanking is nie vir Charles belangrik nie, hierdie jong man voor hom is. "Waarmee ry jy?"

Hy beduie weer na die tent. "Met die motorfietsie wat daar langs die tent staan."

Charles kyk weer om en skud sy kop. "Dit sal ook nie deug nie."

"Dit moet maar net, oom. Ek kan ten minste met 'n eerlike gemoed vir die verkeersmanne sê ek nie 'n bestuurslisensie daarvoor nie. Ek glo nie hulle sal in hul stelsels kyk nie, en my net 'n boete gee wat ek sal betaal. As hulle my agter die stuur van 'n motor betrap en 'n bestuurslisensie wil sien, gaan hulle in hul stelsel kyk. Hulle sal uitvind my bestuurderslisensie is opgeskort en dan het ek moeilikheid."

"Hmm, ek moet dit regstel," sê hy ek kyk na Josef wat hom ongelowig betrag. "Jy kyk met ongelowige oë na my? Wat se werk doen ek?"

"Oom is die advokaat wat my vier jaar gelede nie in die hof wou verdedig nie omrede ek u seun in gevaar gestel het met my dronk bas agter 'n voertuig se stuurwiel."

Oom Charles lag sag en kyk met nog 'n sagter uitdrukking in sy oë na die jong man wat oorkant hom sit. "Ek het jou om verskoning daarvoor gevra, maar ek kan darem jou bestuurderslisensie uitsorteer, al het ek nie eens jou verdediging aan 'n swak prokureur opgedra nie. Ek was bang Josef, net soos jy. Ek wou vir Carl al die geleenthede in die wêreld gee."

Hy kyk stip na die man vir wie hy, naas sy vader, die meeste respek gehad het, en steeds het. Hy was gedurig by Carl en oom Charles aan huis sodat selfs sy moeder grappenderwys gevra het, hoekom dra hy nie al sy besittings na hul huis toe en gaan woon daar nie.

"Oom het dit gedoen, en dit is tyd dat hy op sy eie voete staan."

"Vertel my van die mooie aster wat hier was. Waar woon sy?"

'n Sagte glimlag plooi om sy mond, hulle is nou by sy geliefkoosde onderwerp. "Shilo is my verloofde, oom Charles. Sy woon by haar oujongnooi tante. Tant Mattie is 'n wonderlike vrou en is baie lief vir haar. Wag, hier kom sy nou terug ... Shilo, laat ek jou voorstel aan oom Charles, Carl se vader."

Charles rank orent en neem Shilo se hand in syne. "Jy is darem baie mooi hoor, en jy herinner my verskriklik baie aan iemand wat ek baie jare gelede geken het. Kom, laat ons iets bestel om te drink, of is julle honger? Bestel vir ons twee of drie Pizzas en iets om te drink. Ek wil gou met my seun gaan praat. Ek is nou terug."

Shilo pomp Josef in die ribbes. "Ek wil net gou met daardie tannie wat daar eenkant sit gaan praat. Kan ek gou uitkom?"

Hy staan op en sy skuif oor die sitplek en stap na 'n vrou toe.

Hoofstuk

19

Josef gaan sit met sy elmboë op die tafel gestut en sy kop tussen sy gekelkte hande. Hy kyk na waar Charles met sy seun gesels en raak vasgevang in sy eie gedagtes.

"Wat sê die Woord? Aan wie kom die wraak toe?"

Rillings gly teen sy rugstring af en hy kyk rond, maar kan niemand sien wat naby genoeg aan hom is wat die woorde so duidelik kon uitspreek nie.

Daar gaan 'n siddering deur sy binneste. Hy ken die antwoord en buig sy hoof. Hy dank sy Vader vir Sy groot genade en vra vergifnis vir sy optrede. Dan staan hy op en stap na waar Charles en Carl staan en praat.

"Carl, ek is jammer. Ek het die ou koeie opgegrawe, gesien hulle is lekker vrot en dit herbegrawe. Laat die vrot goed bly waar hulle is," sê hy en steek sy hand uit na sy vriend, maar Carl vat dit nie. Nee, hy gooi sy arms om Josef en druk hom styf teen hom vas met trane wat oor sy wange stroom.

"Ek is jammer, my boetie. Ek is 'n swakkeling en kon jou nie in die oë kyk nie. Ek weet wat jy vir my opgeoffer het, en ek kan jou nooit vergoed nie. Sê net vir my, alhoewel jy nie van my hou nie, jy is tog nog lief vir my soos daardie dag toe ons in die klipkoppie ons handpalms gesny, dit teenmekaar gedruk en 'n bloedverbond gesmee het?"

Die herinnering is helder in sy gedagtes. Dit was by die spruit wat tussen die klipkoppie deurvloei. Hy en Carl aan die dorpskant, sewe klonkies op die oorkantste oewer aan die lokasie se kant. Hulle het betrokke geraak in 'n kleilatgeveg. Hy is drie keer getref, Carl vier keer, maar die klonkies het gevlug.

Hy onthou die Okapi knipmes waarmee die *operasie* uitgevoer is asof hy dit in sy hand hou. Hy kyk na sy hand en sien die fyn merkie is steeds sigbaar.

"Ek is nog steeds lief vir jou asof jy my eie bloedbroer is, en ek is seker ek gaan nog van jou hou. As jy 'n windmaker geword het, sweer dit af, dit pas nie by jou nie. Jy weet mos ek hou nie van windmakerige mense nie."

"Ek weet, en as ek ooit rammetjie uitnek naby jou raak, moet jy my teen die kop klap dat my ore tuit."

"Kom, oom Charles, my koningin wag vir ons, ek is seker sy is honger."

"Hygend, Josef my kind, hoekom lyk dit asof jy gehuil het? Het Shilo iets oorgekom?"

Hy draai om, kyk verbaas na tant Mattie en onthou hulle het haar eintlik genooi vir *iets* om te eet en tee saam met haar te drink.

Hy lag en streel oor haar wang. "Shilo is piekfyn, tant Mattie, altans ek hoop so," sê hy en beduie na waar hy vir Shilo by die 'n tafeltjie sien sit.

"Daar sit sy by die tafeltjie ... en ek hét gehuil, tant Mattie. My lang verlore boetie is terug," sê hy en beduie na Carl.

Sy kyk na Carl. Haar hand vlieg na haar mond en sy word doodsbleek. "Charlie? Nee, dit is onmoontlik. Wat gaan hier aan? Hierdie man lyk op 'n druppel water na 'n bietjie ouer weergawe van my Charlie."

Oom Charles druk vir Carl uit die pad, stap voor haar in en kyk in haar oë. "Hallo, Mattie. Dit was te lank. Te veel doellose jare het verbygegaan. Sal jy by ons kom sit?"

Beide Josef en Carl kyk verward na die twee ouer mense. Oom Charles het tant Mattie se arm deur syne getrek asof hy bang is sy raak weg.

Shilo staan amper regop in die bankie waar sy gaan sit het en beskou hierdie unieke gesig. "Tant Mattie met 'n man aan die arm? Hygend tante," sê sy sag en lag haar klokkielag

Hulle gaan sit by die tafel en Charles kyk afsonderlik na elkeen. "Kom ons begin by die begin, en die begin was lank voordat julle drie gebore is. Ek en hierdie wonderlike vrou het verlief geraak, maar my ouers was baie statusbewus en het aan ydele trots gely. Ek moes kies, my loopbaan, waarvoor ek reeds in my vierde jaar met my studies was, of vir Mattie. Ongelukkig het ek my studies en die finansiële bystand van my ouers verkies. Dom, dit is wat ek was," sê hy en kyk in haar oë asof die afgelope dertig jaar nie bestaan het nie.

"Ek is getroud met 'n vrou wat my moeder gekies het. Carl is nege maande na die huwelik gebore. Toe hy drie jaar oud was het sy een dag die huis binnegestap, voor my op 'n stoel gaan sit en vir my gesê ons lewe is 'n klug. Sy wil nie meer daarmee voortgaan nie en het 'n egskeiding geëis."

Hy kyk stip na sy seun. Maar Carl knik sy kop, hy weet daarvan.

"Ek het toegestem en twee ure later is sy by die agterdeur uit en drie weke later is ons geskei. Ek het nooit weer van haar gehoor nie en het al my aandag aan my werk en my seun gewy."

Hy kyk na Josef en glimlag. "Dankie dat jy deel van ons lewens geword het vandat julle twee vyf jaar oud was, Josef. Ek is net so lief vir jou as wat ek vir Carl is."

Klaar met die kinders gepraat, kyk hy stip in tant Mattie se oë. Charles sien die glimlaggie om Shilo se mond en knipoog vir haar.

"Nou het ek 'n groot taak om die liefde van my lewe te oortuig om my in te neem en nie weg te jaag nie. Dit kan dalk lank neem mits ek baie ongelukkig is, baie gou as ek egter gelukkig is. Ek sien die mooie Shilo dra 'n verloofring. Wanneer gaan julle trou?"

"Saterdag oor 'n week, oom Charles. Josef se tyd waarvoor hy gevra het is voor dit verby, maar ek sal hom 'n dag of drie grasie gee, dan is dit ek en hy," sê sy, glimlag breed en beduie met haar hand na Josef. "Kan ek net gou iets anders vir hom sê?"

Almal se oë swaai verwagtend na haar gesiggie en sy lag rinkelend. "Oukei, ek sien ek mag." Sy kyk stip na Josef. "Pastoor Jan sê jy moet klaarkry met jou nonsens en jou werk begin doen. Hy sal later skakel en 'n vergadering met jou reël."

"Ek het hom nie gesien nie, wanneer het hy so gesê?"

"Netnou. Hy het hier langs die paaltjieheining aan die buitekant van die restourant gestaan en iets gemor oor afluister en dat hy verheug is omdat hy vir Fielies, wat hy altyd Danabaai toe neem om te gaan stap, juis vandag hierheen moes bring om op die grassies te piepie. Ek wou nog vra wat hy bedoel toe prop hy vir

Fielies onder sy arm in, mor iets dat hy mense het om te bel en haas hom na sy kar toe."

Josef dink so vir 'n sekonde of twee oor wat sy gesê het, loer oor die reling en glimlag vir haar.

"Ons sal hoor."

"Daar doen jy dit weer. Julle twee praat dieselfde, amper soos in afkortings van sinne."

"Ja, my kind. Die twee het soos Dawid en Jonatan grootgeword en hulle het hul eie manier om sommige dinge te sê. Soms kon ek hulle nie verstaan nie."

"Pa, 'n man sê net genoeg. Jy hoef nie woorde te mors nie."

Charles het lankal, amper onopmerklik, sy arm om tant Mattie se skouer gesit, maar die geel ogies het dit gesien en die pragtige vol lippies het alte fraai geglimlag.

Hy kyk na sy seun, lag sag en vryf met sy hand oor tant Mattie se skouer. "Nou laat ek dit dan nie doen nie. Julle trou eersdaags. Ek en Charl het daar buite gesels en besluite geneem. Besluite wat uitgevoer sál word en geen teenkanting sal geduld word nie. Môre gaan ons vir julle 'n huis, of ten minste 'n tweeslaapkamertuinhuis op die grondvloer in een of ander kompleks koop. Daarna gaan ons vir julle 'n ordentlike goeie tweedehandse motor koop sodat Josef daardie dingetjie waarmee hy ry kan weggee. Dit sal iets soos 'n Mercedes Benz of soortgelyke motor moet wees. Ek gaan netnou 'n vriend skakel om sy bestuurslisensie se opheffing te onttrek."

Hy kyk na Josef en loer eers na Shilo, maar hy druk deur, Josef moet maar verduidelik indien nodig. "Die termyn van jou ... uhm, sakgeld was bepaal vir vyf jaar. Jy sal dit steeds ontvang, daar is nog 'n hele paar maande oor. En nou gaan ons eet. Hier kom ons kos en daarna moet julle drie verdwyn, ek het groot dinge om met hierdie pragtige vrou hier langs my uit te sorteer."

'n Rukkie later sit die drie jongmense op 'n bankie en kyk na die branders.

"Shilo?"

"Ja my liefling."

"Jy weet nou van my verlede, dat ek in die gevangenis was?"

"Ek het so gehoor. Wat daarvan?"

"Is jy gemaklik daarmee?"

"Josef, my eie liewe Joe. Ek weet waarom jy daar was en indien dit moontlik was het ek nog meer respek vir jou gekry. Liewer as wat ek vir jou is kan dit nie. Daar is nie nog plek in my hart daarvoor nie, dit loop al lankal oor en vul my hele wese."

Hy neem haar gesig tussen sy hande en soen haar baie teer.

"Uhm, hierdie onnosel dokter wil net sê, ek ken nou die woord Lipochroom. Toe ek vir Shilo in die hospitaal gesien het, het ek die verskynsel van haar uitsonderlike oë nagevors, op Google natuurlik. Het jy al vir haar gesê om 'n goeie sonbril te dra om daardie pragtige oë te beskerm?

Josef kyk na Charl en lag sag. "Nee, ek het nie, maar ek sal net môre vir haar een gaan koop ... en seker maak sy dra dit."

Die drie jongmense gesels verder en terwyl Carl en Josef vir Shilo met *onthou jy nog* staaltjies vergas, lui Josef se selfoon en hy beantwoord die oproep.

"Josef, dit is pastoor Jan hier. Ek moet dringend met jou praat, wanneer is dit vir jou geleë?"

"Pastoor kan maar praat, ek luister."

"Privaat man, nie op die selfoon nie."

"Waar is u nou?"

"Op pad na die Punt toe om jou te kom soek."

"Ek, Shilo en my vriend sit hier op die bankie langs die wandelpad. Nie dié een naby die restourant nie, verder af in die pad oorkant die put-put baan," sê hy en kyk na die foon in sy hand.

Shilo sien die verwonderde uitdrukking op sy gesig en giggel. "En nou?"

"Nou het hy die selfoon doodgedruk, maar hy het gesê hy is op pad hierheen. Hy sal seker enige oomblik opdaag."

Carl kyk na hom en sê: "Sodra jou besoeker arriveer, sal ek maar so 'n entjie gaan stap."

"Nee, bly hier by ons," keer Josef. "Jy moet netnou hospitaal toe gaan om te gaan kyk of alles reg is met Tiger, dan eers kan jy loop."

Shilo loer na hom en giggel. "Is jy bang om alleen saam met my te wees?"

"Verskriklik, jy het nog net een ring aan jou vinger. Onthou jy ek het vir jou gesê jy is aan my geskenk en jy wou weet wie jou vir my gegee het?"

"Ek onthou ek het gevra. Ek onthou ook jy is my nog 'n antwoord skuldig."

"Jy is my geskenk van die Vader, my liefling."

Sy druk haar gesig styf teen sy bors vas en hy soen haar op haar kroontjie.

'n Paar minute later hou pastoor Jan se motor agter hulle stil. Josef staan op en groet hom vriendelik.

"Josef, laat ek nie tyd mors nie, vir my is hierdie gesprek met jou van die allergrootste belang, en ek kan nie wag tot môre daarmee nie. Ek sal nooit kan slaap as ek dit nie nou doen nie. Hou jy van Pinkster?"

"Ja, daar is baie meer lewe in die Pinksterkerke. Ek het altyd heel tuis gevoel wanneer ek dit besoek het."

"Nou goed. Ek het met die voorsitter van ons Kerkgenootskap gepraat en hom kortliks net die nodige feite vertel van wat vanmiddag in die restourant gebeur en gesê is. Ek het 'n voorstel aan hom gedoen en hy het 'n dringende telefoonkonferensie met ander belanghebbende partye gehou. Hy het my teruggebel met 'n voorstel en 'n aanbod. Dit is egter voorlopig en hulle sal dit teen Vrydagmiddag op die laatste bevestig."

"Dit klink gewigtig, Pastoor. Ek verstaan u het vir Shilo gesê dit is tyd dat ek my werk doen, en ek neem aan hierdie vergadering langs die see het iets daarmee te doen?"

Shilo skuif onder sy arm in en sit haar arm om sy lyf terwyl Carl aan die ander kant langs hom kom staan.

"Ek het nie bedoel om vroeër vandag af te luister nie, Josef, maar ek het gehoor dat jy oor 'n graad in Teologie beskik. Is dit so?"

"Ja, Pastoor. Ek beskik oor 'n MA Teologie."

"Puik. Die voorstel is dat jy aansluit by die Pinkstergeledere en die aanbod is dat jy my hulpprediker vir 'n jaar lank word. Na die jaar verby is sal jy geëvalueer word en indien al die rolspelers gelukkig is, sal jy my pos kry wanneer ek aftree. Stel jy belang? As jy bereid is om die taak op te neem, skud net my hand en ons gesels môre verder."

Sy innerlike juig. Hy kyk na pastoor Jan wat sy hand gereed hou om na hom uit te steek, dan na Carl, en kyk toe diep in Shilo se oë. "Wat dink jy my prinses?"

Sy maak asof sy ernstig oor die vraag dink, draai haar oë heen en weer, krap haar kop en tuit haar lippe. "Hmm... Mevrou Pastoor Josef Brandt ... ek hou daarvan. Dit sal wonderlik wees, my eie Joe."

Hy steek sy regterhand na pastoor Jan toe uit en trek haar met sy linkerhand styf teen hom vas. "Nog 'n titel vir die Koningin van Harte," sê hy en soen haar sag onder toesig van die pastoor en sy *bloedbroer*.

Geagte Leser

Ons hoop dat u ons boek geniet het en dit boeiend gevind het. U terugvoer is baie belangrik vir ons en vir toekomstige lesers.

Ons sal dit baie waardeer as u 'n paar oomblikke kan neem om 'n resensie op Amazon te skryf. U mening help ander om ingeligte besluite te neem en dit help ons om beter te verstaan wat ons lesers waardeer.

Baie dankie vir u ondersteuning!

Vriendelike groete

Die Malherbe Span